阳光文库

星星屋

郭 乔 —— 著

黄河出版传媒集团
阳光出版社

图书在版编目（CIP）数据

星星屋 / 郭乔著. -- 银川：阳光出版社，2024.
7. -- (阳光文库). -- ISBN 978-7-5525-7434-0

Ⅰ . I247.7

中国国家版本馆CIP数据核字第2024W1K908号

阳光文库　星星屋　　　　　　　　　　　郭乔　著

责任编辑　申　佳　李少敏　孙世瑾
封面设计　晨　皓
责任印制　岳建宁

黄河出版传媒集团
阳光出版社　出版发行

出 版 人　薛文斌
地　　址　宁夏银川市北京东路139号出版大厦（750001）
网　　址　http://www.ygchbs.com
网上书店　http://shop129132959.taobao.com
电子信箱　yangguangchubanshe@163.com
邮购电话　0951-5047283
经　　销　全国新华书店
印刷装订　三河市嵩川印刷有限公司
印刷委托书号　（宁）0030741

开　　本　710 mm×1000 mm　1/16
印　　张　13.75
字　　数　200千字
版　　次　2024年7月第1版
印　　次　2024年7月第1次印刷
书　　号　ISBN 978-7-5525-7434-0
定　　价　48.00元

目录
CONTENTS

001　磨刀子的人

013　理发师

026　向晚

038　星星屋

051　桂花香

065　完满的生活

084　小青

093　三天三夜

107　根叔

119　报考

132　风且止息

1

143　树叶飘落的时候

155　壁垒

168　嫁女

185　归去来兮

196　维桑与梓

跋

209　在每一张面孔的背后

磨刀子的人

整整一个月过去了，杨家仍然没有一点动静。马元祥却再也没有耐心等待了。

天还没亮，马元祥就早早地醒了。季节已经进入仲夏，白天变长了，夜晚缩短了。夜晚的那点清凉，是无法扑灭炎夏带来的烈焰灼心的。墙上的石英钟响了五下，天逐渐发亮，光线透过窗帘照进来，屋子里便笼上了一层薄薄的白。马元祥披上汗衫下了炕，老伴翻过身来。即便背对着，马元祥也清楚老伴此时的表情，一准是睁着那双浮肿的大眼睛，可怜巴巴地盯着他，嘴张开，想说点什么，却始终没有说出口。

院子似乎比昨天又萧索了一些。那堵砌了一半的墙，中间有一块砖不知何时松动脱落了，就像一个人掉了一颗门牙，看上去有些触目。马元祥在院门口蹲了有一支烟的工夫，他把事情的前前后后又捋了一遍，还是想不通，这世道究竟是怎么了，人怎么会变得这样坏。好吧，就这样吧。最坏的结果也坏不过憋着一口气把人往死里折磨。

马元祥扔掉手里的半截烟，狠狠地用脚碾了一下，转身回到院子里。

库房里堆满了农具和杂七杂八的家什，都是过去在山上种田时常用的。移民搬迁、土地流转后，这些农具就弃置不用了。不用的东西就是废物，马元祥却舍不得扔。每一件旧物都有它的来历，都记载着过去岁月的点点滴滴。马元祥从山上把这些东西带下来时，并没有想到再也用不上它们了。用不上就留下做个纪念，偶尔进库房来看看，擦拭擦拭，心里会有一种说不上的暖意。

去年，有几个据说是作家的人来到村子里，到处搜寻这些古旧的东西，说是要建一个农耕博物馆。一架铡刀出价三百元，一个稻草编的背篓一百元，就连一个小小的石臼都出到了五十元……乡邻们激动坏了，奔走相告。可惜的是，有这些东西的人家现在少之又少，之前全部当垃圾扔掉了。知道这些东西可以卖钱，大家后悔不迭。前院的龚三拿出一根破草绳，硬要卖一百元。不但把作家们惹笑了，乡邻们也哈哈大笑，笑了好些日子。

几乎不约而同地，大家想到了马元祥，就把作家们领到他家。马元祥正在库房里擦拭一把老式犁铧。看到库房里陈列的东西，这些人眼睛一下子亮了，仿佛发现了宝藏，互相递了几个眼神，便开始出价。让这些人没有想到的是，无论他们如何加价，马元祥就只有两个字：不卖。直到这些人磨破了嘴皮子，价格出到了任谁都会觉得满意的程度，马元祥还是那两个字。村主任站在人群里，一个劲儿地给马元祥递眼色，意思让他差不多就行，见好就收。马元祥看得明明白白，可他就是装糊涂，不卖就是不卖，给座金山都不卖。谁都不懂他的心思，他也懒得解释。最后，这一行人只好摇着头失望地走了。乡邻们也摇着头失望地走了。儿女们对马元祥好一顿抱怨，只有老伴向着他，吼喊着把儿女们连骂带搡地弄出了院子。后来，又来了几拨人，马元祥的做法依然如故——不卖。这些旧家什，记载着马元祥一段脱胎换骨的历史。每天无事可做的时候，马元祥都会到库房里待上一阵子，这一个月里尤其如此。擦拭着它们，心中的一些东西会越发笃定。

今天，马元祥却没有心思摆弄它们。他径直走到墙角缺了一条腿的五斗橱前，从腰间摸出一串钥匙，挑出其中一把，对准最下面的抽屉。抽屉打开了，里面空空荡荡。马元祥把手伸到抽屉的最深处，从里面掏出一样东西。这是一个长条形物件，被马元祥用油纸里三层外三层地裹着，还绑了几道绳子。马元祥犹豫了一会儿，便开始解包裹上的绳子。他的动作很轻很慢，仿佛包裹是个襁褓，里面包着一个粉粉嫩嫩的娃娃。绳子一道一道被解开了，其中一道因为年深日久黏结在一起，马元祥费了好大的劲，怎么都解不开。他干脆一使劲，将它拦腰扯断。

一把一尺来长的铜把尖刀赫然在目。

马元祥端着刀的手有些颤抖。这把刀对于马元祥来说，实在是太熟悉了。太熟悉的东西，如果尘封得太久，淹埋于岁月的泥沙之中，经年累月，物我相隔，再次相逢时也会产生刹那的新鲜感和陌生感。马元祥就是这样，他端详这把刀，好像第一次看见。这把刀刀身较厚，锋刃却很宽，几乎占了刀身的一半；刀尖突出，最尖端处细得像一根针。马元祥拿起刀，对着天窗，刀刃上划过一道寒光，仍然像过去那样夺目。这真是一把好刀啊！这把刀陪马元祥走过了他最年轻最激情澎湃而又最不堪的岁月。现在，刀还是那把刀，仅仅铜把上略起了一层绿锈；人已经不是那个人了，马元祥今年已经六十五岁了，满嘴的牙掉了一半。

当初，从羊圈里起出这把刀时，马元祥不敢相信刀还在家里。在他残存的模糊的记忆里，只有一个和刀有关的画面，那就是当时他顺手一扔，刀划出一道漂亮的弧线，落进了院子的水缸里，之后他就躺倒在地、人事不省了。在监狱坐牢的那些年，马元祥也想起他的刀，想刀的下落，他总以为刀已经被公安局连同其他证据收走了。没想到，他被判刑一段日子后，有一天，老伴挣扎着爬起来，收拾院子时发现了水缸里的刀。老伴恨死了这把刀，将它捞起来就扔到了院角的羊圈里。那时候，羊圈里还养着几只羊。羊们天天屙屎撒尿，渐渐地，刀就被埋在羊粪和泥土之中了。后来，为了养大孩子，老伴把羊一只只卖了，再也无心去养。十五年后，马元祥从牢里出来，重新做人，开始种庄稼养牛羊。收拾家里的破屋烂院时，他在羊圈岩石一样坚硬厚重的羊粪坨子里发现了这把刀。

刀先是被掩埋在羊粪里，后来又被包裹在油纸中。算一算，这把刀已经尘封三十五年了。此刻，刀被马元祥握在手里。马元祥似乎听见刀发出萧萧的鸣声，低沉而又坚定，和过去一样。霎时间，马元祥的手颤抖了，浑身的血液仿佛被点燃，眼看就要沸腾了。他松垮的皮肉似乎又变得紧绷了。马元祥不再后悔，他甚至庆幸自己留下了这把刀，当初没有随羊粪坨子一起扔掉。它要重新出山。这，或许就是这把刀的命运。

墙角的柳条篮里放着几块磨刀石。马元祥挑了一块最大的磨刀石，连同刀，重新用油纸包裹起来，揣进怀里。合上门，马元祥头也不回地走出院子。

街巷里逐渐热闹起来。第一批早起的人已经开始了新一天的溜达，都是些和马元祥岁数差不多的老人。人老瞌睡少，孤独沫子多。一个月前，马元祥经常和这些老邻居们坐在巷口的条凳上晒太阳，闲扯，一扯就是一早晨。那件事后，他就再也没有这个心情了。

快到第二道巷口时，马元祥看见李子贵正在给家门口的一株枣树培土。李子贵早就看见了马元祥。隔着一段距离，李子贵觉得马元祥今天和往常特别不一样，那走路的架势，好像要奔赴一个决定生死的战场。到了跟前时，李子贵更加确信自己的判断，马元祥黑青的脸上结着一层严霜，严霜中又隐隐透着一股杀气。李子贵拦住了马元祥，问道："你干什么去？"马元祥沉默了几秒钟，答道："我要去岔道口磨一把刀。"李子贵想了想，撂下手里的铁锹，说："我和你一起去。"

太阳升起来了，阳光还并不酽足，像罩着一层茸毛。马元祥和李子贵并排走着。马元祥走得很慢，每一步都踩得稳实。李子贵脚底却有些飘忽，他替马元祥担心。"杨东黎真的要把事情做绝吗？媒人到底有没有好好和杨家商量？"李子贵小心问道。马元祥吁出一口气，一字一顿地说："人家诚心要弄钱，还有什么商量的余地？"李子贵满脸诚恳，说："要不你先别忙着磨刀，我去试试看。"马元祥说："没有用，谁去都不成，爱钱的人眼里只有钱，没有其他。"马元祥声音大了些，听上去干巴巴的，像一堆等待点燃的干柴。李子贵顿了顿，想说句什么，又觉得情况正如马元祥分析的。杨家要是肯退那十万元钱，早都退了，不会拖这么久，现在连句好话都没有。李子贵理解马元祥现在的心情，谁摊上这样的事情，都会憋闷死，真正是人财两空啊。

两个人继续前进，转眼之间就到了岔道口。这是一个三岔路口，是通往三个村子主干道的交叉点。这三个村是兴业、兴旺、兴瑞，都是移民新村。三个村子毗邻，乡邻们都是以前山上庄子里搬下来的，互相都熟悉。马元祥和李子贵他们住在兴旺村。至于杨家，一个月前还是马元祥亲家的杨东黎，则住在东边的兴瑞村。岔路口是三个村的商业中心，集中了一排排商铺，从早到晚，这里都熙来攘往，热闹非凡。

马元祥在马义的肉铺前找了个位置蹲下来。马义正往钩子上挂肉，看见马元祥，撂下肉跑了过来问："叔，你来了，这么早，你是要买肉还是咋的？"马义是马元祥堂弟的儿子，这个堂侄啥时候看见马元祥都很热情，最近更加热情。马义崇拜马元祥，从小就崇拜。马元祥平静地说道："叔今天不买肉，叔就想借你的宝地用一用，要在你的铺子前面磨把刀。"马义紧张得瞪大了眼睛，不相信似的，包子样的脸上立马起了一层细细的汗。马义说："非得这样吗？再没有其他解决的办法了吗？"马义油乎乎的脸上又蒙了一层焦灼。"马义，你别有什么顾虑，叔只是借用一下你的地方。"马元祥边说，边从怀里掏出油纸包。马义犹豫了一下，转身回到肉铺，出来时手里多了两把马扎。

肉铺前车来人往，浮尘滚滚。马元祥和李子贵坐了下来。李子贵掏出烟，给马元祥递上一根，自己也点上一根。烟抽了有一半，两个人都没吭声。周围很热闹，又似乎寂静得可怕。突然，马元祥开口了，他说："子贵，你知道老哥我娶杨东黎家的姑娘做儿媳妇有多难吗？光彩礼就要了十八万，我是砸锅卖铁东凑西借才给凑齐的。也怨我，一心只想着早点给儿子成家，早点卸担子，没想到却把个皇后娘娘娶进了门，不但没卸担，负担反而越来越重。进门三个月，人家饭不做，锅也不洗，每天不睡到日上三竿不起床，起来了就只是抱着手机玩。就这样，你嫂子还当亲闺女疼着，说娃还小呢，还不会过日子，慢慢调教着来。没想到，却让人家把我们给调教了。子贵，不瞒你说，老哥这辈子还没有这么憋屈过。"马元祥家的情况，李子贵都清楚。同住一个村，家又离得近，谁还不知道谁家的锅大碗小。

事情还要从一个月前说起，从马元祥打算把院墙重砌一下说起。

之前的墙其实也还可以，就是靠近大门的地方有点塌陷，可能是因为当初集体施工时地基打得不牢实。这种问题，村里其他人家也有，有的人家甚至住房的墙都倾斜塌陷了。偷工减料是包工头惯用的伎俩，乡邻们多数见惯不惊，只要不是豆腐渣工程，能凑合住就行。马元祥是个心气高的人，他看不惯家里的院墙一面高一面低，所以他决定把那面墙推倒重砌。本来他并没有指望儿媳妇能出来帮忙，有他和老伴以及儿子马立业就够了。没想到睡到日上三竿时，儿媳妇却穿着结婚时买的一双四百多元的高跟鞋出来了。马元祥气得没吱声，这哪是干活的样子，分明是糟蹋那双皮鞋来了，装样都装不像。老伴却很高兴，儿媳妇能主动出来干活儿，也算是进步。只是和马元祥一样，老伴对儿媳妇脚上的鞋也充满疑虑，盯着看了几眼便说："媳妇儿你去换双鞋再来抱砖吧，你那鞋跟子太高，小心崴脚。"没想到儿媳妇翻着白眼说："没有别的鞋。"听见这样的话，马元祥气鼓鼓地从口袋里掏出五十元钱递给马立业，说："去给你媳妇到岔路口买双干活儿的布鞋。"没想到，话还没说完，这个没家教的儿媳妇就炸锅了："五十元能买个啥鞋？五十元买的鞋，谁穿呢？一家子穷怂，做啥都小里小气。"马立业听了这话，再也忍不住了，喝问道："一双布鞋十五元，爹给了五十元，你还要咋的？"儿媳妇一下子不愿意了，上来就抓马立业的脸，被马立业反手一把扯住头发作势要打。老伴赶忙夹在中间，将两人拦住了。马立业是个老实小伙子，自从娶了这个精怪媳妇，不出三个月就被折腾尻了。打媳妇，说实话他不敢，他只是在父母面前装装样子，维护一下自己

恰失去了自由，可见自由是以约束为前提的。马元祥全身的利刺被一一拔尽，浑身上下没有一处不变得温驯服帖。这不是一次普通意义上的蜕变，而是一次脱胎换骨。

当初，李子贵不是没有恨过马元祥。作为一起光屁股长大的发小，李子贵恨马元祥的不走正路，恨他的铁石心肠。不光是李子贵，马元祥的寡母和媳妇跪下来求他，苦口婆心，他就是不听，一条道走到黑，直到闯了大祸被抓起来。李子贵又爱着马元祥。虽然马元祥走了邪路，是个流氓混混，但他是非分明、有情有义。马元祥从不在自己村子里胡逛，好兔子不吃窝边草，这是他常挂在嘴边的话。不但不胡逛，村里谁家有了困难，马元祥能帮的一定帮。不光是本村人，只要是可怜人，马元祥都会本能地同情。有一年深秋，庄子里来了个流浪汉，顶着毛毡片似的头发，露着粪叉一样的手脚，衣服丝丝缕缕地遮不住羞，走到人前一股奇臭。人人都说这是个疯子，恨不得立马将他赶走，只有马元祥把他留在自己家里，给他吃饱饭，给他换了衣服，还把他摁倒在地理了头发，用的就是裹在油纸里的这把刀。的确，马元祥以前是个混混，但他绝对不是个坏人。这一点，乡邻们自有公论。

后来，马元祥进了监狱，那些跟随他的小弟也纷纷被判刑。乡邻们恨他牵扯了自己的子弟，但也不落井下石欺负孤儿寡母。李子贵在马元祥落难时，反而靠近马家，帮助马元祥的寡母、老婆和娃娃，直到马元祥出狱。

马元祥和李子贵又恢复到儿时的关系，重新成为一对惺惺相惜的好兄弟。

阳光变得毒辣，树上的蝉鸣越来越急切，此起彼伏，叫得人心里越发烦躁。

马元祥掏出那把刀，盯着看了良久，终于，在脚下的磨刀石上磨起来。起先，马元祥的动作很轻很慢，他先是在磨刀石上淋了点水，然后把刀刃贴着磨刀石慢慢滑下去，一下一下，按照顺时针的方向画着圆。不久，马元祥的动作加快了，刀子在磨刀石上轻快地舞起来，发出"呜儿呜儿"的鸣叫声。除了偶尔给磨刀石淋点水，马元祥的双手一刻不停，速度越来越快，刀子似乎变成了一条白鱼，在一方小小的光域里自由摇动。

随着手中刀子的上下翻飞，马元祥感到后脖颈有一道寒光划过，就像三十五年前的那一次。

三十五年前的那一次，马元祥本能地用胳膊一挡，一把顶头劈下的刀被他硬生生架了回去。但是因为速度太快，马元祥的脑袋还是被刀尖扎出一个一厘米的小洞。马元祥转身就是一刀，刀刃一半砍在了门后藏着的人的胳膊上，一半砍在了门上，那人的刀子应声落地。迎面又来了一个人，马元祥飞起一脚，来人捂着肚子蹲在了地上。马元祥转身又回到院子里，还是没有他要找的人。院子里一片狼藉，躺倒了几个人，有自己的兄弟，也有对方的。他的两个兄弟正和对方的三个人酣战，眼看就要失败了，马元祥加入进去。顿时，这两个兄弟的力量大增，气势汹汹地一起进攻。马元祥手中的刀一刀一刀捅出去，刀刀都能致命，对方一步一步后退，眼看被逼到了墙角，终于扔下凶器，向着院门飞奔而逃。马元祥一下子跌倒在地，头上的口子血流如注。因为失血过多，马元祥暂时陷入昏迷。事后，马元祥才知道，那天他一直要找的流氓头子四条，根本就没有出现，他擒贼先擒王的计划也就落空了。马元祥恨死了四条。四条的这种偷袭行为，破坏了道上的规则，也挑战了马元祥做人的底线。更可恨的是，四条竟然让他的人躲在马元祥的家里搞伏击。幸亏那天马元祥的老婆领着娃娃回娘家去了，否则后果不堪设想。那天傍晚，马元祥领着他的几个兄弟回家准备取一样东西，却被四条埋伏的人来了个迎面痛击。这是早就预谋好的。四条是个泼皮无赖，虽然也领着一把子人混社会，但是要拳脚没拳脚，要人品没人品，被马元祥抢占了地头后，便怀恨在心，次次挑衅，都以失败收场。加之本来跟随四条的混混有几个竟然背主叛亲，加入了马元祥的队伍，马元祥就彻底变成了四条的眼中钉。明的不行，便来暗的。于是，四条便搞了这次伏击。双方伤残都比较严重，好在没有死人。马元祥被判得最重，十五年。马元祥遭遇了他江湖生涯的滑铁卢。那一年，他三十岁……

刀子犹如一条白练，在磨刀石上飘来荡去；又似一块冰凌，隐隐中射出一道道寒光。李子贵默默观察马元祥，他越来越觉得，此时的马元祥似乎已经摆脱了刚才的愤怒与忧愁，变得平静了，脸上甚至挂着一种不为人察觉的快乐。

画完了最后一个圆，马元祥一脚踢开磨刀石，终于停了下来。他用手拭了拭锋刃，点点头表示满意。又举起刀子，对着太阳，眯缝着眼睛观察起来。刀子的每一处都被打磨得闪闪发光，没有一点锈迹和灰尘。不用拭，马元祥都知道，此时的锋刃已经达到了最锋利的程度。马元祥的脸上露出了一丝久违的笑容，那笑容半含着晦暗，看得李子贵心里发怵。只有铜刀把上蒙的那层薄锈了，马元祥拿起油布，慢条斯理地擦拭起来。边擦拭边像是自言自语，又像是向刀子倾诉："老伙计，不得已，又要请你出山了。你知道，我要是有一点办法，都不会请你出来，我是被逼无奈啊！出狱后，我只想做个老实人，做个好人，只想好好和你嫂子过光景。我后悔以前的那种做法。人不可以那样做，不可以做坏事，否则天道人道都不容……"

刀把上的铜锈，已经被马元祥一点一点擦去了。

现在，握在马元祥手里的刀子，就像一件完美无瑕的艺术品，在灼热的阳光下，泛着神秘又庄严的光芒。马元祥起身，握刀，正要迈步，突然，龚三上气不接下气地跑来了，边跑边喊："来了，来了，杨东黎来了。"李子贵看到，对面的马路上缓缓走来几个人，远远看去步履迟缓，垂头丧气，中间的便是杨东黎。杨东黎的手里提着一个黑色塑料袋。从塑料袋外部的褶皱判断，应该是一沓一沓的人民币。

周围一下子安静下来。似乎是，车辆来往的声音停止了，人群吵闹的声音停止了，连老槐树上的蝉鸣也停止了。

原来，李子贵在解散了杨有旺他们的时候，悄悄给他们下达了任务：到兴瑞村，尤其是到杨东黎家门口去宣扬。龚三的任务更明确，直接跑到杨家告诉杨东黎："马元祥在磨刀，人马上就到……"

人群全部散去后，李子贵忍不住问马元祥："如果今天杨东黎不来咋办？"

马元祥正往包里装钱，包是马义借给他的。听到这话，马元祥抬起头来，看着李子贵说："他不会，爱钱的人都怕这个。"马元祥指指刀。"假设他不来呢？"李子贵追问道。"如果他不来，那他的下场，就会和这棵树一样。"马元祥边说边拿起那把刀，随手一抛，刀子擦着李子贵的耳边飞跃而过，稳稳地钉在了李子贵身后的老槐树上。不过，李子贵还是敏感地注意到，马元祥的神情并没有多少喜悦，相反比之前还要哀伤。马元祥眼睛里的火苗熄灭了，似星子沉落的暗淡和凄然。

沉吟片刻，马元祥说："杨东黎如果不来，我真的不知道该怎么办。沉睡了三十五年的这把刀，不可能再架在杨东黎的脖子上。"说罢，马元祥紧紧握住李子贵的手，泪水潸然。

原载于《朔方》2020 年第 2 期

理发师

地上的影子虚晃了一下，似乎要停止移动了，却又恢复了原本的速度。小罗低着头，跟着它，像跟着一条行踪不定的蟒。他时而离这条蟒近些，时而远些，但始终保持不会跟丢的距离。空旷的楼宇，阴森的穿堂风，以及每栋楼前浇灌草皮的"嗞儿嗞儿"的滋水声，使小罗陡生一种身处谍战片里的感觉。只是，前面的中年男人不够精瘦，背太厚实，皮肉松松垮垮披挂在身上，连影子也像罩了一个破口袋。这是中年肥，和谍战片里的地下情报员有一定距离；自己的形象也有差距，即使装酷也不像，原因是自己的外形太大众化，大身架，国字脸，五官也开阔，属于浓眉大眼的那种。小罗故意眯起眼睛蹙起眉，想要装出一点神秘感，却不料，前面的影子已经甩出自己一段距离。小罗快步跟上，两个影子滚动着，一前一后，几乎又要重叠在一起。

走了一段，中年男人的步履慢了下来，在最后一栋楼的中间单元停下来。这栋楼是这个半新不旧的小区里唯一的一栋高层，目测大概有二十层，杵在众多的矮楼之中，大有一种鹤立鸡群的架势。小罗跟着中年男人走进电梯，到了十层，电梯停住，又跟着出来，直到走进男人家里。

屋里装修还算豪华，卫生看起来却马马虎虎，小罗也就打消了换拖鞋的念头。男人招呼小罗先坐，这是一路走来他跟小罗说的第一句话，说完便去了里间的卧室。小罗默默打量这个家，零乱摆放的物件，蒙了一层薄灰的家具，墙角砖缝处油腻腻的污渍……白瞎了一套这么好的房子，小罗暗自默想，要是换了自己，定会把它收拾得清清爽爽。正想着，男人推着一辆轮椅出来了。

小罗吃了一惊，不由将目光直戳戳地投射在轮椅上的人。这一瞧不打紧，小罗的惊讶迅速弥漫，竟出了一身冷汗。那轮椅上坐的，究竟是人，还是……鬼？

小罗不敢看了，他只想赶快逃离，可男人已经把轮椅推到了他跟前："这是我女儿，因为一次意外全身瘫痪了，麻烦你给她把头发收拾一下。"小罗注意到，男人的脸色比他硬撅撅的胡楂还要铁青，因为表情过于阴沉，说话时，那张脸便显得有几分狰狞。"尽量理短点！"男人补充道。小罗讪讪地笑了一下，东躲西藏的目光不知道看向哪里才好，终于一不小心，和男人的目光对上了。那目光满是疲惫和忧愁，现在又添了一样新内容——求人的焦灼与希冀。小罗心里的某个地方像被针扎了一样，热乎乎地流淌出一些东西来。

空气一时有些凝固，好在不过两秒钟，小罗便从犹疑的尴尬中摆脱出来，立马从挎包里往外掏理发工具。几个发夹，一把梳子，两把剪刀，一把用来剪短头发，一把用来打薄，最后掏出来的是吹风机。靠近轮椅上的女孩，小罗禁不住又一阵不自在，初见女孩时的惊魂未定尚未平息，内心又一阵紧密的敲锣打鼓。小罗尽量装作若无其事，他表情自然地看着女孩，很职业地盯住女孩的头发考虑如何着手。因为看得仔细，又在靠近阳台的光亮处，小罗能够更清楚地看到女孩的形貌：一副瘦骨嶙峋的身架，支撑着一个稍显硕大的脑袋；皮肤是不透亮的灰白色，像是在地下深埋了几千年的细瓷，虽能够重见天日，但已经失去了往日光辉夺目的釉彩，加上女孩又穿着一套灰白色的睡衣，衬得那张毫无血色的脸越发惨白。小罗知道这是常年捂在屋里，见不到阳光的缘故。好在从近处看，毕竟比远距离观察多了一份质感，加上女孩身上散发出一种重浊的体味，小罗渐渐放心了，刚才在暗处的那惊魂一瞥，误以为见到女鬼的骇异，都是一种错觉——这是一个人，一个活生生的人，一个正处花季的少女，只不过被疾病折磨得脱了相。

小罗开始打理女孩的头发。女孩的头发被一根发带松松地捆绑着，垂在脑后，像一根真正的马尾，又大又肥的那种。小罗解开发带，给头发松了绑，头发便瀑布般流淌下来，从肩头一直滑到腰际。好美的头发！小罗仿佛从这个干瘪瘦弱的女孩身上发现了新大陆，真是少见，一个病人，怎么会有这么一头油光水亮的好头发，莫非她全身的营养全部被头发吸收了？小罗握了握女孩的头发，好似握着一把茂密丰厚的水草，潮湿、滑腻，甚至略带一点海水的咸腥味，这种感觉激起了小罗理发的欲望。平时要是有了这种感觉，他都会被带动着，整个理发的过程就像是在大海里遨游，结束后，眼前总能出现一幅"艺术品"。当然，这样的感觉却可遇不可求。

　　"真的要剪短吗？"小罗有些惋惜地问道。中年男人连声说是，态度很坚决。女孩却沉默不语。小罗虽然站在女孩侧面，没有很注意她的表情，可他有一瞬间恍惚觉得自己看到她眼中有一道光闪过，随即便黯淡了，眼神又恢复到了之前了无一物的空茫。这眼神，让小罗觉得女孩似乎想要留下她身上这最美丽的部分，但显然她连申辩的机会都没有。职业的原因，小罗接触了形形色色的人，每当小罗给这些人收拾头发时，他都会根据这些人的穿着打扮、面部的细微表情来揣测他们的心理，久而久之，这竟成了他的一个技能。然而，女孩的父亲又语气铿锵地加了一句："理短！越短越好！再不理就生虱子了。"

　　照例先要洗头发，洗湿的头发理起来更加顺滑有层次。显然，给这个女孩洗头不是一件容易的事情。她看起来全身只有脖子以上的部分能动，必须躺下洗。她身下的轮椅靠背很高，一直到脖根，就像是一堵墙撑住了小女主人完全无法发力的腰背。小罗的手已经快要伸出去了，突然意识到这不太合适，自己是理发员，只管理发就好了，旁的事，不是自己服务范围内的。要给她洗头发，就要把她抱到沙发上平躺下来，小罗似乎终于找到了正确的处理方式，便指挥旁边站着准备随时帮忙的男人。男人有点犹疑，但立马明白了小罗的意思，便手脚麻利地对轮椅进行了一番操作，摁右下方的按钮，缩短靠背的长度，刹那间，女孩便平躺在了轮椅上，而且脑袋伸出的位置正好方便把她的头发完全放入一盆清水中。太牛了！小罗忍不住啧啧称叹，好厉害的发明，高科技啊。小罗把男人从卫生间端出的一脸盆清水放置在一个凳子上，把女孩的头部对着脸盆的位置放好，以便使那头秀发自然而然地落入水中。安顿好女孩，小罗也找了个凳子坐下来。经过水的浸泡，头发显得更加蓬松柔软，满满一盆，仿佛在水中展翅飞翔。即便是理发师，可以说阅尽世间秀发无数，小罗依然为他今天见到的这一头美丽茂密的头发而暗自称叹，仿佛眼前是从未见过的稀世珍宝。抹洗发水时，小罗的动作一下比一下慢，一下比一下轻柔，头发在小罗的手里渐渐柔顺了，一绺一绺，显出它最美好的纹理。小罗仔细地清洗着，揉、搓、按，头发一点一点变得顺滑干净。因为女孩平躺着，她的整个面部便一览无余呈现在小罗眼前，小罗得以端详女孩。女孩微闭着双眼，表情比之前放松多了，一副安详宁静的模样。女孩的五官长得其实挺美，小罗越看越觉得女孩耐看，长长的眼缝、高挺的鼻子、小巧的嘴巴，脸形也不错，只是因为太瘦，下颌骨略显窄小，加上皮肤苍白、黑眼圈太重，整个人看起来憔悴不堪。女孩要是吃胖一些、腿脚灵便，一定是个大美女。小罗暗自想象着，女孩要是穿上一袭白色的长裙，一定美丽极了。

小罗正想着，突然被一阵紧似一阵的滴水声打断了思绪。小罗还没有反应过来是什么声音，女孩的脸色却刹那间变得惨白，喉咙像是被巨大的气流冲开的阀门，爆发出一声可怕的惨叫，紧跟着便是源源不断的洪流，敲击着小罗的耳膜，震得小罗头皮发麻。小罗从来没有听过如此恐怖的歇斯底里的没有任何间歇的爆发，女孩的惨叫一声比一声凄厉高亢，声声都饱含着绝望。旁边站着的男人像是猛然间意识到了什么，大叫一声："不好！"尽管第一时间明白发生了什么事情，但显然已经晚了。慌乱中，男人飞速把女孩从客厅推到了卧室。小罗不知道发生了什么事，目光紧追着那对父女，直到卧室的门被重重地关上。"怎么回事？"小罗自言自语，不经意间，目光被地上的一摊水吸引，一摊浅浅的边缘参差不齐的水，好似一个画得太粗的惊叹号，就在刚刚放置轮椅的地方。那黄浊黄浊的颜色，在阳光下，仿佛带着某种邪魅的光。小罗起初还不明白，只是好奇那摊水的由来，不过须臾，便清楚了，是女孩尿床了，不，准确地说，应该是尿轮椅了。大小便失禁，是瘫痪病人的常态，没有什么可羞臊的，但前提是不能被外人看到，而小罗便是个不折不扣的外人，而且还是个青年男子，和女孩年龄相差不大。怪不得女孩会发出那样可怕的惨叫，换作是我，也会难堪，小罗心想。小罗虽然长得粗壮结实，心思却非常细腻，十四岁离家闯荡，这些年，不知道看过了多少人间烟雨，经历了多少世事颠簸，辗转于各种底层职业之间，小罗终于学会了一项谋生的本领——理发，同时也学会了遇事多长几个心眼。虽然常常被哥儿几个嘲笑心眼子多，但小罗觉得自己这种察言观色的本领是当下每个混饭吃的人必备的生存技能。小罗盯着那摊黄蜡蜡的尿，心里想着女孩的痛苦，一个多好的姑娘，就这样被毁了，生活啊！即使隔着一扇关严的卧室门，小罗依然能听到女孩分贝不小的哭号，还有她父亲的怒吼声以及时高时低、含混不清的劝慰声，他一定是边帮女儿拾掇边安抚她失控的情绪。小罗能够想象那个男人的无助、焦躁和狼狈不堪，但此刻他孤零零地站在别人家的客厅里，也倍感尴尬，心想要不赶紧走吧，又觉得活儿还没有干完，就这样不打招呼走掉有点不太合适。唉，今天真是倒霉，要知道是这种情况，说什么都不上门服务了。小罗暗自懊悔，就为了多挣那二三十块，跑了冤枉路不说，还碰到这样影响心情的事情。

说到上门服务，小罗不由得想起第一次的情形。几个月前的一天下午，小罗正在店里听音乐，徒弟黄毛也缩在门口的靠背沙发上玩手机。这时，进来一个中年男人。男人穿着朴素，不像是有钱人，但一开口，竟提出让理发员到家里去。乍一听，小罗觉得有点好笑，自己开店一年多了，还是第一次遇到顾客提出上门服务的要求。上门服务不是不行，只是这屁大点的小城，竟也有人赶起了大城市的时髦。男人看小罗不置可否，便主动提出价格高一些也无妨。小罗想了想，反正今天店里也没什么生意，便当即拍板：理发费用五十元，路程一公里之内。男人连连称诺，小罗便坐着他的电摩到了附近的红星花园。需要理发的是一个七十多岁的老爷子，也就是中年男人的父亲。因为老爷子有点感冒，隆冬腊月，做儿子的怕父亲出去理发加重病情，便请理发员到家里来理。那次，整个理发过程真可以说是轻松愉快。那家干净又温暖，女主人热情周到，还有那一唱一和像是说相声的父子俩……小罗被老爷子的俏皮幽默逗得不知道笑了几次，一次发理下来，小罗觉得自己的嘴都咧大了些。多挣钱不说，还能如此放松，这样的上门服务求之不得，也正是从那次开始，小罗竟期盼着隔三差五能做几次上门服务。

然而，没想到，这第二次——

同样是男人，同样是中年男人，人生的境遇却如此迥异。不用问，这家人一定是遭了难，小罗思忖着，大概是出了车祸，致使女孩全身瘫痪，而女孩的母亲，搞不好已经进了天国……正想着，中年男人从卧室出来了，脸色就像下暴雨前的天空，阴沉得仿佛能滴出水来。他猛一看见小罗，似乎吃了一惊，继而一拍脑门，说了一句："瞧我这记性。"小罗明白了，准是经过一阵慌乱后，他已经忘了还请来一个理发师。果然，中年男人有些抱歉地对小罗挤出一个微笑说："不好意思，今天可能理不成了，麻烦你白跑一趟，多少钱，我如数付给你。""不理了？"小罗问道。"不理了。那个害人精，不闹腾一两个小时根本过不去。"果然，卧室那头的哭泣声并没有比之前低几分，相反，时不时还夹杂着一句恶狠狠的听不清内容的"咒骂"。小罗脑子里快速计算了一下，没有理发，头也只洗了一半，收多少合适呢？算了，干脆不收了。中年男人有些诧异，脸色和缓了一些，嘴上说着："这怎么能行，不能让您白跑一趟。"边说边上下摸口袋，掏出钱夹，拿出五十元递给小罗。小罗不收，中年男人使劲儿往他手里送，钱在两个人的手中被推来推去。两人都很固执，不明所以的固执，又因为对方的固执而更加固执。突然之间，有点猝不及防，中年男人"哇"的一声哭出了声，小罗吓了一跳，男人的身体则慢慢地弯成了一张弓，颤抖着，与小罗的身体呈一个直角，而双手仍紧攥着小罗的双手。

小罗感觉到有很多眼泪、鼻涕突然从男人面部涌出来，伴随着哭声，男人粗哑的喉咙里开始有源源不断的话语迸射出来："小兄弟，让你见笑了，老哥我实在是憋不住了，自从妮儿出事后，我没少哭过，但都背着人，当着人面哭，还是头一回。你知道吗，我心里有多憋屈，有多难受，但是我得忍着撑着，我撑了十年了，还得继续撑下去，要不然妮儿该咋办，她太可怜了。我知道我不该冲她发火，但我实在憋闷得慌，你知道吗，一个大男人，每天守着一个瘫痪的孩子，那种心情，你能理解吗？我是没忍住，妮儿一发病，我心里就像油煎了一样，我该死，我不该对妮儿使性发火……我恨我自己，恨自己没有办法让妮儿好起来，恨我的无能，但更恨那狗日的混蛋，要不是那碎崽把书包从十多层高的楼上扔下来，我的妮儿也不会变成这个样子！兄弟，你知道吗，没出事前，妮儿可是这世上最美的女孩，人人都夸她长得美，可你看看她现在成了什么样，高位截瘫加重度抑郁，她该怎么办呢？她才二十岁，以后的日子该怎么办……我恨起来，真想亲手宰了那个碎崽，你不爱读书，但也不能把那么重的书包从楼上往下扔啊，把我妮儿害成这个样子……我还恨命，为什么偏偏是我的妮儿，就因为妮儿长得美，连老天都嫉妒？我那么好的妮儿，就这么被毁了……我的家也被毁了，妮儿她妈，在妮儿出事两年后，就抛下我们走了，起初我恨死她了，可现在我恨不起来了，我知道她是撑不住了，可我得撑下去，要不然妮儿怎么办……"

小罗呆呆地站着，一动也不敢动，短短几分钟，却像是过了一个钟头般漫长。男人流的那些眼泪，像大水一样灌进了小罗的心里，旮旯拐角都没放过，浸泡得他的心田一片松软。有那么一会儿，小罗感觉自己喉头发紧、鼻头发酸，泪水眼看就要出来了，但他强忍着，内心五味杂陈，从惊慌到害怕再到怜悯。面前是个大男人，不是个孩子，否则小罗真想把他抱在怀里好好安慰安慰。经过这些年的闯荡，小罗自认为已经见惯了人间的各种悲剧，从里到外都罩上了一副坚硬的盔甲，但不知为何，面对这个中年男人的哭诉，他还是会心软鼻酸。好在男人的悲戚来得快去得也快，随着最后一次抽泣的余音，男人仿佛吞咽下了所有的不幸与悲哀，他站直身子，伸出粗糙的大手，抹掉脸上的涕泪，恢复到初始的模样：铁青的脸色，烦躁中略带凶相。这下好了，小罗终于自在了些，他能接受一个男人的凶狠，却不能接受一个男人的鼻涕和眼泪。

一出单元门，小罗犹如重获光明，明晃晃的太阳把他心头的阴霾驱散了一半，还留下一半，慢慢消化吧。小罗终究没有收中年男人付给他的服务费，也没有说出一两句合适的安慰话，当中年男人送他到门口时，他说了句"再会"，就逃也似的溜走了。站在黑洞洞的电梯间，小罗把刚刚发生的事情梳理了一遍，最后得出一个结论：以后再也不做上门服务了！

仲夏时节，这个北方小城难得掩映在一片片葳蕤的浓绿中，尤其是理发店前的那条绿化带，就像一条涌动的碧波缠绕着眼前这条人烟阜盛的街道。小罗却很少欣赏这夏日之景，他的理发店生意不错，每天找他理发的人很多。然而这个星期二的午后，店里的顾客与平时比，竟反常地少，有一两个，徒弟黄毛完全可以应付。小罗难得消闲，斜靠在小沙发上，眼睛盯着手机，手不停地在上面划拉搜索。偶一抬头，上次那个中年男人骤然立在了面前。几天不见，男人显得更加落拓了，眼窝深陷，里面布满了红血丝；胡子不是之前拉碴的样子，而是长得几乎把整个下巴包围了。

小罗从沙发上弹起来，不知道为什么，他隐隐有些紧张。"您这是？要理发吗？"小罗问道。"不，不。"男人慌乱地摆摆手。

"那个……老板……有件事……能不能麻烦你？"

"你说。"

"我……我想……麻烦你再去我家里一次，帮我女儿重新理一下头发。"

"这……"

最后一句，男人说得又快又急，仿佛要把一个难题甩出去。看到小罗迟疑不决，男人连连作揖："小兄弟，求求你了，就帮老哥这一回吧！自从你上次走了以后，那死妮子哭闹得更凶了，我一气之下，就自己拿剪刀把她的头发绞了。这下可把祸给闯下了，人家开始搞绝食，已经不吃不喝几天了，眼看只有出的气没有进的气了……小兄弟不怕你笑话，以前我泼烦的时候，也骂过妮儿咋不死呢，可现在，眼看着妮儿成了这个样子，我这心里又……又疼得慌……求你去给她重新理理，说不定这死妮子又回转过来了。"

一听是这种情况，小罗慌忙装起手机，拿了理发工具，坐上男人的电摩，一阵风似的到达了上次那个小区。一路上，小罗一直都在想象女孩会变成什么样子，他故意想得很严重，就是为了有个心理准备。但是等真正见到人，小罗还是被骇得不轻。才几天工夫，女孩仿佛真的变成了一副骨架，浑身的肉似乎被炼干了，骨架上包的那层皮也皱皱巴巴。女孩儿完全是弥留之际的状态，事情严重了。小罗犹豫了好一会儿，鼓起十二分的勇气才敢靠近她。他用手快速地拨拉了一下女孩的头发，没想到女孩闭着的眼睛立马睁开了，小罗感觉自己被惊得灵魂都要出窍了，要不是中年男人站在他身边，他肯定会撒腿就跑。

睁开眼睛的女孩有了一丝活人的生气，那双眼睛还是像那天一样清澈明亮。小罗定了定神，对女孩说："我来给你把头发重新打理一下，保证让你变得漂漂亮亮。"中年男人连连点头称是，殷切的目光在小罗和女孩身上游走。女孩是突然大叫起来的，那声音凄厉哀婉，就像一只遭遇了追杀的海豚。看得出来，女孩使出了全身的力气，她想向他们宣示：她不需要。无奈，女孩只叫了几声，便气虚力竭，声音越来越弱，留下一个沙哑的余音，到最后她只能空张嘴，一点声音也发不出来了。看着女孩挣得满脑门子的汗，小罗心里很难过。

这世间的惨象很多，却没有什么比眼睁睁地看着一个像花儿一样的女孩凋零更凄惨。看来今天又是白跑一趟，他脑子里刚刚闪过这个念头，另一个意念突然之间蹿了出来，并且一经出现就已经根植在心中了。小罗半蹲下来，尽可能靠近女孩，他伸出右手，那只手刚伸出去时还带着几分犹疑，快要落下去时，却变得笃定了。小罗握住了女孩的手。先是轻轻地，继而用了几分力。小罗感到女孩的身体微微颤抖了一下，仿佛她被握手的力量击中了，小罗也不自觉地颤抖了一下，这种反作用力让小罗感觉自己很有力量。小罗对着女孩的耳朵说："你别紧张，很快就好了，理完头发，你会变得比之前还要漂亮。"小罗的声音不大，却很坚定。

女孩平静下来了，她累到了极点，不再张着嘴叫喊，闭上眼睛，有一滴泪从眼角流了出来。站在小罗身后的中年男人也吸了一下鼻子，抹了一把眼泪。不能再耽误时间了，小罗指挥男人把女孩从床上抱到轮椅上，像上次那样，先要洗头。男人忙不迭地按照小罗的吩咐操作，包括把女孩推到客厅里，给女孩准备洗头水等。小罗很用心地给女孩洗着头发，虽然速度加快了不少（他怕再像上次一样出状况），但每一个步骤都不节省，搓、揉、按，手法尽可能轻柔。阳光透过落地窗照射进来，光亮中有滚动的浮尘漂泊着，四周静谧极了。女孩平躺着，眼睛紧闭，一动不动，只有胸部微微起伏。看来，女孩的情绪平稳了，接下来只希望再也不要出什么乱子才好。

有一个时刻，小罗甚至产生了一种错觉，沐浴在阳光中的女孩，脸上泛起了一丝一闪即逝的笑容。头发洗好了，小罗小心地给女孩擦干，又指挥中年男人把轮椅摇起来，他要开剪。一拿起剪刀，小罗才意识到女孩的头发有多难理。女孩之前那头乌黑油亮的头发，被中年男人剪得就像是灾难片现场，让人不忍直视。小罗看得心痛，真想爆一句粗口，但只好暗自摇头，这剪的什么玩意儿，短的地方几乎能看见头皮，长的地方依然披挂在脖颈处。怪不得女孩要寻死觅活，这当爹的也太任性了。踌躇了一会儿，小罗开始动剪刀了。只要第一剪上去，小罗就感觉自己不是之前的那个自己了，犹如剪刀神手附体，他的身体变得轻盈了，目光变得敏锐了，尤其是那只拿剪刀的手变得灵活迅捷。小罗任剪刀在女孩的头发间游走，像庖丁解牛一样，顺着女孩头发的纹理一路下去，要让最短的地方和最长的地方层层衔接，层次越密集，头发越舒展蓬松。

时间一点一点过去了，客厅里除了男人偶尔移动的脚步声以及一两声咳嗽声，就是剪刀落在头发上的沙沙声。小罗屏声敛息，他把十二分的专注力都放在了眼前的头发上。女孩的青丝在他手下层层铺垫，大概五十层，这是小罗理发以来做得最多的一次。层次做得越多，头发越难理，也就越需要理发师的耐力，已经有汗水从小罗的鼻尖渗出了，可他无暇顾及。他也无暇顾及女孩的状态了，女孩只要平静地靠着轮椅，就是对他最好的配合。小罗当然忘了一件事，女孩已经有好几天不吃不喝了。

在把靠近鬓角处的几缕头发剪出一个弧度后，小罗终于停手了，他看到自己鼻尖上有一滴汗珠流下来落在了地上，地上便多了一处小小的印记。小罗说："剪好了。"中年男人张了半天的嘴巴张得更大了。随着发型的逐渐成形，中年男人的情绪越来越好，他搓着手直说剪得好，直至最终剪完，中年男人显得有些激动了："太好了！这头发剪得太好看了！妮儿，你也睁开眼睛看看。"边说边像想起了什么，跑到里屋取来一面圆镜子。女孩缓缓睁开眼睛，对着镜子，就那样凝望着，一动不动。小罗有点紧张，看得出来，男人更紧张。又过了一会儿，女孩微微叹了一口气，又闭上了眼睛。

男人激动地拍了一下自己的腿，妮儿满意了，满意了就好。"谢谢你啊，理发师，你可帮了我大忙了。"

小罗脑子里突然蹿出了一个想法。他对男人说："把你的电摩钥匙给我，你现在给她洗洗，尽量洗个澡。哦，对了，还是先吃口东西喝口水。"男人脸上虽带着疑问，手却已经从兜里往外掏钥匙了。

小罗骑得很快，一会儿就到了店里，他跑到二楼那间做了自己卧室的小隔间，从衣柜的底层掏出一个纸袋来，里面装着一件白色连衣裙。那件连衣裙是小罗买给他的第二任女友的，当时他想向她求婚，但是还没等小罗送出去，女友便提出分手。后来，小罗又交了几个女朋友，却始终没有遇到能送这件连衣裙的人。

小罗提着衣袋跑出店门，又折回来，拿起桌上的刮胡刀，二话没说，便飞快骑上电摩跑了。到了男人家不过十几分钟，小罗敲门，敲了五六下没人开，便意识到男人可能还在给她女儿洗澡。果然，又过了几分钟，门开了。小罗掏出那件白色的连衣裙让男人进屋给女孩换上，男人嘴上说着这使不得吧，眼睛却泛着光。

小罗在屋外等得有些紧张，手心里微微出了点汗。已经好久没有因为心情的原因而手心出汗了，他有点诧异，自己都说不上是因为什么，内心好像仅有一个意愿，想要看到这女孩漂漂亮亮的样子，看到女孩父亲眉心的折皱能够舒展一些。然而小罗不确定，女孩喜不喜欢这件白纱裙。当初，为了买这条裙子，小罗几乎花去了自己半个月的收入，要不是他看到女友痴痴地站在门店的橱窗前，两眼散发出闪亮的光芒，他是不会懂得一个女孩对白纱裙的向往的。小罗又很欣慰他没有把这件裙子扔掉，就像当初果断把那个嫌弃自己的女友从记忆里删除那样。哪怕这件旧裙子能给一个受伤的女孩带来些许安慰，也算值了。

正想着，男人推着女孩出来了。小罗的眼前顿时有一道亮光闪过。太奇异了！女孩像是换了另外一个人。穿上这件领口缀着一圈珍珠的白纱裙，女孩的生机仿佛又重新焕发了。她的皮肤因为刚刚洗过澡而褪去了那层灰暗，脸上的那些干皮和细纹似乎也一沐而平。最妙的还是女孩的发型，这款介于波波头和短发之间的发型，真的太适合女孩的脸形了，那稍显厚重的齐刘海正好遮住了女孩的大额头，使女孩显得俏皮活泼了不少，刘海下的那双大眼睛此刻更是碧波荡漾。脸颊两侧的头发可以别到耳后，也可以随意放下来，不过小罗觉得还是放下来更好，这样显得女孩寡瘦的脸庞丰盈些。那件白纱裙穿在女孩身上还是过于宽松了，尽管小罗的前女友也是一个极瘦的女孩，不过这样也好，宽松点反而显得仙气。

女孩又活过来了！

小罗看到女孩穿着这白色的长裙，来到一座美丽的花园，宛如仙子落入凡尘。女孩在花丛中流连，瞧瞧这朵闻闻那朵，每一朵花，女孩都十分喜欢，可每一朵都舍不得摘。突然，从远处的树林里传来了一阵悠扬的风笛声，女孩痴痴地听着，不知不觉间，竟翩翩起舞……女孩舞得美极了，她是那样无忧无虑，花园的花儿似乎都屏住呼吸看呆了，蝴蝶们围着她翩跹起舞……

"理发师，你怎么了？"男人对着怔怔发呆、仿若入定了一般的小罗轻声喊道。小罗摇摇头，仿佛从梦中清醒了。清醒了的小罗觉得自己有点可笑，自己怎么会有这么丰富的想象力，可这想象真美好！

好长一段时间，三个人都再没发出声音，屋子里一片寂静，但是这寂静里似乎又蕴含着一些活泼的东西。女孩那双大眼睛忽闪忽闪，中年男人的嘴巴一直没有合上，连小罗自己都感到自己嘴角挂着一丝笑意……

沉默还是被中年男人打破了，他说了很多感谢的话，还一定要让小罗收下一张百元大钞，小罗没有推辞。不过小罗没有急着告辞，他让男人坐下来，拿出刮胡刀，很用心地给男人刮了个脸。小罗感觉自己的手艺又精进了，他觉得自己似乎把男人脸上的那些皱纹也刮平了，男人那张沧桑的老脸立马年轻了许多。最后小罗拿出手机，他要给父女俩拍张照片。"一二三笑一笑。"镜头里的父女都微笑着，眼睛里星光点点。那一刻，一股热流涌上小罗的心头，顷刻间便涌满小罗的胸间，这种感觉对小罗来说已久违了。小罗懂得，这叫满足感。

原载于《清明》2022 年第 2 期

向晚

小区院子里的这棵梧桐树越长越高了，接近三层楼的高度。太阳把蜜汁一样的光芒从高空洒下，浸润其中的每片叶子都显得油光锃亮。尽管这棵梧桐树正对着李老师家的厨房，每次做饭的时候，她都要隔着玻璃窗看上几眼，但每次看的时候，她都会情不自禁地发出感叹。

厨房在阴面，李老师也像笼罩在一片阴影里，从阳面的客厅看过去，她像一帧薄薄的剪影。有时，她也抬眼看一下老胡，手里的活儿并不停，切菜的速度也没慢下来，挥锅铲的动作依旧干脆利索。阳光透过客厅的窗户照射进来，老胡沐浴着阳光坐在茶几前，鲜有几根头发的秃顶更显明亮。"他倒像尊佛！"李老师嘴里嘀咕着，一尊"饭来张口，衣来伸手"的佛。但她心里并无怨意。一辈子了，早都习惯了。现在，李老师甚至有几分心安理得。

锅铲和铁锅的碰撞声、油烟机的"隆隆"声、院子里的脚步声、孩子们疯玩疯闹的叫喊声，偶尔还有老胡的咳痰声……李老师被这些声音淹没了，她有一丝烦乱，但也习惯了。习惯了就好。那头被烫成香豆卷子的头发，随着挥锅铲的动作，颤巍巍抖动着，像一只花喜鹊一点一点在喝水；微微弯曲的后背虽谈不上挺拔，但也不算佝偻。怎么看，李老师都像是一个健康的人。

晚饭不比午饭正式，只是简单的几样。熬得稀烂软糯的米脂小米粥，盛在白玉似的细瓷小碗里，油亮的金黄米汤上点缀着几颗鲜红饱满的枸杞；擀得蝉翼样薄的春卷，放在蒸屉里顷刻间就熟了，盛在翠绿边的瓷盘里，闻上去面香馥郁；擦得细细长长的土豆丝，只放一点盐和少许胡椒粉，清炒到八分熟；还有一盅蒸得嫩嫩滑滑的鸡蛋羹，算是晚餐中唯一的一道荤菜。

"吃饭了！"这第一遍叫，只是平常口气。客厅里的人依然稳坐在那里，屁股没有丝毫移动的趋势。饭菜已经全部摆到餐桌上了，李老师边擦灶台边喊出第二遍、第三遍。老胡正低头摆弄他的那些碑帖。放大镜聚焦在其中一张上，他像个资深考古学家一样聚精会神。八开大的版面，墨黑的底上浮着白色大字，远远望去，字迹像是星子落在了青石板上。退休后，老胡把大部分时间都花在了研究这些碑帖上。李老师虽不以为然，却也未表现出丁点反对。他想做什么就做什么。尽管她有时觉得，他像个被人忘记的旧时遗老。

直到李老师坐在餐桌前，端起饭碗，拿起筷子，又拖长声调喊一声"吃饭了"。这一声，声音不但加大了，还明显带着一丝愠怒。老胡这才挪动身体，走向餐桌。边走嘴里边叨叨着："喊什么喊？一天喊魂呢！"坐到对面后，还不忘用那双戴了老花镜的浑浊眼睛瞪她一眼。这样的戏码几乎天天上演，一演便演了三十年。年轻的时候，紧跟类似戏码的是更深入更精彩的——乒乒乓乓、稀里哗啦，文戏和武戏同时上演，偶尔还穿插一段哭戏——李老师气哭了。她边哭边骂："怎么就嫁了这么一个混蛋？脾气太差了！"然而，日子还是一天天过下来，到了现在，李老师似乎不再生气了。一辈子了，怎么地，都习惯了。她甚至从老胡的抱怨中听出了一丝嗔怪，像负气的孩子向母亲撒娇。一个老小孩儿！她的嘴角上翘，滑过一丝笑意。

吃完饭，李老师去收拾厨房，老胡又回到他的故纸堆里。从厨房出来，天色已经有几分昏沉。李老师又问老胡今天要不要跟她出去散步。看老胡无动于衷，她叹了一口气，转身回卧室换衣服。

每天晚饭后，李老师都要出去散步。这习惯坚持了二十年。退休后，她更是把这饭后的散步看作与吃饭、睡觉一样的头等大事。"饭后百步走，能活九十九。"李老师说不清楚，她多活的这二十年，是药物治疗的效果，还是积极锻炼的作用，或者二者兼而有之。总之她更加迷恋锻炼。"你状态真好！"这是自从生病后，那些熟识的，尤其是与她年龄相仿的女人说得最多的一句话。通常都是在饭后散步的路上，迎面过来一张熟识的脸，有的一口就能叫出姓名，有的走远了也想不起来是谁。但她们有一个共同点，就是对她的"关心"——满脸堆着笑意，凝神端详她的脸，那眼神飘到她的胸部，似乎没有看出有什么特别的不同，便快速归位。李老师看在眼里，却不动声色。即便她们的感叹是由衷的，她心里也会涌出一种酸楚。她是一个病人，一个被割掉左乳的人。生活对她来说，似乎只剩下这好状态了，她就坚持用这好状态来生活。渐渐地，李老师把这些好奇视若平常，脸上始终挂着微笑，更加注重这每天晚饭后的散步锻炼。倘若说，这就是好状态的表现。这种刻意的强化，是做给别人看的，更是为了自己。结果因为这好状态，一天天地，她竟然活到了现在。

李老师能理解老胡，对他抱着极大的耐心。刚得病时，她也这样，藏头藏尾，羞于见人。况且，老胡的病一眼就能看出来，中风后嘴歪眼斜。针灸、按摩了一段时间，已经恢复得不错了。不仔细看，几乎看不出老是眨巴的右眼还有点吊梢、微微张开的嘴巴还不能完全闭合，偶尔，还会从嘴唇间掉下一缕涎水。再给他一段时间吧，得慢慢适应，何况老胡要适应的不光是中风后遗症。

直到李老师确定老胡真的应该出去走走了，她才一遍一遍地劝说他："出去呼吸点新鲜空气，对你只有好处；饭后最忌死坐着，出去活动活动筋骨，你会恢复得更快。"可老胡只是稳坐在那里，头也不抬。

刚把运动衫套上头，李老师便听到窸窸窣窣的声音：把那些碑帖推到了茶几一角，往卧室这个方向走来的脚步声。李老师心下一喜。

"有我穿的运动服没？"老胡站在卧室门口探头问道。那样子好像在说，如果有就出去散步，如果没有就算了。李老师心里明白，这次，老胡听进去了她的话。在他们变得越来越老的日子里，老胡越来越听她的话了，不管其间经历过怎样的反抗和挣扎，最终他还是接受了她的建议。

"有啊！怎么没有？"李老师来不及将身上的套头衫拉下来，便转身拉开衣橱的门，"你看这不是吗，早都给你准备好了。"她眉眼含笑地举起一个包装袋给他看。

李老师帮老胡穿衣服。伸胳膊，抬头，嘴里轻喊着类似指示的口令，就像给小时候的女儿穿衣服。老胡表情淡定地配合，看不出是喜是怒。

这一身灰白色的锦纶螺纹面料运动服，是照着老胡生病前的尺码买的，现在穿到他身上稍显宽松。一场病生下来，不仅把老胡身上的膏脂油水刮下一层，而且抽走了他的一些精气神。老胡的眼神不像以前那么炯炯有神，现在常常是迷瞪涣散的。此刻，老胡像个稻草人一样杵在地心，任由李老师摆弄；偶尔，他在李老师脸上溜一眼，那眼神也稻草人似的毫无内容。李老师却精神焕发，笑容里还带有几分稀罕，上下打量着经她之手打扮出来的丈夫，像是端详自己的一个作品。心里已经有了评价，还是穿立领夹克好。那种类似公务员标配的服饰，老胡穿了大半辈子，已经服帖到骨子里了。当然，运动服也有运动服的好处，看上去慵懒松弛，使老胡的气质陡然增添了几分慈祥。

站得稍远一点，李老师再看一眼，又伸手把那拉到头的拉链往下拉拉，拉到脖子以下，这样看起来更精神。就在她拾掇他的衣领时，老胡也伸手帮她把还在腋下卷着的衣服拉了下来。李老师有些意外，吃惊地看着老胡，感觉到老胡的动作中没有什么不好的意味时，心里涌上了一股暖流。以前，老胡极少对她做此类的事情。若有，那动作一定是粗暴甚至凶狠的，带了十足的嫌恶，嫌恶她的衣衫不整。此刻他的动作轻柔，并且学着她的样儿，把那不平整的地方往下搜搜，这就使她更加吃惊了。李老师盯着老胡看，像是盯着一潭从未领略过风景的湖水，那湖面平静，倒是她的内心掀起了阵阵涟漪。

室内还残留着一丝光亮，那些薄而透亮的光斑在老胡脸上一闪一闪跳跃。面前这张棱角已经十分松弛的脸，李老师熟悉又陌生。这样的感觉，李老师不是第一次有。此刻随着那些光斑的移动，又有一些不同的情绪从她的心里飞跃出。她又一次暗自感叹，他老了。他们都老了。然而老带给她的却是妥帖，是安全，是能掌控一些什么的感觉，甚至是欣欣向荣的大好局面。过往的岁月中，有太多不可把握，甚至一不小心就要从她指间溜走的东西，包括站在面前的这个男人。

　　李老师内心的涟漪逐渐变成了波浪，感慨也就更深了一层。回溯往事，她的感慨更深。某一日，她觉察出了老胡的异常。她不知道自己属不属于后知后觉，就像那些电视剧中演的，丈夫有了情况，妻子总是最后一个知道。尽管老胡也伪装得很好，可是以她的敏感，那些蛛丝马迹还是没能逃过她的眼睛。李老师尽量沉住气，表面上装得不动声色。那是一段痛苦纠结的日子。一方面，她觉得这段婚姻并没有给她带来想象中的幸福，细数那些鸡零狗碎，有时候内心还会泛起浓浓的酸楚；另一方面，像大多数结了婚的女人一样，她对婚姻有着一种本能的维护——即便不为自己，也要为孩子。这算是个正当理由。这理由替她掩饰了她对他的在意。

　　李老师不懂什么婚姻的围城，只是一心想过好自己的日子。然而夜阑人静的时候，那比暗夜还要浓重的痛苦将她层层围住，矛盾与纠结将她一层一层包裹，她变成了一只被肥大茧子包裹着的蛹。只是，这茧子不是她自己吐出的，是他为她织就的。她不敢想象他和那小女人在一起的情状，每想一次，身上的茧子就收紧一分。她忍着熬着，等待他迷途知返，或者彻底摊牌。

　　在李老师预设的时间内，并没等来想要的结果。结束或者继续，都不由她说了算，就像在他们十几年的婚姻中，逐渐地，李老师的地位由想象中的主导变成了从属。凡事都由老胡做主。他那霸道的性格！就在她内心里怒骂过无数遍"胡瑞洋，你这混蛋"后，她终于决定与他决裂。可就是在这个时候，她生病了，得了癌症。

　　让李老师没想到的是，老胡中年犯错，并不是她想象的那样"男人都是下半身动物"。那段日子，老胡自己都搞不懂自己，干什么都没劲儿。仕途的曲折不顺使他看淡了一些东西，又开始执着于一些东西。他对那个长发女孩儿的迷恋是不是因为爱情？当时他以为是。他那疯狂迷醉的劲儿，令自己都吃惊。可是事隔多年，跳脱出来，重新打量，他发现，那真不算是爱情。不能说是爱，只能算是情。他认识到了，与其说他爱那小情人，不如说他在追忆自己已经逝去的青春；另外，那段时间他心情黯然，那女孩给他带来的感觉，犹如打了一剂强心针，或者说填补了他内心的某种空虚。偶尔他也会回顾过去，心里涌上一种悲壮的感觉，带着一些自己都没有察觉的骄傲。真的，他都要为自己点赞了。那时候，那种状态下，他们正如火如荼，他却有那么大的决心和魄力，说斩断就斩断。他又为自己感动，在这感动中，老胡感觉自己的形象一点一点高大起来，全然忘了，做错事的是他自己。

　　还有一件事，老胡从未对李老师讲过。其实只是一个很小的细节，但是带给他的震撼是空前的。也就是从那一刻起，他决定回归家庭。那天傍晚，当老胡打开锁走进家门时，他立即感觉到哪里有点不对劲儿。客厅里冷冷清清，厨房里也没有急三火四的做饭场景。他以出差为借口，已经十几天没回家了。没想到在他不在的日子，家已经悄然改变了气氛。他有些不适应，愣了一会儿，向卧室走去。他看到李老师侧坐在飘窗台上，夕阳把最后一丝余晖全部洒在她身上，那血色的、黏腻的、微微带着一丝腥气的光亮并没有使她更显熠熠，相反衬得她很黯淡。枯坐着的李老师，像一块没有棱角的石头悬在危崖之上。他心里一沉，以为是因为她发现了他的伎俩。其实，他的那些把戏在她眼里，统统都已不是什么秘密。她抱着双臂无助地坐在那里，眼睛看向窗外暮色中的大地。他叫了一声"我回来了"，她才回过头来，呆呆地看着他，显然还没有从沉迷的意识中醒转过来。直到他又喊了一句"你怎么了？"，她的脸上才慢慢有了表情，看起来很恐惧，恐惧中带着一览无余的绝望，给他的感觉是，李老师像是被骤然沉进了深潭里。老胡被骇住了，预感到有重大的事情发生了。果然，李老师眼泪扑簌簌而下，把一张纸递给他，是医院的诊断书。等他终于看明白时，心顿时像被一把利器猛锥了一下，尖锐的疼痛感迅速弥漫全身。他和她一样，似乎也被恐惧攫住了，面对突如其来的状况，只剩下手足无措的无力感。

　　也就是从那一刻开始，老胡决定不再见那小女人。李老师好的时候，无论他怎么对她，似乎都有回寰的余地；现在李老师病了，病得很重。这种情况下，如果老胡再置她的感觉于不顾，那他不真成了一个猪狗不如的畜生？这么多年的圣贤书岂不白读了？老胡七七八八想了很多，原本就靠理智生活的他，这下子变得更理智。他以强硬而狡猾的态度迅速处理了他和小情人之间的关系，回到了李老师身边。当李老师从手术的昏迷中醒过来时，老胡立刻把一张浓酽的笑脸端到她面前，并且以少有的温柔语气对她说："李菊，你放心！"

　　李老师放心了，眼泪顺着眼角缓缓流出，她长舒一口气，阖上了眼睛。老胡的笑和他的话，不仅让李老师放心，而且让她暖心，一直暖到她的往后余生。不是有那句话吗，"只有生病的时候，你才知道自己嫁的是人还是鬼"。李老师理所当然认为老胡是人，并且认定他的本质并不坏。这种笃定使她心头的那根尖刺被慢慢拔掉了，再加上那段时间老胡的悉心照顾，李老师选择了原谅。"不原谅又如何呢？"在以后漫长的岁月里，往事泛起的沉渣偶尔会搅扰李老师的心扉，她只是长叹一口气，心里回响着这句话。

　　李老师一天天康复了，看起来像是个健康人。老胡也不再把她当病人对待。生活恢复了正常，又回到了之前的轨道上。老胡还是老样子，脾气并没有改变多少，控制不住还是要爆发。李老师也总是像之前一样常常抱怨："你是属螃蟹的啊！"心里也明白，老胡的横行霸道只针对她。然而，她却不生气了。有什么可生气的呢？他就是那样的人，到死都不会变。经过了那次生死考验后，老胡对外界的诱惑有了免疫力，李老师对他的情绪放毒也有了免疫力。毕竟，他的本质是好的。

他们又一起携手走过了二十年，风风雨雨、吵吵闹闹的二十年。

八月的小城有一种令人迷醉的气氛。李老师和老胡所住的鸣翠小区，则是这迷醉的中心：张开的烈焰红唇一样的彩叶草，鹅黄芯子白玉镶边的鸡蛋花，瓶刷子一样毛茸茸粉嘟嘟的红千层……一团团一簇簇，色彩泼泼洒洒，葳蕤浓烈得感觉快要溢出些什么。眼睛过处皆是风景，李老师一路感叹着："咱这地方，就这月份最美！"全然没有熟悉的路上无风景的感觉。

老胡则目不斜视，他的确没有李老师那份闲情逸致，还暗暗跟自己较着劲儿，无暇顾及其他。老胡的脚步像以前一样踩得很扎实，但到底没有过去稳健，落在地上显得有些轻飘虚浮；脸上的微表情也在暗暗努力调整，想要做到旧日满面含笑，笑中带着谦虚内敛，给看见的人既热情又真诚的感觉。然而那微微抽搐的右眼和尚且不能完全闭紧的嘴巴，使那热情打了折扣，只剩下真诚——病后憨实的真诚，空洞的真诚。走一路打一路招呼，全都是老邻居、老同事、老朋友。老胡发现人们对他并不像之前那样热情，笑依旧是笑着的，寒暄依旧是寒暄，却少了过去的那份热络。这种感觉，刚退休不久就有，只不过那时尚未完全退去的客气使他还保留着一些错觉。然而这病愈后的第一次出门，这种感觉更进一步鲜明和深刻了。这样也好，虚假的客套不如自自然然地交际。只是一转念的工夫，老胡便想通了。他一向都是通达的人。既然如此，自己也没必要再虚与委蛇，还是自自然然的好。这样想着，表情已经松弛了下来，那张团子脸因为猝然降临的肃穆似乎又恢复到了在家时的方脸。

李老师虽然边走边观着景，但大部分注意力仍然在老胡身上，余光所及部分自然将他的表情变化尽收眼底，心里感觉好笑，嘴角便略略上扬。作为厅局级领导的夫人，她这区区图书管理员，多少年来不但被尊称为"老师"，而且得到的来自外界的"好意"与"热情"，并不比他少，这种状况一直持续到他退休。她懂得人走茶凉的道理，但是面对巨大而鲜明的反差，还是失落了很久。此刻她心里对他的那点嘲弄，并不是因为她比他豁达多少，实则是她已经习惯了。

放松下来的老胡，眼里也有了风景，一个多月没有出门了，之前并未放在眼里的花团锦簇立即形成了一股强劲的视觉冲击波，微微颤动的右眼也暂停了运动。出了小区门，沿着街道往西走两百米左右，就是李老师经常去的翠湖公园。

阳光在他俩悠闲缓慢的脚步里一寸一寸黯淡下来。黄昏笼罩了大地，一层浓郁的金黄色涂抹在眼前的景物上，油画一般宁静且美丽。老胡端着的脸和端着的心放了下来。"还是老太婆说得对，出来走走有益身心健康。"

隔着十来米远，老胡就认出了对面来的人是谁。公园里的这条林荫路，一到这个点儿散步的人很多，都是附近社区的居民。李老师的脸上已经堆上了笑："那不是老刘嘛！"话音刚落，老刘两口子已经到了跟前。两双皮松肉皱的大手几乎同时伸向对方，紧紧握在一起，摇晃着，颤抖着。心里的颤抖要比这双紧握在一起的手还要剧烈。

老胡和老刘已经有小半年没有见面了，这是他们退休后的第一次会晤。

老刘说："老弟，听说你……"

老胡说："是的。老哥，你也……"

老刘点点头，面容立即变得悲戚。灼灼凝视对方的眼睛里似乎起了一层雾气。在这溶溶的雾气里，之前没见面时的幸灾乐祸一点点变成了怜悯与哀伤。不容易啊，这一对老伙伴，竞争了一辈子，以前在单位明里争暗里斗，谁能想到刚刚退休不久，一个中风，另外一个脑出血。他们更仔细地观察对方，像以往一样捕捉对方表情里的含义，确定这一次毫无恶意时，神情也就变得放松了，甚至带上了一点故人相遇的喜悦。

老胡彻底放心了。病愈后，他之所以迟迟不愿出门，很大程度上就是怕遇到老刘等人。然而今天一看，老刘的情况也好不到哪里去，面目浮肿，走路一只脚高一只脚低。老胡觉得好笑，命运就会捉弄人，莫非连生病也要安排他和老刘来一次竞争。

这样想着，老胡在公园里运动器材上蹬着的腿变得越来越有劲儿，眼前的景物也越来越迷人。远处高高低低的绿树笼上金色光晕，林中的小路悠长曲折，湖面泛着粼粼波光，偶尔有水鸟从上空飞过。

持续了数天，这每天黄昏时的散步锻炼，也变成了老胡的心头爱。树叶一天天变黄了，在这幽静的公园里，老胡和李老师把中秋走进了深秋。

然而有十几天了，傍晚时分，鸣翠小区的人们竟看不到老胡夫妇出门，公园里自然也看不到他俩散步的身影。有位熟人带着好奇心将电话打过去，回答是没事。电话那头，语气听上去颇平淡，似乎真的没有什么事。

不出门的日子，老胡耐心地给李老师做思想工作。当了半辈子领导，口才自然练成了，难得的是，态度还出奇好，轻声慢语的样子使李老师有一种时光倒流的感觉，仿若回到了他们初识的日子。但李老师并未沉浸在这种由老胡一手营造的温情中，她的内心被苦闷与担忧填满了，其他的情绪挤占不了一点空间。李老师怎么都想不通，看起来挺幸福的两口子，怎么说离就离了？她口里心里埋怨着女儿，对老胡絮叨着女儿的轻率。现在的年轻人都怎么了？怎么能这么不负责任？离了婚，难道就有好日子过？女儿才三十岁，以后如果一直单着，一个人孤零零的，有多可怜。如果再婚，以她那不忍耐的性格，能保证之前的问题不会重演？说到"忍耐"这个词，李老师心里更不是滋味，那死妮子怎么能那么说话，什么叫"忍耐"是个最作践自己的词。"你忍耐了我爸一辈子，你就幸福成功了？"那天，当她打电话质问女儿时，女儿反驳得她一时竟无法张口。原来她的幸福在女儿眼里是那么经不起推敲，她的隐忍克制在他人眼里不过是无谓的牺牲。

李老师心情郁悒，脸色蜡黄，终日躺在床上，一副遭受了重大打击的样子。而老胡劝她的那些话，离婚并不丢人，只要孩子轻松自在就好；以后人类的生存方式是多元的，结婚和不婚都将成为常态；婚姻从某种程度上来说，是反人性的……这些不接地气的空话，李老师一句都听不进去，她扯着嗓子一顿吼："都怪你，有其父必有其女。女儿这犟劲儿随了谁，你不清楚吗？"空气顿时凝固了。李老师怔住了，老胡也蒙了。在他们漫长的婚姻生活中，她极少这样发火。一场暴风雨是无法避免了，她心里有些不安，但不知为什么，似乎还有一种期盼。她等待着他大发雷霆，心想这次自己绝不忍了，非得好好跟他干一仗。他横了一辈子，自己让了一辈子，原来她的忍耐在他们父女眼里居然毫无价值。

然而这次，老胡只是盯着李老师看了两秒钟，脸色由红变白，终于演戏似的"呵呵"笑了两声，脸上依旧堆起了笑，语气依旧是温和的："好好，都怨我，都是我的错，这下你气消了吧。"虽然面上还绷着，但李老师的心情的确好了很多。老胡说得有道理，儿孙自有儿孙福，自己再怎么难过，都改变不了现实。况且这老犟户最近表现还真是令人意外，不光顺着她迁就着她，还变着法儿地给她做吃喝。自己再不领情，真的就是胡搅蛮缠不识相了。这样想着，当老胡再一次言笑嘻嘻喊她吃饭时，李老师也就不再闹情绪，她从被窝里爬起来，洗漱停当后，来到了餐桌旁。

桌上摆着一道清炒苦瓜，一道红烧排骨，还有一大碗虾仁紫菜汤，都是李老师平时爱吃的。品相看起来不错，就是不知道味道如何。那两碗米饭看起来也暄暄散散的，应该不会像前几天那样要么硬得硌牙要么软得黏牙。在老胡充满期待的眼神中，李老师每样都尝了一点，尽管红烧排骨有点咸、苦瓜因为没焯水而苦得厉害，她还是连连点头称赞好吃。看着老胡那做作到有些夸张的得意样儿，李老师终于也忍不住咧开嘴笑了。笑着笑着，眼眶便红了。

又一个黄昏，当夕阳把小城涂抹成一片绯红时，老胡和李老师再一次出现在了人们的视野中，半个月没见，他俩似乎都憔悴了些。一路和熟人们打着招呼，神情中似乎也带着些许萧索。尤其是李老师，那曾经挺得过分直溜的后背变得有些佝偻，仔细看，胸脯的左边似乎比右边略平塌。刚才出门时，她还为要不要穿左乳处垫了厚厚海绵的乳罩而踌躇；后来，干脆将这道具似的累赘一把扯下。许多年了，每次出门前这精致的伪装，都让她感觉自己是个健全人。现在她终于有所悟，再高级的义乳也遮不住生活的千疮百孔。李老师决定不再强求，一切顺其自然，怎么舒服怎么来。

小区院子里的植物失去了往日的青葱，一片凋敝，干枯的土黄藤黄赭黄色，与这冬季北方小城的色调融合在一起。小区外的街道铺满了失去水分的桐树叶子，走在上面咯吱作响。这让李老师感觉安心，终于又能出门散步了，能这样出来走走真好。一些金黄泛红的叶子依然挺立在枝头，在傍晚的微风中轻轻摇曳。那落在地上的影子仿佛也在随风摇曳，团团茸茸的，在夕阳残留的光芒里，呼呼滚动着，有时一前一后拉开些距离，有时并列着，过马路时，几乎要重叠在一起。

星星屋

　　端午节没过几天，天气却一天比一天闷热。老天爷就像在天上蒸包子，一层一层的蒸笼放上去，大火架上，不一会儿，滚滚的热浪便铺天盖地了。宝梅的后背已经洇湿了一片，细密的汗珠仍然不停地从她身体的各个毛孔里涌出来。鸡舍里所有的窗户都打开了，闷热却没有一点改变，有什么办法呢！从外面吹进来的风都是热风。

　　宝梅也想开空调。这个时节这种天气，姐妹们中有些胆大的，趁组长不在的时候，会偷偷把空调开上那么几分钟。可别小看这几分钟，那浓重的热浪，似乎被冷气稀释掉了一些，空气中真的有了一点凉丝丝的感觉。宝梅却从没有付诸行动，热归热，那些刚出壳的鸡宝宝，才是最宝贵的。

　　宝梅在镇上的一家养鸡场工作，养鸡场有一个霸气的名字，叫作顺发农业股份有限公司。虽然叫公司，但是养鸡的设备，跟县里那些大的养鸡场相比，还是有些落后。比如一到入暑时节，县里的大养鸡场就不存在鸡舍温度高、人热得待不住的情况，人家有自动调温装置。顺发养鸡场却没有，所以一遇到热天孵化期，就会出现人和鸡所需温度不同的矛盾。

　　刚出壳的鸡娃娃最疷（方言，娇嫩的意思）了，甚至比刚出生的婴儿还要疷，热了冷了，鸡娃娃们都受不了。宝梅宝贝她负责的这些鸡娃娃们，从它们在蛋壳里准备孵化开始，她就精心地侍弄，每天几十遍地观察着它们的生长变化。

一旦破壳而出，从孵化室转移到鸡舍，宝梅更是尽心尽力地养护着它们。宝梅看着这些嫩黄的、棉花团一样的小生命，心里柔柔的、软软的，像是真有一团软绵绵的东西在心底。有时候，宝梅用手抚弄着这些小鸡宝宝，把它们身上黏糊的脏东西用指甲抠下来，那小心轻柔的样子，感觉像是给自己的小儿子揩鼻涕。那一刻，宝梅觉得自己就是一只老母鸡，是这些鸡娃娃们的妈妈。

今天是这批鸡娃娃们出壳的第三天。宝梅不禁又要感叹一番了，真是一天一个样。刚出壳的时候，小鸡们全身的羽毛还因濡湿而黏结在一起，小小的脑壳一伸一缩，抖动着全身，站都站不稳，就像是刚栽下的幼苗在大风天里摇摆，随时都有被连根拔起的可能。然而才三天工夫，一个个就像给施了强力肥，不光个头大了许多，而且活蹦乱跳，远远看去，好似一畦金色的麦浪在随风起舞。

鸡娃娃们看到宝梅来了，跳得更欢实了。宝梅心里泛起了一种说不上来的惬意，边走边扒拉鸡槽里磨得粉碎的饲料，小鸡们叽叽喳喳，小脑袋使劲儿往前挤，波浪一样涌上来。宝梅走到鸡架尽头的墙拐角处，那里有一个小纸盒子，里面是一只羽毛泛灰的小鸡。这只小鸡刚孵出来时，明显比别的小鸡更小更弱，腿细得像一根线，站都站不住，躺在小鸡堆里，闭着眼睛颤抖不止。当时，宝梅已经将这只小鸡拣出来了，心里又想了一下，最终，没有把它扔进装死小鸡的桶里，而是找了一个纸盒子，把这只小鸡放进去，单独养了起来。

成鸡怕热，小鸡怕冷。宝梅不光把这只小鸡放在太阳底下晒了半天，还在它的身子底下垫了一团棉花。第二天，这只小鸡就站起来了。第三天，宝梅便把它移进鸡舍里，和其他小鸡一起养，只不过盒子一时还没有撤去，还得再观察两天。这只小鸡此时正站在宝梅的手掌心里，毛色比前两天更黑了一些，也更光滑了，米粒样的两只眼睛，亮得就像是两颗黑钻石。小鸡抖抖翅膀，身子放松了，突然又一紧，然后又放松了，如此四五次，然后开始用它那尖尖的稚嫩的喙啄宝梅的手掌心，啄得宝梅的手掌心痒痒的，这种痒一直从手掌心传递到全身，宝梅感觉像是小儿子正嘬着她的乳头吮吸奶水。这么想着，便真有一股子奶水从乳房里涌出了，宝梅的胸前洇湿了铜钱大的两点。宝梅的脸红了，暗暗下决心，这个月说啥都要给两岁的小儿子断奶。

摸了摸小鸡的后背，宝梅对小鸡说："小伙了，好好长！再过几个月，你也会和那只芦花大公鸡一样威武。"外间的鸡舍全都养着成年鸡，其中那只个头最大的芦花鸡，宝梅此刻不用看就知道，它一准是吃饱了食，正悠闲自得地打理着自己漂亮的羽毛，一副遗世独立、孤芳自赏的样子。它的那份高贵宁静，看起来是那样与众不同，以至于其他的鸡对它又妒又羡。鸡其实和人一样，也是势利眼。芦花鸡越是傲慢，鸡们越是俯首帖耳。这只威风凛凛的大公鸡，如果不说，谁又能看出，竟也是当初宝梅用纸盒子救活的。

一早上的时间过得很快，宝梅不停地忙活着，一会儿给大鸡往传送带上添食，一会儿又给小鸡清理粪便，虽然忙得汗流浃背，但是心情很好。宝梅喜欢这份工作。在老家的时候，屋里屋外都是沙子泥土，最适合饲养家畜。宝梅最喜欢小动物，鸡鸭牛羊自不必说，光是猫儿狗儿，就养了好几只。移民搬迁的政策下来后，宝梅他们整个村庄的人都从以前住的深山里迁出来了，搬到了现在交通方便的平原地区。政府给搬下来的人家每户一套一模一样的小院。每个院里都有两间敞亮的砖房，院子和街巷都是硬化好的，出来进去，整洁干净。在这样的环境中居住，乡邻们似乎不自觉地都放弃了饲鸡养狗，又趋于一致地开始养花植树。代之以过去到处弥漫着一股浓重的牲畜粪便味的老庄子，现在的村庄，空气中常常飘荡着馥郁的花香，家里家外，到处桃红柳绿。家里不能养了，幸亏有这样一份工作，宝梅是把养鸡场的鸡当作自家的鸡来养的，越养越有感情，所以那些被她养大的鸡，一看见宝梅，便疯了一样跑过来，就像看见了几十年没见的亲人。动物都有灵性，宝梅对此深信不疑。

今天，宝梅的心情很好，干起活儿来越发起劲。原因是，今天是发工资的日子，而且早上总监把宝梅叫到一边，悄悄告诉她，厂长决定让宝梅当五号鸡舍的组长。宝梅听了，心里自然很雀跃，但她是个矜持稳重的人，一早上来来去去，谁也看不出她的好心情。宝梅的脚步比平时更轻盈，干活儿比平时更麻利，边干边在心里画着无数条杠杠。

盖五间宽敞明亮的砖瓦房，总共需要十万元左右。买各种各样的材料，包括砖头、水泥、沙子、预制板、钢筋、木料、涂料、彩钢板等，大概需要五万元；人工，包括泥瓦匠、木匠、电工、油漆工、装修工等，大概需要两万元；还有盖房那几天的吃喝得两三千元，后期的装修得两三万元。总共下来，怎么算都超过十万元了。

搬下来这几年，丈夫李旺天天都出去打工，每天能挣个两三百元。盖房的钱，差不多已经存了一大半，但是不承想，去年公公把腰跌折了，花掉了三万元。加上小儿子出生，前前后后又花掉了一些。所以，盖房的钱总是凑不齐。

加上这个月的工资，宝梅自己已经存了快八千元了，虽然只有八千元，比起盖新房所需的十多万元来说，只是一笔小数目，但这笔钱里的每一元每一分都是宝梅辛辛苦苦挣下、千方百计节省下来的。当初，李旺是不同意宝梅出去打工的，理由是所有不愿意让老婆出去干活儿的丈夫的理由，无非娃娃小，家里离不开，外面辛苦，挣不了多少钱。

宝梅没有反驳丈夫，心里却打定了主意，等到小儿子一岁了，她一定要出去，挣多挣少，她都要试试。两个儿子一天天大了，光靠李旺一个人，日子什么时候才能过好？自己挣来的钱，不添斤也添两呢。过去，住在偏远的山区，乡邻们想出去赚钱，那比登天都难，山路十八弯，交通委实不便。现在好了，一出家门，到处都是挣钱的地方，葡萄园、奶牛厂、养鸡场、建筑工地……一年四季都需要人手，工资无论按月发还是按天结，领的都是现钱。村里两口子天明出发、天黑回来的越来越多。日子比过去好过多了。宝梅始终相信，只要愿意干肯吃苦，没有过不好的日子。

乡邻们有了钱后，便开始在原有房屋的旁边加盖新屋，院子是宽敞的，再加盖五六间不成问题。前年，先是前排的马俊生两口子把房子盖起来了，那两口子的聪明能吃苦是全村出了名的。那一砖到顶的明亮大三间，泛着乳黄色的釉彩瓷砖，让乡邻们啧啧称叹了好久。后是宝梅的好姐妹曾花，曾花的房子造得比马俊生的还要阔气。从去年到今年，村子里已经有十几家加盖了新房，房子都是按照城里楼房的格局设计的，有客厅、卧室、厨房、饭厅，天然气每家都通了。可以说，这样的房子，是过去人老几辈子都不敢想的，即便是城里人来看了，也要叹羡！

宝梅每天都在脑子里盘算盖房子的事情，村里每户盖好的房子，宝梅和李旺都去参观过，回来以后，两人总能讨论上一宿。李旺是泥瓦工，整天在工地上，对盖房的事情自然最有发言权，按李旺的意思，他们房子的格局就应该和村里大部分人家的一样，因为那是经典款，是乡亲们多方比较确定的，是集体智慧的结晶。可宝梅不完全同意李旺的看法，乡亲们的新房格局是不错，但宝梅总觉得不是自己心目中的那一种。

乡邻们的房子是把客厅和厨房连在一起的，图的是做饭、接待客人都方便。宝梅却不想盖成那样。她想盖一间独立的客厅，在正房的对面，再盖一间独立的厨房。客厅的窗户一定是那种阔大的落地窗，太阳出来，就是满屋的阳光；星星出来，就是满屋的星光。而且，她的客厅不是吃饭待客的地方，她要把客厅装修成一间明亮的书房。

也不知是哪一天，宝梅随手翻着手机，突然，就被一张图片给迷住了。宝梅一下子惊呆了。那是一张客厅的装饰效果图，真是太雅致了。那客厅靠墙的位置，全都是齐顶高的胡桃木书架，书架上整整齐齐摆满了书。紧靠一面书架，摆放的是一张棕色的牛皮沙发，要是躺在上面看书，就是看一天估计也不累。宝梅把图片指给李旺看，李旺却一副欣赏不来的样子："庄稼人嘛，弄个什么书房？"听了李旺的话，宝梅一下子不吭气了，装出一副不高兴的样子。李旺一看宝梅神色不对，立马向她赔不是："好好好，都听你的。"宝梅这才破涕为笑。她告诉李旺，她就是不喜欢把房子装成那种大红大绿的乡村风，她就是喜欢朴素雅致的。她想盖一间书房，是想让两个儿子以后多读书，而不是像其他乡下孩子，放学回来，就只是跟着大人看电视、玩抖音。她没有考上大学，李旺也只是初中毕业，但读书上大学一直是她藏在心底的梦想，她一定要为两个孩子创造个好环境……说到最后，李旺只会说好好好、是是是、媳妇是对的、媳妇总有理。

不过，再怎么精打细算，算来算去，手头也只有五万多元钱，离盖房的数目还差着好大一截呢，再攒两年吧，再攒两年怎么着都够了。宝梅心里暗暗盘算着，虽然有点沮丧，但并不灰心，反而觉得日子越发有了盼头。

下班了，宝梅全都收拾打点好，便骑着电摩离开了公司。傍晚的风，热度终于降下来了，吹在身上，无比舒爽。干了一天活儿，宝梅没有感觉到疲累，相反身上似乎依然充满了力量。一想到把这个好消息告诉李旺后，李旺那咧着嘴嘿嘿笑的样子，宝梅自己先开心得不行。

饭刚摆上桌，李旺就进门了，每天都是这时候。二十八岁的李旺，一看就是一副好脾气的模样，浓眉大眼，脸上常常挂着淡淡的笑容。这种笑容，在看见老婆孩子时，又会不自觉地加重。宝梅感觉，今天的李旺和平时有点不一样，具体哪里不一样，宝梅一时也说不清楚，只是觉得，蹲在院子里洗头的李旺，浑身的肌肉绷得更紧了，线条更加流畅了，随着往头上撸水而一起一伏的后背，简直有一种跳跃的律动感。接过宝梅递过来的毛巾擦干净脸，李旺的笑脸就完全展现在宝梅面前了。"有什么开心事儿？瞧你那个得意劲！"宝梅这么一问，李旺彻底绷不住了，一下子笑出了声，说道："本来打算晚点告诉你的，谁让我肚子里搁不住事呢。"

原来，李旺今天早晨听到一个好消息，政府针对建档立卡户，有一项免息贷款的好政策就要出台了。为了证实这个消息的真假，李旺专门跑了一趟乡政府，结果是下星期就可以办理，最高额度十万元。李旺打算贷五万元，赶麦子收了后就盖房。"如果贷到这五万元，加上我们原本有的，你做梦都想的事，就马上实现了嘛，你说这个消息带劲儿不？”李旺一改平日的笨嘴拙舌，似乎突然变得活跃而健谈了，那底气十足、眉飞色舞的样子，感染得两个娃娃都手舞足蹈了。宝梅也被感染了，原本就兴奋的心情更加激昂了。她本打算，吃完了饭，慢慢儿把她的好消息告诉李旺，但是看到丈夫、娃娃这么高兴，再也忍不住了。果然，李旺听了以后，开心得什么似的。且不说当了组长每月多拿三百元，更重要的，这是对宝梅工作的肯定。突然又像想起了什么，有些不好意思地说："不是给你说了吗？你的工资你全花，一个月两千多，又是柴米油盐又是娃娃，真不知道你是怎么省下的！"宝梅的脸红扑扑的，心里甜得都快齁了。她笑道："你就当上辈子积了大德，娶了个田螺姑娘。"两个人开始你一句我一句讨论，越讨论越兴奋，只要贷款到手，简直不用等到麦收就可以盖房了。院子里已经堆积了一些盖房的材料，都是李旺平时转建材市场淘的性价比高的，只要再买上一些，就算是明天动手都可以。

两个人聊啊聊，盖房的每一件事、每一个细节都讨论到了，也有意见不一样的地方，但经过反复讨论比较，多数都是李旺听宝梅的，最终达成了一致。他俩聊啊聊，一套漂亮的院落房屋，在宝梅和李旺的嘴里，似乎已经巍然矗立。那房屋不是全村最气派的，却足够整洁。两人聊得那么尽兴，不觉已夜色渐浓，两个孩子已经东倒西歪地睡着了，两人却兴奋得怎么都睡不着，直到凌晨以后才睡下。夜晚是那样甜蜜而美好。

果然，第二周贷款刚下来，宝梅和李旺就决定动手盖新房了，资金已经到位，一切准备就绪。可就在破土动工的头天晚上，宝梅却突发奇想，她决定这次盖房，一个工人都不请，甚至乡亲们里还工帮忙的都不需要。"只要咱俩，别的人手一概都不需要，一是可以节省一大笔开销，二是我们的家就应该我们自己动手盖。"宝梅一开口就说得斩钉截铁，好像深思熟虑了很久。李旺一听急红了眼，大声抗议道："两个人盖五间房，怎么可能呢？盖房子可不是个轻松活儿，有的男人干一天都扛不下来，就你这小身板子？""我们可以干慢一点，我想自己盖自己的房子，不要别人掺和。"越是这样给李旺解释，宝梅越是坚定。宝梅扳过李旺的肩头，各种软语解释，李旺怎么都不答应。最后，宝梅只得假装生气了，因为只有这一招最管用。没想到，这次，宝梅背对着李旺睡了一个多小时，那家伙还是没动静。宝梅只好使出最后一招——假装哭泣。当嘤嘤的哭声传出来时，李旺再也忍不住了，一把把宝梅搂进怀里，不情愿地说道："行了，都随你！一头偏驴！我还不是怕你太苦太累嘛。"黑暗中，宝梅偷偷地笑了，却又一口咬在李旺的肩上，咬出一排细碎的牙印来，心里暗暗地对李旺说："知道你是怕我辛苦，你越是疼我爱我，我越要为你付出我的所有。"宝梅自己也没想到，一个临时的想法，最后竟然变成了一个不可动摇的决定。

第二天天还没亮透，两口子就早早起床了。趁着太阳还没出来，干活儿凉快。地基一个星期前，李旺就抽空打好了，现在只需往上面砌砖就行。李旺负责砌墙，宝梅给他递砖运灰，灰就是抹墙用的混凝土，李旺一早就和好了。李旺砌墙的样子真是太帅气了。宝梅虽然知道自己的丈夫是建筑工地上最好的泥瓦工，但亲眼看到李旺盖房子，这还是第一次。李旺码砖的速度相当快，一铲子水泥，一块砖，不多不少刚刚好。砖块、水泥在他的手里就像会听话似的，指哪儿打哪儿，从抹灰到砌好，李旺的动作行云流水，一气呵成。宝梅暗暗赞叹，自己的丈夫能在工地上拿大工里的最高工资，全凭技术过硬啊。只见李旺上下翻飞着砖块，虎口一张一合，一块砖头就已经稳稳地立在墙上了。那粗糙坚硬的手指，看起来是那样有力，又那样灵活。砖块一块又一块摞起来了，不到一小时，已经砌了两块砖的高度。照这个进度，不到十几天，房子就能盖起来。

太阳出来了，早晨的阳光仿佛有无数细软的触角，照在人身上，酥酥痒痒的。一缕阳光透过树荫照在李旺的脸上，这张脸就有一半在明媚里，一半在阴影里，显得棱角分明、英气勃发。宝梅不由得多看了丈夫两眼，心想，时光是个坏东西，催人一年年变老；时光也是个好东西，会使一些人越看越顺眼。当初，李旺还是个二十岁出头的小青年，长着一张扁平的娃娃脸，那模样稚嫩得像少年闰土，宝梅第一眼就没看上。高中毕业后，模样俊俏的宝梅一下子成为庄子里媒婆首选的人物，提亲的差点踏破了门槛。那些小伙子，哪一个似乎都比李旺英俊帅气，但不知怎的，最后宝梅竟嫁给了自己第一眼没看上的人。后来想想，一是命，二是这家伙太能缠磨人了……女人怎么才算幸福？宝梅常常想这个问题，嫁对了人，就是幸福！这么看来，嫁给李旺，是自己这辈子做得最对的一件事。

街巷里渐渐喧闹起来，乡亲们起床了。先是宝梅的婆婆进了院子，婆婆张大嘴、吃惊地喊道："你们盖房子，怎么不叫人帮忙？"公公已经开始拿着铁锹往篓子里装灰了，又招呼婆婆赶快给他们的小儿子打电话。李旺立马站起来阻止，把宝梅昨天晚上说的话大致对父母说了一遍。公公婆婆一下子没有听明白，李旺又解释了几遍，等终于明白了，却像看傻子一样看着他们的儿子儿媳。不一会儿，街坊四邻们也拿着工具来帮忙了，这都是以前宝梅和李旺帮助过的乡邻。李旺免不了又一番解释，但是大家和公公婆婆的表现一样，怎么都搞不清楚状况。李旺看解释不通，也就懒得磨嘴皮子了，继续干起自己的活儿来。最后，还是公公连说带推把这些人请出了院子。一时间，整个村庄刮起了一股风，乡邻们都在议论李旺两口子奇怪的行为，以至于好多人眼不见心不甘，专门跑到两口子门上看稀罕。宝梅和李旺也不理睬，只管低头砌自己的墙，谁爱看看去，爱说啥说去，他们就是要用自己的双手，为自己盖一所房子。

人群渐渐地散了，宝梅和李旺越发起劲地干起来。李旺光着膀子，一身腱子肉，在阳光下闪闪发亮。宝梅尽自己最大的努力去跟上李旺的速度，但毕竟是女人，干家务虽是一把好手，可这种出大力的活儿，女人家干，还是有些吃力。李旺早就看出宝梅有些吃不消了，但他没有说破，也没有重做打算，他了解宝梅的性格，只是将自己的速度放慢些，还不时地从墙圈里跳出来，帮宝梅抱砖装灰。两人边聊天边干活儿，时间过得很快，不觉间已是正午。太阳放肆地把它最强的光芒洒向大地，洒向这人间的小院。宝梅和李旺的眼睛都快睁不开了，身上被灼得火辣辣地疼。婆婆已经叫了好几次该吃饭了。"先吃饭，歇一歇，等到阳光没这么毒辣时，再出来干。"李旺说，宝梅只好同意。

下午的劳动并不比上午轻松。宝梅手上磨了好几个水泡，只要一碰铁锹，就钻心地疼。宝梅不敢让李旺知道，强忍着，心想，等到磨上厚厚的茧子就好了，权当是一场历练吧。

时间一小时一小时地过去了，墙一点点地高了起来，宝梅和李旺的心情也越来越好。李旺甚至高兴地哼起了小曲儿，宝梅心里的那种充实和满足，也是前所未有的。两个人话题一个接一个，反反复复全都围绕着房子，宝梅一会儿给李旺说壁纸的颜色，一会儿又说家具的式样，甚至摆放的位置都对着墙圈确定了……一个不厌其烦地说，一个津津有味地听。渐渐地，天黑了，一天就这样过去了，多么劳累而又多么愉快！该吃饭了，该歇息了。

月亮升起来了，饱满莹润的一轮。周围的那轮光圈，看上去新鲜润泽，仿佛今天的月亮不是昨天的那轮，是刚刚从水中打捞起来的。星星也出来了，一颗两颗，转眼之间便布满了整个天幕，那样高远又切近，神秘又清凉。宝梅最爱看星星，最想有一间洒满星光的屋子。在这间屋子里，她不仅仅是一个养鸡女，也不仅仅是别人的妻子和母亲，她会是她自己，当初那个热爱文学，并且有些浪漫气质的女子。她要在她的星星屋里摆满书籍和绿植。不管她是何种身份，只要回到星星屋，她就是她自己。

这么想着，宝梅再也按捺不住了，她招呼李旺起来，继续新一轮的战斗。她要以最快的速度，建成她的星星屋。

李旺一边呼喊着这个傻婆娘一定是疯了，一边按照宝梅的意思，找来一个两百瓦的灯泡换在门灯上。夜晚的劳动，比起白天来，又是另外一番感觉，微风吹拂着，送来缕缕花香。宝梅抬头仰望那万星璀璨的天空，每一颗美丽的星星都点缀着夜空，就像这世上的每一个人。也许只有夜的暗淡，才能反衬出星光明亮吧。天上的星星一闪一闪，与门灯的强光遥相呼应。艰辛的劳作，似乎也变成了一种难得的享受。

一天两天，三天四天，两人不分昼夜地干了八天。宝梅手上的水泡终于磨成了茧子，不再感到疼痛了；浑身肌肉酸疼的症状，也明显有了好转。最重要的是，五间屋子所有的墙，已经起了快四米的高度，再有一米，就可以上房顶的石板了。然而，墙越高，往架子上扔砖头的难度就越大。宝梅每扔一块砖头，都会踮起脚尖，用力地抛；李旺几乎是弓下身子，伸长胳膊去接，为的是缩短宝梅和架子之间的距离。即便是这样，在第八天下午差点就酿成了一起事故。明晃晃的太阳照得宝梅头昏眼花。宝梅抱着砖块的两臂，突然变得沉重起来。当宝梅依照惯性，将砖头用力抛出时，在架子上等着接砖的李旺看到，那块砖没有像其他的砖块那样划着一道漂亮的弧线来到自己手上，而是直直地、重重地坠了下去。李旺一下子慌了，出于本能朝着砖块坠落的地方猛地扑了下去。宝梅一下子惊呆了，那可是三米多高的架子啊，就那样无所顾忌地扑下来，一准会摔出毛病。或许是天佑吉人，李旺扑下去的地方，正好有一大堆沙子。那堆沙子稳稳地接住了砖块和李旺，使得李旺和砖块深陷其中。最后宝梅将李旺从沙子堆里拽出来时，李旺除了肚皮上被那块砖的拐角硌出了一个指甲盖大的红印外，其他地方都没事。

从沙堆里爬出的李旺一下子火冒三丈。这些天，无论什么事情，他都顺着宝梅，就因为顺着她，差点出事，要不是自己反应快，那块砖头没准会落在宝梅的脑门子上。好悬啊！李旺再也忍不住了，对宝梅大声嚷道："蠢女人！以后再也不听你的馊主意了，要是请人帮忙，两天就盖好了。你看，差点弄出乱子。"宝梅看李旺真的生气了，吓得不敢吭声，只是一个劲儿地给李旺揉着肚皮上那块发红的地方。

砖块，李旺再也不想让宝梅扔了，他想了想，决定让宝梅去架子上砌墙。砌墙虽是个技术活儿，但只要掌握要领，以宝梅的心灵手巧，短时间学会也不是没有可能。果然，李旺教了几遍，宝梅就基本上掌握了。宝梅站在架子上，有几分得意，没想到自己变成了大师傅，李旺却成了给自己打下手的小工。

砌了几层，都没有大问题，虽然没有像李旺砌得那样严丝合缝，但也平平整整，看起来有模有样。宝梅越发得意了，胆子大了起来，速度也加快了。就这样，一直像往常一样，干到凌晨时分，两人才休息。第二天早晨，李旺爬到架子上查看昨天的成果时，发现后墙上的两块砖有点斜，拐角突了出来，和其他的砖不在一个水平面上。突出来的地方，即使以后抹上灰、贴上壁纸，仍然会有黄豆大的两个小点。其实也不要紧，宝梅一听却急坏了，不停地责备自己，恨不能用手把那两块砖抠下来，可经过一夜的凝结，所有的砖块都已经牢牢地固定在墙体上，拿是拿不下来了。宝梅看无计可施，再也忍不住，眼泪唰唰地流了下来。李旺心疼得要命，知道媳妇这些天有多不易，为了自己说出口的一个决定，一直拼命撑着。李旺边哄着宝梅，边观察着那两个突出的点，突然灵光一闪，拿来锉刀，跳上架子，三下五除二，就把那地方挫平了；凹进去的地方，又抹了点灰。这样一来，墙又变得平整了，简直看不出一点破绽。宝梅开心极了，夸赞道："还是老公好，还是老公有办法啊。"夸得李旺都有点不好意思。

干到十一天的时候，五米的墙体终于起来了，只要往上面盖上板，把顶子一封，房子的大致样子就出来了，剩下的工作就好做了。封顶，是盖房中最紧要、最难干的一个环节，因为板太重，要用起重机吊到房上，再由力气大的男人放置平整，这可不是一两个人手能够完成的。李旺头天晚上就跟父母商量过了，第二天找几个家门中的弟兄来帮忙。

第二天，天刚亮，李旺和宝梅还没起床，就听到院子里一片喧闹。跑出去一看，竟来了许多人，除了李旺的兄弟们，庄子上的年轻人几乎都来了，他们是来帮李旺和宝梅给房子封顶的。十天前，当这小两口自己盖房的消息传出去时，村里一片哗然，几乎所有的人都认为这两口子太抠门。两个人盖房，简直是闹笑话哩。几乎所有的人都在等着看笑话，他俩肯定坚持不下来。盖房子呢，以为是小孩子玩过家家。但随着时间一天天过去，墙体一天天起来，那些看笑话的人才终于明白，宝梅和李旺所说的为自己盖一所房子是什么意思。大家弄明白了后，都不由得肃然起敬，暗暗地为那两口子叫好。尤其是年轻人，他们似乎更能懂得宝梅和李旺的意图。

封顶时，全村的人几乎都来了。能帮忙的一个都没闲下；院子里一片欢腾，甚至有人买来了鞭炮……

当天晚上，宝梅做了一个梦。她梦见她的新房建成了，那镶着乳白色瓷砖的宽敞明亮的新屋，在星光灿烂里熠熠生辉。宝梅走进她的书房，摁一下墙上的开关，房顶的灯亮了，灯光是那样皎洁明亮。宝梅久久地看着那些灯，看着看着，那些灯，竟真变成了天上的星星……

原载于《朔方》2019 年第 7 期

桂花香

　　周金桂搞不清楚，那母女俩是怎么加入她们聊天的，而且聊得如此投机。事后，每每想起，她都心有余悸。

　　那是个阳光明媚的午后，和所有八月天的午后一样。下午三点左右，还在午睡中的周金桂被外孙女朵朵的啼哭声唤醒，紧接着是小人儿挥拳蹬腿的动作。睡梦中，周金桂摸摸那软嫩的小屁股，尿了。她看到一双亮晶晶的小眼睛正紧盯着自己，粉嫩的小嘴委屈地噘着。她立刻把这团肉肉抱在怀里，轻抚安慰。换完尿布，一切收拾停当，午睡就这样结束了。

　　院子里高大的桂花树和平时一样。一树鸟羽一样的绿叶，密密实实地将树冠笼罩，白色花苞鼓胀着，一个一个，似满天繁星，散发淡淡的幽香。桂花树下的长亭，是这个小区老年人消闲的好去处。每日午后，都有一群老头老太太围着亭中的石桌，或下棋，或打牌；既不下棋又不打牌的，多是怀抱孙子的爷爷奶奶，因为腾不出手，通常三三两两坐在一起聊天。静谧的长亭一时间热闹非凡。然而，今天的长亭却出奇的安静。

　　周金桂抱着朵朵坐了一会儿，不见一个人影。周围静悄悄的，无聊的感觉一点一点漫上来，她暗自纳闷：人都到哪儿去了？心里默念着，脑子里已经有了答案：想起来了，昨天正是这个点儿，街道对面超市的售货员跑过来发传单，说是明天下午做活动，排在前三十位的可以免费领两斤鸡蛋。大概这会儿，老头老太太们都去超市门口了。周金桂能想象得出，一排长蛇一样的队伍，里面全都是老头老太太，屁股底下压着小马扎，手上摇着大蒲扇，不惧烈日灼人，很有耐心地等待着。只是让周金桂没有想到的是，大城市的老年人也这样。看起来，天下的老头老太太都一样。周金桂来自西北的一座中小型城市，在老家没退休时，她每每看到老头老太太在小区外的超市门口排长队，心里都会不由发出一番感叹：为了一捆小葱、几个鸡蛋，耗上半天，眼皮子也太浅了，等自己退休了，决不会参加这些无聊的活动。她要让自己的生活充实起来，她要读书、旅游、画画、练瑜伽，要把忙工作时所有向往的事情都做一遍。

然而，退休后，周金桂的美好生活还没过上一年，便为了给女儿带小孩，来到了深圳这座大城市。刚来一年，可把周金桂忙坏了。她成了彻彻底底的全职保姆，难得丝毫闲暇。有时候，她反而会羡慕那些老头老太太，毕竟人家手里有大把的时间。

周金桂又坐了一会儿，眼看着桂花树投下的影子向北又移了半米。实在是无趣。就在她打算抱着朵朵回去的时候，隔壁楼的壮壮奶奶怀里抱着孙子往这边来了。老太太年龄不小了，比周金桂年长十多岁。这个年龄，本应在老家颐养天年，却也为了给儿子带孩子，来到这座陌生的城市。壮壮奶奶长得瘦弱矮小，怀里的壮壮却很胖大，以至于每当那老太太怀抱孙子摇摇摆摆走路时，周金桂都觉得老太太活像一个在风雨中艰难挪行、不堪重荷的老企鹅。

还没到跟前，周金桂就抱着孙女不自觉地站起来，她下意识地想要帮壮壮奶奶一把，把那大胖小子往上托一托，他眼看就要从奶奶的怀里挣脱出来了。

壮壮奶奶终于坐下来，就在石桌的另一侧。怀里的孩子也暂时安静下来，目光被对面的人类幼崽吸引了；朵朵也瞪着明亮的大眼睛，盯着眼前突然出现的同类。互盯了一阵，两个小家伙便爬向石桌，用咿咿呀呀的语言开始交流。两个大人笑着听了一会儿，一句也听不懂，便由他们自己玩去了。周金桂和壮壮奶奶有一搭没一搭地聊起来，然而她们的交流没有两个小孩那样流畅自如。

原因是，周金桂简直听不懂那老太太的安徽方言，而壮壮奶奶对周金桂的北方普通话好像也不感冒。聊了半天，南腔北调，鸡同鸭讲，慢慢沉默下来，沉默中带着一丝尴尬。

在这个小区的老人圈中，周金桂和壮壮奶奶也仅仅是认识而已。周金桂处了两个相熟的老姐妹，一个是来自甘肃的李元妈妈，另一个是来自上海的沈家姆妈，每天她们相聚在长亭之下，说长论短，谈笑风生，畅快极了。而壮壮奶奶则和来自同一个地方的果果奶奶交好，只有和果果奶奶在一起时，她才显得活泼一些，话虽不多，但起码是聊天的架势。多数时候，她则瑟缩在长亭的一角，安静地听其他人谈天说地。

干坐了一会儿，气氛实在有些沉闷，周金桂再次打算抱着朵朵上楼。那两个女人却出现了。

从年龄上看，应该是一对母女。老女人六十出头的样子，穿一件花色繁复的针织衫，往长椅上一坐，便和身后的桂花树融为一体。年轻女子也就三十来岁，着一件素色连衣裙，看起来清清爽爽。她们还带着一个男孩，七八岁的样子，跟在他奶奶和妈妈身后，不停地拍着手中的皮球。周金桂当时没留意这对母女是怎么插进来的，好像很自然地，她和壮壮奶奶身边就多了两个人。那老女人憨憨地笑着，模样很慈祥。年轻女人则热情健谈，一开口，长亭里的气氛便活泛了。周金桂暗自庆幸，终于摆脱了那些许的尴尬。她甚至还有点感激这对母女，出现得太及时了。最让周金桂感到愉快的是，这对母女的普通话非常标准，没有一个字是听不懂的，尤其是那年轻女人，声音悦耳，一句一句，说得婉转动听，仅声音都会让人沉醉，更何况聊天内容，句句都在点子上，句句都是人爱听的。从纸尿裤的选择到婴儿辅食的添加，不一会儿，周金桂就学到了一些育儿的新知识。当然，周金桂也了解到，这祖孙三人就住在离这里不远的四季园社区。他们今天来这里是走亲戚，不凑巧的是，亲戚这会儿不在家。本来打算返回的，看到长亭舒适，便坐下歇脚。不知为什么，周金桂心里升起了一丝遗憾，要是这母女住这个小区就好了，说不定，她和她们会成为好朋友。

聊了一会儿，年轻女人开始逗弄两个小婴儿。看得出来，她非常喜欢孩子，盯着孩子看的眼睛闪闪发亮。朵朵被她哄得咯咯笑，那样子比见到自己的亲妈还开心。壮壮更激动，扑闪着两只小膀子，做出鸟儿飞翔的姿势，眼看就要挣脱他奶奶的怀抱，扑向对面那个年轻可爱的阿姨怀里。阿姨很贴心，没有丝毫犹豫，顺势便从壮壮奶奶怀里接过了这小人儿，抱在自己怀里，给予更加亲密的爱抚。壮壮奶奶的眼睛弯成了月牙，从心底升起的愉悦感，使她寡淡的五官显得生动起来。四个大人、两个婴儿，围着这长亭下的小小石桌，开心地笑谈着。不远处的空地上，那男孩仍在不停地拍着皮球。

和谐的被打破不具有任何戏剧性，不像某些影视剧中渲染的那样险象环生，在某个时间节点突然爆发，以造成扣人心弦的艺术效果。一切都是自然而然发生的。就连周金桂那样天性敏感且警觉性很高的人，都没有一丝一毫的觉察。那个男孩，像一个被设定了程序的小机器人一样，一直不停歇地拍着手里的皮球。尽管脸上的汗珠在阳光的照耀下颗颗毕见，呈现出一种不太真实的圆润饱满，但这不影响男孩运球的速度，而且时间越往后推移，男孩的花样越繁多。他学着电视上篮球明星的样子，运用各种手法摆弄着手里的球。男孩或许自认为打得不错，沉浸在炫技式的表演中，但观众稀少，除了周金桂偶尔抬头看上一眼，其他人都不理他，都只管聊自己的天儿、逗弄怀中的婴儿。耳畔是什么时候清静下来的，那咚咚咚的拍球声是什么时候渐渐远去的，周金桂也说不清楚，只是突然之间感觉缺少了点什么。还没等周金桂反应过来，年轻女人突然喊了一句：亮亮呢？声音虽然不大，却足以引起所有人的重视。年轻女人边说边站起身子四下观望，大家的目光也追随着她的目光寻找，哪里还有亮亮的影子。年轻女人明显有点慌张，她快步走出亭子，沿着甬道往门口的方向去了。老年女人也有点慌神，嘴里念叨着："亮亮去哪里了？"身体已经跟随着年轻女人往前移动了两三米。周金桂和壮壮奶奶也坐不住了，她俩虽然没有跟着跑出去找，但是心里也有几分担心，四处张望，希望那个叫亮亮的孩子没有走远。

直到那对母女的身影快消失不见了，周金桂才发现了异常："壮壮呢？"这一声惊叫，把两个人都震醒了。壮壮奶奶的脸霎时变得煞白，看看自己空空如也的怀抱，一下子瘫坐在地上。周金桂终于醒悟过来。她一边大声喊叫："壮壮！壮壮——"一边迅速跑出去追赶。那两个女人听到喊叫声，跑得更快了，眼看就要消失在楼房的转角处。周金桂紧张得心都要飞出来了，抱着朵朵本来就跑不快，怎奈腿下又有几分发软，虽是拼了命地追赶，却和前面狂奔着的两人距离越拉越远。惶急中，周金桂扯开嗓门大喊大叫起来："来人啊！抓人贩子啦！孩子被抢了……"有几家低层的住户打开了窗户，探出头来观看，但远水解不了近渴，眼睁睁看着孩子被人贩子拐走了。周金桂也像还瘫在长亭中的壮壮奶奶一样，一下子瘫软在了地上。

事情的转机是伴随着一声巨响发生的。哐当一声，有重物倒地的声音，也有女人尖叫的声音。周金桂仿佛预感到了什么，抱着朵朵迅速拐过堵在眼前的居民楼。就在楼房的转角处，小型车祸现场像舞台剧一样呈现在眼前：一个美团骑手连同他的摩托车狼狈地躺在地上，更狼狈的是，摩托车的前轮下压着一个年轻女人，嘴啃泥似的趴在地上，不停地呻吟着。她旁边的水泥地上，胖墩墩的壮壮正瞪圆眼睛，不明就里地看着眼前的一切。那老妇人双手紧抓摩托车座，脸面朝天，青筋毕现，嘴巴大张，咬着牙齿，眼睛瞄着后面赶来的人群。

人群是一下子集中在眼前的。先是几个保安急匆匆地跑了过来，再就是那些排队的老头老太太，他们的事情办完了，本来是优哉游哉边聊边进小区的，看到保安们急奔，喜欢管闲事的他们也快速赶过来。人墙把车祸现场围了个水泄不通。

在警察到来之前，保安和吃瓜群众已经把那对"母女"审讯了几遍，事实很明显：这就是一对人贩子。好在壮壮安然无恙，这胖娃娃自始至终都没哭一声，一边津津有味地吮着大拇指，一边眨着那对浑然无知的明亮眼睛。壮壮奶奶却被吓傻了，好久都没有缓过神来。那年轻女人，因为受伤被送到了医院，老女人则被警察带走了。

这件事情被人们反反复复、掰开揉碎谈论了好几天。之后，便被慢慢淡忘了。

周金桂过了好些天才缓过神来。那天，从追赶人贩子开始，她浑身就不停地冒冷汗，一颗心七上八下。她越想越觉得后怕。看起来那么和善的两个人，怎么会是人贩子呢？这种事情竟然就发生在自己眼皮子底下。各种可怕的念头以不可遏制的态势冲进她的脑海里，搅得她坐立难安。

还没来深圳之前，每每和家乡的老姐妹们聚会聊天，谈得最多的就是给儿女们带小孩的难处。姐妹们一致认为，领孙子是这世上最艰辛、难度最大的工作，危险系数不亚于那些随时玩命的高危工种。这里不光有保护孩子安全的责任，还包含处理难搞的婆媳关系的问题。这两点犹如两座大山，足以压垮一个老年人的晚年生活。可怕的是，到头来，几乎没有老人不受抱怨。不管你尽不尽心，两代人之间不同的育儿理念，就是一道难以逾越的鸿沟。

周金桂曾经听过这样一个故事：一个农村老太太为了带孙子，费尽千辛万苦飞到大洋彼岸，没想到某一次，因为疏忽大意，忘了将吃饭的筷子收起（她一直没学会使用刀叉），蹒跚学步的孩子趁她没留意，拿了筷子玩耍，结果一不小心摔倒在地，筷子直接从喉咙插进去，孩子当场毙命。孩子的父亲据说是某实验室的博士，知道了孩子的情况后，一言不发，只是紧锁着眉头，铁青着脸色，待到深夜来临时，手拎着一壶滚烫的开水，潜入母亲的卧室……初次听到这个故事时，周金桂还对它的真实性抱怀疑态度。但那天，当她目睹了清醒过来的壮壮奶奶是怎样突然颤颤巍巍扑倒在众人脚下，一个劲儿地给大家磕头作揖，求告大家千万不要把这件事告诉她的儿子儿媳时，周金桂终于相信，那个故事或许不是编的。过去，周金桂每每想起这个故事，都会觉得恶心、晦气。

如今，当这个故事再次窜进她的脑子时，她却感觉毛骨悚然，恐惧的感觉攫住了她。回到家后，即使蜷缩进沙发里，她都浑身发冷，身子发抖。她将朵朵紧紧搂进怀里，一遍又一遍地抚摸着孩子的小胳膊小腿，好像失而复得的是朵朵，不是壮壮。她难以想象壮壮奶奶是如何度过那几天的。

回到家，周金桂形同木鸡，脑海里却风波迭起，各种不好的臆想一波一波涌进来，越想越无助，越想越害怕，以至于浑身冷汗冒完冒热汗，也是一波一波，交替挥发，可是想象中的雾霭却无处消散，一颗心依然七上八下。呆坐良久，她终于想起来，要找个人分担，于是颤抖着手拨通了老伴的视频。屏幕上，老伴还像以前一样，一副乐呵呵的傻样子。周金桂的眼泪却流下来了。她把事情一五一十地讲给老伴听，因为情绪激动而显得语无伦次。很明显，听完之后，老伴的情绪也起了变化，沉默了一会儿，开始笑呵呵地安慰周金桂，什么"你那么聪明，这种事绝对不会发生在你身上"，什么"吃一堑长一智，经过这次，你会更加警醒"……全都是周金桂熟悉的语言。而在那短暂沉默的间歇，周金桂第一次体察到，老伴过得其实并不比她轻松。每天视频时，虽然他总是抱着小孙子乐呵呵地冲镜头里的她说笑、扮各种鬼脸，做出一副轻松自在的样子，实际上，他领孙子的生活可能比她还要艰辛。他嘴上说的那些"乐在其中"的话，只是为了让她放心、安心，是为了安慰她，也为了安慰自己。怎么可能呢？一个几十年没有操持过家务的大男人，能够轻松自如地应付晚年伺候儿孙们的工作？他也像她一样，是在硬撑！只不过，他不像她这样谨小慎微，多年练就的乐观精神，让他学会了避重就轻。然而此时，他紧紧抱着孙子的双臂，以及那虽然短暂但少有的凝重表情，却出卖了他：他和她一样。人人都一样。没有谁的晚年是轻松的，尤其是那些漂泊异乡、为子女带小孩的老人。

周金桂第一次心疼自己的老伴，也心疼自己。这是一股暖流，细细的，小小的，从心底升起，慢慢扩大，不一会儿，之前害怕忧虑的心情变成了自悯自怜。

一年前，几乎是同一时间，苏家喜得一男一女两个孙子。苏洋和苏堤这一对龙凤胎，几乎同时结婚，又同时生育。这样天大的喜事不是谁家都能遇上的，后继有人啊，那种抑制不住的快乐让周金桂和老伴不知道开心了多少天。然而与此同时，谁去看护孩子的问题也提上了日程。无论是家孙子还是外孙子，周金桂最希望的是，两亲家能够主动承担照看孩子的责任。或许亲家跟她的想法一致，只想享受得到后代的快乐，却不想承担养育后代的负累。总之，消息传达到他们老两口这里，就是儿媳妇一口咬定谁的孙子谁带，反正这孩子姓苏。女儿的口气没有那么坚决，是半讨好半哀求式的，说她的公公婆婆都是没有知识的乡下人，年龄又偏大，怕是不能胜任这么重要的工作。也就是说，无论情愿不情愿，他们老两口这个联合体，未来要有一段时期不得不分开，目的是奔向两个不同的小家庭，去完成本不属于他们的任务。

　　一想到要和老伴分开，周金桂心里的难过和不舍能够写成一篇长长的抒情散文。过去的许多年，因为工作原因，她和丈夫长年两地分居。两个孩子是她一个人苦熬着带大的，可以说吃尽了苦头。孩子们长大离家后，按理说，她应该算是熬出头了，只剩享受安闲的生活了，却被巨大的空虚落寞所包围。有一段时间，她宁愿在人群聚集的地方踱到天黑，也不愿意回到那个空荡荡的家。这样的日子持续了一段时间，直到丈夫退休回家，周金桂重新焕发了生机。她在晚年，在漫长的生命河流快要流到平缓、狭窄的末端时，仿佛又重生了一次。丈夫给了她太大的慰藉。退休的日子，两个人真的过起了书中描绘的诗意生活——读书、画画、养花、喂鸟，长途或短途旅行。然而，这惬意的退休生活如此短暂，就像一朵娇艳的花，刚绽放，就衰败了。

　　最终的结果是，周金桂选择了给女儿带小孩。她害怕处理婆媳关系，况且她的儿媳妇本身就不是个善茬。老伴只得奔赴北京——"哪里困难哪里有我"，老伴走前还故作达观地咏唱着。

　　平心而论，来深圳的这一年，除了身体的劳累，周金桂的心情倒还可以。

女儿是小孩脾气，女婿倒是宽容大度。和他们一起生活，看他们打打闹闹，还挺有趣的。女婿勤快，只要进了家门，周金桂基本就从家务中解放出来了。她尽心尽力地帮扶着女儿，也享受着身边一些因为处理不好和子女关系的老姐妹的羡慕。如果不是偶尔担心朵朵摔了、碰了等安全问题，这一年的生活，也算得上岁月静好。

　　然而，这一切不过是假象。周金桂突然发现，这一年多的美好生活是这样经不起推敲，就像一个五彩的水泡，只要轻轻一碰，就会立刻碎成浮沫。每每想到壮壮那天差点被拐的事，她就觉得太可怕了。周金桂纠结着，就像一个苦恼的哲学家，甚至思索到了活着的意义。她仔细梳理自己的大半生，发现自己其实一直都为他人活着。她想起了列夫·托尔斯泰的《人靠什么活着》里的故事，知道自己不是鞋匠，也不是那个被救的年轻人，她就是她，一个为儿女活着的漂泊的母亲。

　　手机铃声响起，是女儿打来的。女儿说她们公司晚上加班，女婿也有台手术要做，就不回来吃饭了。周金桂终于从迷糊中清醒过来。夜幕降临，室内一片昏暗，只有几样家电的显示灯发出一星半点的微光。朵朵在周金桂的爱抚下早已睡着。该把孩子放到床上。周金桂挣扎着起身，她的双臂胀痛，压麻的双腿站在地上好半天都使不上劲儿。

　　平常若是这种情况，周金桂心里甭提有多高兴了。女儿女婿不回来吃饭，孩子又睡着了，她终于有了一大块独属自己的时间。周金桂会把这段时间安排得满满当当，读书、看影片、练书法、画画，每件事都乐在其中。然而今天，她怎么都提不起兴趣。周金桂浑身无力，脑袋发沉，终于挪到床上，躺在朵朵身边，不一会儿就昏睡过去。睡梦中，她仿佛又看到了那对"母女"，她大喊着抓人贩子，跑上去和她们决斗。她们却变成了长着黑面大獠牙的妖怪，并且招来了更多的妖怪。周金桂很害怕，她想跑，却不由自主地同这些妖怪搏斗起来，打倒了几个，又有更多的包围上来，最终因为寡不敌众，被妖怪们抓住。

妖怪们把她罩在一口大黑铁锅下面。她感觉呼吸困难，浑身滚烫，觉得自己只剩最后一口气了。她使劲挣扎，却无力摆脱，本打算放弃，但出于本能又奋力一搏，混沌处仿佛石破天惊，一道亮光照射过来，意识回到了现实。原来是一场噩梦，是女儿推醒了她。周金桂一直昏睡到次日中午。睡梦中，说了许多可怕的话，醒来后却一无所知。

周金桂一连几天都发着高烧，整个人也陷入昏沉的状态之中。女儿只当她是累病了，也没有多说什么。病好后，生活依然像往常一样继续着。只是，在周金桂的内心深处，她想逃离，这是前所未有的感觉，一天比一天强烈。她想回到自己家，过真正属于自己的生活。

桂花树枝头飘香的时候，女婿黄涛的父母来了。

起初，听到这个消息，周金桂内心一振。或许，这次自己真可以离开了。那次事件之后许久，她试图和女儿深谈一次，结果是女儿也像她一样为朵朵的安危担忧，却几乎一句都没有提到妈妈的内心感受。女儿坚定地认为，只有妈妈才能胜任带好朵朵这项重任，换了任何人都不行。"儿女是债主。"周金桂的心寒了。这下好了，人家的亲爷爷、亲奶奶就要来了，她这个外婆说不定暂时可以休息了。这次，自己的态度一定要坚决些，不能被女儿的眼泪泡软。

那天下午，女婿黄涛接上他的父母走进家门时，周金桂并没有意识到，糟心的事情才开头。由于对方家境的问题，作为女方的父母，当初他们也曾极力反对这门婚事，所谓"世上有，戏上有"。其中的桥段，也和电视剧演得差不多，那是周金桂最不愿提及的部分。最后的结果是反对无效，女儿女婿旅游结婚，两亲家从未谋面。

这第一面，周金桂对亲家老两口并无恶感；相反，他们看起来还挺朴实。男亲家长着一张古铜色的圆脸，话不多，别人说什么都只是憨憨地笑；女亲家一副怯生生的样子，佝偻着瘦小的身躯，坐在扶手椅里一副不自在的样子。一顿饭吃得很尴尬，女婿不停地打着圆场。周金桂倒可以理解，毕竟大家都不熟悉。她对自来熟的人天然没有好感。

第二天，女儿女婿上班，尴尬的日子才真正开始。原本七十平方米的屋子，因为陡然多了两个人而显得拥挤。客厅的沙发被男亲家霸占。他安然地躺在上面，就像躺在自家的炕头上。两只烤煳了的地瓜似的胖脚，理直气壮地搁在沙发雪白的扶手巾上。烟卷一支接一支地抽，伴随着电视剧剧情的变化，吞吐的力度也有所改变。不一会儿，整间房子便乌烟瘴气。昨天还怯生生的老太太，住了一夜也换了一副模样。她从这间房转到那间房，一遍又一遍地抚摸着柜子、床等家具，对那些没有见过的小摆件，也是拿在手里不停地把玩，直到看够了，再也激不起任何新鲜的趣味，才大模大样地坐在他老伴脚下的矮凳上，嗑着瓜子，也看起了电视。对他们的亲孙女，也就是昨天刚来的时候，在儿子儿媳面前，表现出一副喜欢亲昵的样子，可朵朵被他们的表情吓哭了。估计她看爷爷的脸像动画片里的熊熊，看奶奶咧开嘴笑的样子，像一碗方便面倒扣在一段枯树干上……

第三天，周金桂只好抱着朵朵缩在小卧室里，听着外面那老两口有说有笑，那种方言，她一句都听不懂，心里的郁闷便越来越重。

平日，周金桂的中饭就是熬点小米粥，或者下几个饺子，凑合一顿。朵朵还小，主食吃奶粉，辅食也是米粉、蛋黄啊什么的。现在家里多了两个人，总不能只顾自己吧。周金桂有做饭的想法，那还是在早晨起床的时候。此刻，看着那老两口鸠占鹊巢（这套房的首付，周金桂出了二十万，男方家一分都没出）、一副主人家的姿态，她这个先到者却被挤到一边，一副寄人篱下的样子。周金桂心里感觉不是滋味。算了，既然人家是主人，就让主人来招待她这个客人吧！

打定了主意，周金桂便稳稳坐下来，抱着朵朵安心地看起了幼儿绘本。时间一分一秒地过去了，饭点也过了快大半个小时，周金桂仿佛听到了来自客厅里的窃窃私语，虽然听不懂，但是猜都能猜到，说的应该是吃饭的事。不知为什么，她心里突然一软，觉得自己这样做不太好，毕竟女儿早晨走的时候拜托过她，说她婆婆不会用煤气灶，中午饭得由她来做。

好吧，就算是看女儿的面子吧，周金桂为自己的心软找了个台阶下。她抱着朵朵出去，对两亲家说："你们来看孩子，我去做饭。"显然，他们听得懂她的北方普通话，憨厚的脸上露出朴实的微笑，眼神却显得非常淡定，仿佛这一切都是理所当然。周金桂心里又是一阵不痛快。朵朵却不答应，她扯着嗓子大声哭喊，身体挺成个硬棍，怎么都不肯让她那长相酷似狸猫的亲奶奶靠近，而那小小眼睛里流露出的恐惧，让周金桂心疼不已。算了，大不了抱着孩子做饭吧。就这样，周金桂一手抱着朵朵，一手忙碌着灶台上的事情。耳畔回荡着客厅里传来的说笑声，心里涌出一股一股的不平之气，腰椎突出的地方也一阵一阵地疼痛。

饭做好了，周金桂却没有一点胃口，胸口像塞进了一团絮状的东西，堵得她透不过气来。她喂饱了朵朵就直接睡午觉。她才没有心思管那两个老家伙是怎么吃喝的，也不管吃完后收拾洗碗这些事。谁吃谁洗，关我啥事！说是不管，其实心里还惦记着，但终究是没管。等着女儿女婿下班回来收拾吧！而且，今天一定要向女儿摊牌。

朵朵午睡醒来后，周金桂直接抱着孩子到楼下的长亭去了。自从上次的事件后，周金桂心里似乎有了阴影，她是能不下楼就不下楼，终日抱着孩子躲在楼上。现在，她不得不抱着朵朵去那仍然让她胆寒的地方。说白了，也是一种躲避，是一种更加残酷的躲避。

接下来的十几天，周金桂都在等待。等待着朵朵与她的亲爷爷、亲奶奶熟识起来，等待着那老太婆抓紧时间学会料理家务，等待着自己解放回家的那一天。然而，一切几乎无望。那老太婆似乎只对看电视和到楼下找老乡聊天感兴趣，锅灶上的事情一直推脱说不会，每天中午都吃着他们儿子点来的外卖。老头子呢，最近除了迷电视，又迷上了和楼下的老头们打八段锦。朵朵对他们的态度也没有比刚来时好多少，仍然是怯怯的，不肯到她爷爷奶奶的怀抱里去。

周金桂不知道自己还能坚持多久。看起来，那老两口一时半会儿还没有回老家的打算。他们理直气壮地住在儿子家里，享受着安闲的生活。虽然，女婿的心情也未必好。每天下午回来，家里都是乱糟糟、臭烘烘的，顾不上歇息，还要忙着做饭收拾，谁的心情能好？可又是自己的亲生父母，总不能把他们送回去吧。女婿坚持了十几天，也沉默了下来。平静规律的生活就这样被打破了。

周金桂只好把自己的活动范围收缩在小卧室之内，她不想和那老两口打照面，窝着一肚子火，全靠涵养收着。她怕一不小心，这火会燃烧起来。然而，那个睡醒后的下午，这团蓄积的火还是被点燃了。

那天，天阴沉沉的，一整天都不见一点阳光。下午三点，室内像黄昏那般幽暗。周金桂给朵朵喝了奶粉，换好尿布，打算换了衣服出门透口气。屋子里静悄悄的，没有一点动静，大概是那老两口还没有睡醒。就在周金桂脱掉睡衣，把胸罩往身上套的时候，感觉卧室的门似乎"咔嗒"响了一下。她也没有在意，可能刚刚出去洗奶瓶回来的时候没有锁严，便继续扣那胸罩的扣子。莫名地，她生出一种奇怪的感觉，似乎有一道光透过虚掩的门缝射进来。这种感觉最近总是伴随着她，画画时，练瑜伽时，洗澡时，如影随形。周金桂身上起了一层密集的小疙瘩。她强忍着心中的不适，飞速地转身，拉门。门口果然站着一个人，是那可恶的老太婆，不知道她在偷窥什么。周金桂再也忍不住了，破口大骂道："该死的老太婆，你到底想做什么？整天在楼下搬弄是非还不够，你还想怎样？是的，我女儿是没有给你生孙子，所以你们不愿意带孙女。你们看不惯我一天洗洗涮涮浪费水，那你们走啊！回老家去啊！你们不走，该走的是我！好，我走，太好了，我现在就走！"

周金桂气疯了。她再也无法控制自己的情绪，手抖着穿好衣服，急匆匆地冲下楼。留下背后一胖一瘦两张错愕的老脸，还有一个放声啼哭的孩子……

屈辱的泪在眼眶里打转，顾不得擦拭，只是风一样狂奔，到了二楼拐角处，周金桂脚下一打滑，"咔吧"一声，就像一个铅块一样，重重地坠落到了地上。一阵钻心的疼痛从骨缝传到全身，周金桂再也挪不动半步。

是骨折。周金桂躺进医院，女儿女婿满面愁容地站在病床前，尽管疼得要命，她的脸上却没有一丝悲戚之色。接通老伴的视频时，她甚至流露出一丝开心。是的，她心里的确很高兴，终于可以解脱了。老伴在视频那头也立刻意会到她的心情，凝重的表情也变得轻松。只听老伴在屏幕那头大声叫嚷着："老伴啊，你好好休息，我现在就去接你，我们回家养伤。"

原载于《朔方》2023 年第 2 期

完满的生活

　　我和李满的再次相逢实属偶然。那天周末，我在城西参加完单位一个小青年的婚礼后，便开上我的小甲壳虫打道回府了。路过湖滨街时，我放慢了车速，因为这条街人烟阜盛，非常繁华。我是个新手司机，开车不过半年，胆子又小，平时在无人的大马路上都不敢开得太快。

　　我是无意间拐进西湖菜市场的。后面的车嘀嘀地打着喇叭，前面的车又纹丝不动，我夹在中间心急如焚，干脆转动方向盘，把车拐进路边的一条小巷子。这条巷子便是西湖菜市场的入口。我原本想穿过巷子，把车开到裕民西街，从裕民西街回家，路程倒是更近一些。

　　然而车开到西湖菜市场门口时，我又改变了想法。既然已经到了全市最大的菜市场，不进去采购点东西，似乎说不过去。我家附近就有一个小型菜市场，一年四季，我的采买几乎都在那里。所以尽管西湖菜市场因为菜品新鲜、价格低廉而享誉全城，我却从未光顾过。

　　停好车，我径直走了进去。这里菜品果然丰富，摊点一眼看不到头。我的兴致一下子来了，准备多采购一些放在冰箱里。我买了菜、蛋、水果，打算再买几斤上好的牛肉。我总感觉，现在的蔬菜越来越做不出以前的味道。以前的大田菜，清炒也好，凉拌也罢，随便怎么做，都有一种原汁原味的清香。现在的温室菜，可能是各种肥料用多了，总感觉失去了过去的口感，烹饪时必须配上肉，才能吃出点味道。

　　我往里边走去，那里是一整排的肉铺。才到第一家门口，便传来一个热情洋溢的声音："美女，来了啊，要牛肉还是羊肉？我店里的肉是才宰的，新鲜得很。"我显然受到了这个清脆的宛若一串红辣椒似的声音的蛊惑，因为我的脚已经不由自主地往第一家肉铺移动。肉铺里挂着两排肉，一排是牛肉，一排是羊肉。我想要几斤牛里脊。里脊是牛肉中肉质最细嫩的部位，脂肪含量低，特别适合煎炒。我在铁钩子挂着的几大块牛肉间转悠，挑选着我要找的部位。耳畔的那个热情的声音一刻都没有停下来："你想要几斤？煮着吃还是炒着吃？我家的肉，你放心买，保准你这次吃了下次还要来……"我指了指看中的那块，说："就这个部分，给我来五斤。""好嘞！"店主高兴地答应着，同时已经手脚麻利地开始切割，刹那间，我要的那块肉已经被她拎在手里。上秤，计价。上身穿着大红紧身毛衣、下身配一条黑色皮裙的店主，动作轻快得像一只翩翩起舞的花蝴蝶，手指在计算器上潇洒地撮了几下，钱数出来了，一共两百块。"怎么这么贵！"我吃了一惊，声音不由得有些大，并且第一次将目光投在店主的脸上。

　　四目相对时，对面的人，也就是店主，突然喊出一句："老同学？"我定定地端详面前这个高挑丰满的女人，在脑海里迅速搜索着，怎么都想不起来自己的同学里还有这样一个看起来既艳俗又精明的女人。我又细细观察她的五官，平心而论，这个肤色白腻的女人算有几分姿色。一张小圆脸，额头宽而饱满，一头烫过小卷又染成栗色的头发，沿着发际线，松松地在脑后挽成一个大髻，嘴巴厚而阔大，因为涂了一层暗紫色的口红，给人一种狎昵的油腻感；眼睑上画了粗黑的眼线，跟原本的淡黄色眼珠很不协调；鼻子应该是她五官中长得最好看的部分，鼻梁挺直，鼻头圆润，宛若秀峰，但因为高光打得太厚，看起来也有几分怪异……"怎么，还没想起来？"她冲我眨眨眼睛，把那张又红又白的脸往我跟前凑了凑。"我……我……"我支支吾吾，尽管绞尽脑汁，但脑子仍一片空白。"我是李满啊，你忘了？哦，不，不，难怪你想不起来了，我是李梅，你初中同学，李满是我现在的名字，我改名了。李梅这个名不好，让我处处倒霉。所以我就把名字改成李满了，我要让我的生活圆圆满满。怎么，还没想起来？杨文秀，你真是贵人多忘事，初中三年，咱俩多好的关系啊……"我睁大眼睛，再次将目光聚焦在眼前这个女人的脸上，好像发现了点端倪。眼前这个女人哪哪儿都不像李梅，但那双淡黄色的眼睛以及眼缝中不经意间射出的天真、诚实的光，让我突然有一种似曾相识的感觉。是的，眼前这个人正是李梅。过去将近二十年，沧海桑田，人事巨变，可总有一些微小的痕迹证明着过去的存在。李梅就是这样。她的那对淡黄色的眼珠太特别了。记得当时我们那所学校有好几百人，除了李梅，大家的眼珠都是黑的。当然，还有她那头浓密的黄头发。一认出来，我便张大嘴巴，"啊啊"了几声。"你认出我了。"对面的女人又惊又喜，"我就说嘛，你怎么会把我给忘了！"

我连连摆手："没忘，没忘，不过，你变化真大，和过去一点都不像。""你变化也很大，要是在人堆里，我也认不出来。"李梅，不，应该是过去的李梅、现在的李满语带喜悦地说道。"是啊！时间过得好快！"我俩同时发出了这句感叹，接着相视哈哈大笑。笑完了，李满从我手里接过那块肉，扔在案台上说："我俩找个地方坐坐，好久没见面了，好好聊聊。"我说："你不做生意了？""这个时间，买肉的人少，这肉铺又是我的，老娘今天给自己放半天假，谁也不能打扰老同学的相会。"说完，她又一阵哈哈大笑。

锁了肉铺的门，我俩出了菜市场。太阳的光比我刚进来时强烈了许多，三月的小风微微吹拂着。我和李梅肩并肩走着，我俩似乎都有满腹的话要说，但又不知从何说起。此刻是下午三点左右，街上行人寥寥，我看到柏油路上两个被拉长的影子，莫名地有些感伤。这种感觉是那样熟悉又陌生。过去的一些场景，浮光掠影般在我眼前交替出现。

那是 1998 年，我刚升入初中，学校是我家附近的光华中学。入学第一天，我在班门口碰见的第一个同学便是李梅。她个头不高，身材极其纤瘦，像一张纸一样薄，因为穿着一条白色的连衣裙，加上皮肤极白，整个人看起来仿佛是透明的，给人一种病态之感。那双淡黄色的大眼睛猫眼一样神秘而闪闪发亮，配上她那头高扎成马尾的黄发，乍一看，还以为是个外国女孩。但她的五官不够立体，是地地道道的中国人的长相。她气质清纯，宛若清晨的一滴露珠，又像堕入凡间的一个天使，使人见之忘俗。我一下子便记住了她，心想要和她成为同学了，真好。凑巧的是，第二天老师便把我和她安排成了同桌。从此以后，我俩便成了形影不离的好朋友。

那时候，我俩亲密到什么程度呢？每天上学的时候一起走，放学又一起回，尽管我们两家离得不是很近，中间还隔着我们的学校，我俩却还是每天从学校门前走过，再去对方家里，然后手拉手一起去学校。早晨我去她家叫她上学，下午她去我家，到了学校我们更是形影不离，就是上厕所，也要一起去。我们的亲密关系让许多同学羡慕，也有一些不怀好意的揣测，可我们全然不顾，把这些统统视作酸葡萄心理。现在想想，那时候我们太亲密无间了，那种时时刻刻想要在一起的心理，现在看来，的确有些奇怪。然而，青少年时期的任何感情，一旦产生，似乎都有一种火山喷涌般的架势。

当然，我们也发生过一些小矛盾，可短时间内，我们总会找出各种理由化解和弥合。一旦摩擦消除，我们比之前更加亲密。或许在外人看来，我俩那样不搭界，可只有我俩自己知道，我们是多么和谐。李梅气质文雅，说话声音又轻又细，用今天的词语来形容，就是妥妥的"女神"；而我的绰号叫"土豆"，肥肥圆圆的外形一向是我自卑的原因。我凭什么得到李梅的友谊？李梅说我可靠，和我在一起踏实。长大后，我渐渐明白，红花是需要绿叶衬托的。

我们在一起度过了少女时期最美好的两年。直到初三，李梅认识了街头混混刘力杨。于是，需要我们刻苦攻读以备中考的阶段，却是李梅最任性、最放飞自我的时候。

一切都像电影中的情节或文学作品中的片段，我们常常会看到这样一幅画面：刘力杨的摩托车在小城的街道上呼啸，车后座上是紧紧搂着他腰的李梅，李梅的长发随风飘扬着，像暗流中的一把水草……我的心中充满苦涩，为李梅与我的日渐疏远，也为她一落千丈的成绩。

中考成绩下来后，我如愿考上了市里的重点高中，李梅却因为在初中最后的一段日子放弃了学业而消失在茫茫人海中。她没有参加中考，也没有参加毕业典礼。随着时光的流逝，李梅这个人逐渐消失在我的生活与脑海之中，几乎不留一点痕迹。

"嗨，老同学，这边走。"李梅说。我的思绪从过去回到了现在。我跟在李梅身后。阳光刺目，一时间，我有些恍惚。我追上李梅，穿过一条马路，一起走进街边的一家茶楼，找了个靠窗的座位坐下来。阳光似乎被我们从室外带了进来，铺在桌面上，形成一方小小的域。我更清楚地看着李梅。没错，她，就是过去那个李梅。尽管她做了韩式半永久眼线，绣了眉、文了唇；尽管她的肌肤已经不像过去那样白净，岁月的沧桑已经爬上了她的脸颊，有的地方还很深刻……可她就是李梅。她变化最大的还不是外貌，而是气质。过去那个清水芙蓉般的李梅已经不复存在。我知道，她也在暗暗观察我。果然，她长长吁了一口气，说："杨文秀，真是你吗？二十年了，我们想碰都碰不到，没想到今天你会亲自到我的肉铺来。你可是跟过去一点都不一样了，你看你现在瘦得跟个麻秆似的，眼镜一戴，就是个大教授。对了，人家把这叫作'知性'。听说墨水喝多了，就是这个范儿。杨文秀，你喝了多少墨水？"

我不知道怎么回答她这个问题，只好据实以告。研究生毕业后，我就被我妈连哭带骂地弄了回来，在本市的高级中学当老师，继续喝墨水教学生。

"还是当老师好，当老师安逸稳定，风吹不着、雨淋不着。杨文秀，你知道吗，上学那会儿，我一想到未来的职业，脑子里蹦出来的首先就是老师。"说到当老师这个话题，李梅显得有些兴奋，不过她的兴奋转瞬即逝，毕竟她的梦想最终由他人实现了。顿了顿，李梅继续问："不过，杨文秀，你现在怎么这么瘦啊？你瘦了多少斤？""五十多斤。"我回答道。"啊！啊！"李梅夸张地喊着，"我胖了五十多斤，咱俩正好调了个个儿。"她边说边站起来转了两圈，向我展示她的成果。我知道她没说假话，她那喷薄欲出的两座"山峰"和肥圆敦实的臀部就是明证。

后来我们又聊到各自的生活。我的经历非常简单，可谓一目了然。研究生毕业后，便工作、结婚、生子。老公是政府部门的小公务员，结婚十年了，婚姻生活虽说平淡，倒也稳定。李梅的情况却没有那么简单，不但不简单，可以说是相当复杂。如果把我这二十年的经历比作浅浅流淌的一脉溪水，那么李梅的经历就是风波迭起的大江大河，每一次波涛汹涌，都足以让她骨碎身裂。

李梅辍学后，就跟刘力杨一帮混混鬼混在一起，每天过着昼伏夜出的生活。刘力杨是个街头烂仔。李梅和他在一起，也变成了彻头彻尾的问题少女。李梅的妈妈管不住女儿就干脆不管了。李梅脱了缰，索性从家里搬了出来，和刘力杨同居，每天都过着电影中问题少年惹是生非、打架斗殴的生活。那是一段任性妄为、荒唐透顶的岁月，一度也曾被李梅认为是自己的"黄金时代"，是最快乐的时光。可惜快乐总是短暂的，青春也不长久。绚丽的泡沫因为几年后刘力杨在一次打群架时将人砍成重伤而破灭。刘力杨被判了十年，李梅的"光辉岁月"至此结束。

那天深夜，当刘力杨一身血污地出现在李梅面前时，李梅的眼前红光一片。那些血从刘力杨身上奔涌而出，浩浩汤汤汇成一片海，好像要将李梅淹没。李梅第一次意识到自己选择的生活对她来说意味着什么。刘力杨慌乱的眼神让李梅瞬间崩溃，她脸色煞白，手脚冰凉，内心被巨大的恐惧占据，之前兴奋、刺激的感觉刹那间消失得无影无踪，只留下一个吓破了胆的躯壳站在地上瑟瑟发抖。随后刘力杨被警察扭着脖子带走了。之后的许多天,李梅脸色苍白,缩着脖子振作不起来。那时候,她感觉自己要完蛋了,她再也回不到以前——无论是单纯美好的学生时代,还是和刘力杨鬼混的纵情时光。

李梅又搬回妈妈那里,她想变回以前的自己,可这谈何容易。就算彻底悔改,虚度的岁月也不可能回来。成长是需要付出代价的,只是李梅付出的代价有点大。李梅想重返校园,重新开始学业,可对她来说,不光是课程学不懂,最主要的还是无法安静地坐在书桌前。她想找一份工作,小城却没有人愿意聘她,她的名声糟透了。她在家待了近一年,终于在一家外地人开的酒店找了一份保洁的工作。就这样,一晃二十五岁了,别人家的姑娘都已经孩结婚生子,却没有哪家向李梅提亲,婚嫁似乎与李梅绝了缘。在这座小城,没有人敢娶她。

她妈妈到处低三下四地求人,那些人脉资源丰富的媒婆,几乎都被求遍了。终于,在她二十八岁的时候,被一个资深媒婆介绍给了一个钳工。那个钳工住在城东头,和住在城西的李梅隔了整整一个城。他不知道她之前的事。

钳工家里很穷,个头又矮,三十几岁了还打着光棍。娶上她,还暗自得意过一段时间。刚结婚的那段日子,钳工对她不能说不好,相反还非常体贴。而她呢,有过往的经历提醒,对根本配不上自己的丈夫更是格外珍惜。她太想过一段安稳的日子了,或许是老天垂怜,结婚一年后,她如愿生了儿子。钳工乐坏了。

然而好景不长。一天,钳工从外面回来,怒气冲冲地质问她是不是婚前打过胎。她明白事情露馅了,也知道是谁告的密。她的事情,街坊邻居知道的人不少,但是能告密的唯有媒人。事隔多年,又与己无关,大家多少都有些私德。唯有贪财的媒人,几年来,敲诈了她一次又一次。最近一次,她实在不想满足他,他便自打嘴巴将她供了出来。

钳工瞪着铜铃一样的眼睛质问她。她一言不发,只是紧紧抱着怀里的孩子。钳工突然发了疯,怒吼着从她怀里抢过孩子,然后用他那老虎钳子般的大手劈面就给了她一掌。她没有反抗，他更加愤怒了，耳光、拳头雨点似的落下来。

从此，就像修理坏掉的机床一样，修理她成了钳工的家常便饭。钳工个子矮，她个子高。钳工每次揍她前，先用双手钳住她的双腿，使劲一扳，把她放倒之后再骑在她身上，运用各种钣金的手法对付她的身体，动作娴熟，一气呵成。更糟糕的是，钳工开始酗酒，喝醉了的打法更是骇人听闻。打得最惨的一次，她断了两根肋骨，掉了三颗牙。她后悔第一次没有反抗，致使后来的反抗纷纷溃不成军。她被打得实在招架不住，只好起诉离婚。因为是过于严重的家暴，法院判得倒很痛快，可是孩子的抚养权，她却足足争取了两年。

她和孩子又回到城西的母亲那里。又混了一些日子，母亲也去世了。

她的第三个男人是个小老板，开着一家肉联厂。她和他相识于一场聚会，见过几次后，小老板包养了她。她自认为他们做得已经很隐秘了，但还是被他老婆知道了。那悍妇伙同一些八婆堵住她的门好一顿骂，什么样的污言秽语都用上了。后来更是隔三岔五地闹，她只好和他断了。或许是因为内疚吧，小老板给她盘下了西湖菜市场的这间肉铺。

现在，她的日子过得倒也安静、满足。她把所有的希望都寄托到了儿子身上，只要儿子有出息，让她怎样都可以……

室内的光线逐渐黯淡，日影西斜，不知不觉间，几个小时过去了。李梅平静地讲着自己的故事，就像讲着别人的故事。她的嗓音似乎回复到年少时的柔和，只不过含着一种与她年龄不符的沧桑。我有些诧异，李梅竟把这么私密的事情讲给我。不过不久我便明白了，她需要一个倾诉的对象，最好是那种熟悉的陌生人。我突然产生了一种幻觉，仿佛又回到了小时候，我们在郊外散步。走着走着便欢笑着你追我赶地跑起来，跑累了就躺下，身下是又软又密的草，头顶是蓝得发亮的天，除了微风，周围一片宁静。我们也安静下来，默默凝视着浩瀚的苍穹，感觉有无限的深意蕴藏其中。只是那时候，我们都不懂。

沉默了一会儿，李梅眼里的雾气消散了，又嘎嘎地笑起来。这种打破尴尬的笑，一下午，我听了很多遍，每一次都感觉更尴尬。"好了，不说这些糟心的破事了，我都成了这小城的笑话。杨文秀，你可不要取笑我，看在我们曾经好过的分上。"她边说边掏出手机要加我的微信，"天色不早了，你大概也着急回家。"我赶紧拿出手机点了通过。"你的微信名是圆圆满满？"我问道。"是啊，不是告诉你了，我现在的名字叫李满，我也要我的生活圆圆满满。""嗯，记住了！李满！"我郑重其事地点头，心底的酸楚弥漫开来。我努力克制着，直到走到晚霞满天的室外。

两天后，我又接到了李满的电话。她告诉我她在我单位门口，让我出去一下。远远地，就看到她身下架着一辆踏板摩托车正往里张望。看见我，李满高兴地挥手，大着嗓门跟我打招呼，我被她感染了，立马小跑过去。她从踏板上拎出一袋东西。"这是五斤牛里脊，上好的，你拿去吃。"我问多少钱，她说："一百块。"我说："怎么这么便宜？那天的牛肉怎么了？"她讪讪地笑了笑说："那天的不是黄牛肉，是奶牛肉，我骗了你，而且那肉……被我注了水……"说完，她就调转车头，临走又加了一句："不要告诉别人。以后有好肉，给你留着。"

那之后，李满又约了我几次。我能感觉到她的孤独。在这个小城，李满没有推心置腹的朋友，因少年时那种刻骨铭心的友谊，她仿佛找回了昔日的一些感觉。在那几次约会中，有一次不光是我和李满，约会的地点也不是早茶拉面馆，而是音乐火锅店。那是个周末，接通李满的语音电话时，我犹豫了几秒。平时我最不喜欢 KTV 里鬼哭狼嚎的嘈杂，可对于李满的邀约，我从心底无法拒绝。

我们一共五个女人，其中一个是我俩的初中同学毛小丹，另外两个是李满市场上的同事。音乐响起来，火锅涮上了，啤酒喝上了，女人们一下子亢奋了。初见面时的生疏感一旦消除，大家毫无拘束，性格中狂放洒脱的一面展露出来，尤其是李满，简直是放浪形骸。大家边唱边跳边喝。李满先是一首一首唱，把她会唱的全唱完了，又开始一杯一杯喝，边喝边晃动着她那浑圆的屁股，忘情地扭着。听到其他人唱得好，就尖声大叫，嘎嘎大笑。我又一次产生了错觉，眼前的李满是昔日的李梅吗？

我劝李满少喝点。她说没事，继续狂笑着，猛灌着啤酒。不知为什么，听到她的笑声，我有一种不寒而栗的感觉。果然，没过多久，李满便喝醉了。喝醉了的李满起先还是笑，只是声音小了许多，接着便开始无声地抽泣，抽泣了一会儿，又号啕大哭。我和毛小丹不知如何是好，只温言软语地劝慰，可是越劝，她哭得越厉害。那两个唱得入迷的女同事也放下了话筒，尴尬地坐了一会儿，便借故走了。虚假的欢乐一旦被打破，剩下的便是满目凄凉。

我和毛小丹费了九牛二虎之力，才把李满弄上出租车；最难堪的是要躲避众人的目光。我最怕遇到熟人，好在月黑风高，街上行人寥寥。到了李满家，又是一番费劲折腾，终于把她弄到了床上。好一顿劝慰，她总算安静了。我关上李满卧室的门，来到客厅里。毛小丹一只胳膊支着头陷在沙发里。看我出来了，突然愤愤地来了一句："傻瓜！真是大傻瓜！"

我吃了一惊。毛小丹自顾自地骂开了，声音虽然不大，但满含愤怒与鄙夷："傻瓜！一晚上作践自己，把我们当猴耍。文秀，你知道吗？今天晚上，李梅要是不说你来，我是不会来的。这个地方没人愿意和她做朋友，她倒贴都不愿意！她总说自己命苦，其实全是咎由自取。见一个男人就扑上去，人家对她好一点点，她就挖心挖肺地把人捧上天。那个刘力杨，你知道的，用一盒巧克力就把她骗到手了，把她的人生给毁了；那个钳工，刚开始对她很好，后来往死打她，就是因为她把他抬得太高了；那个小老板，玩腻了她，嫌她太缠人，才要心机让老婆来除掉她的。她就是个大傻瓜，男人是那个爱法吗？女人对男人的爱，应该是施恩似的，就像蜻蜓点水，点到为止即可，像她那样大水漫灌，男人不被淹死才怪……"

我突然想到那时李满对我的那种不顾一切的好以及每次有了矛盾后的主动和解，便脱口问道："李满为什么要这样做？"

"为什么？还不是因为三岁就死了爹，缺乏安全感，见个男人就想让人家保护她。"毛小丹语气轻蔑地回答道。

我虽然厌恶毛小丹说话的态度以及她对李满的轻蔑，对她那种粗鄙刻薄的用词极为不满，但也不得不承认，她说得有几分道理。而我，不知为什么，却从心底生出了一种疼惜。

"文秀，我劝你干脆把她的微信删了，少和这种人打交道。"毛小丹继续补刀，"否则，光是每天推销那些假面膜、假保健品，都会让你厌烦透顶。"我不置可否，因为到今天为止，李满还从未向我推销过她朋友圈里发的任何产品。

我和毛小丹从李满家出来时已是深夜。天黑透了，没有星星，只有一弯寡淡的残月挂在中天。

那次以后，李满好久都没有再联系我，我也因为工作忙，似乎把她给忘了。直到暑假来临，我整天窝在家里无事可做，才又想起她，便打算到她的肉铺转转。看到我来了，李满非常高兴，当即就要关了店门请我吃早茶。我说："不用，我就是来看看你，顺便买点肉，一会儿就走。"李满说："别走啊，我正有件事想麻烦你。"

有人给李满介绍了一个男人，是一位中学老师，据说有知识有文化，就是年龄有点大。一说是老师，我隐隐有些担忧。"文秀，过两天就见面了，你能不能陪我一起去？你知道我眼拙，看不出男人的好坏，你陪我一起去，帮我把把关。"李满眼神热切地看着我。我本想拒绝，陪人相亲这种事我一次都没有干过，更何况，还承担着替人把关的责任。但不知为什么，对着李满那像小孩讨要糖果般的眼神，我答应了。

正式见面的日子到了，我发现我比李满还要紧张。临进饭店前，我再一次帮李满整了整她脖子上戴着的淡蓝色小丝巾。李满上身穿着一件藏青色的卡腰小西装，下身是同色系的长筒西装裙，这一身端庄大方又不失活泼。最妙的是，服帖的剪裁使李满看起来只有曲线的美感而无肥硕的油腻，再去掉平时的浓妆艳抹，眼前的李满看起来和平时完全不一样，清秀淡雅中有了一丝知性的味道。我意识到我把李满打扮成了过去的李梅。

媒人和中学男老师已经等在包厢了。看见李满，我感觉到男老师眼睛一亮。看见男老师，李满的眼睛也一亮。这位男老师看起来比照片上要年轻一些，说是五十岁，看上去顶多四十出头，颀长高瘦的身材，清雅的气质，使这男人浑身上下都笼罩着一层淡淡的忧伤。我的担忧又隐隐升起，总觉得怪怪的，哪里不对劲。后来才明白，从看到第一眼开始，我就觉得他们不合适，他们不是一类人。

整个过程，李满都表现得很害羞。那含蓄斯文的样子，让我立即明白，说什么都没用了。但是从饭店回来的路上，我还是直言不讳地把我的担心说了出来："李满，你觉得你俩合适吗？看那男老师的样子，一定是那种热爱读书、喜欢思考的人。这种人一般对精神世界的要求比较高。"听了我的话，李满脸上的微笑凝结了。不过她立即又恢复了笑容，她说："文秀，我明白你的意思。你是怕人家嫌弃我没文化。"我讪讪地笑了笑。"文秀，起初我也有你这样的顾虑。但是媒人说，这男老师的前妻是个大学教授，因为嫌他是个中学老师，觉得越来越配不上她才离的婚，而且听说他们是丁克。你想两口子过日子，没个孩子怎么能行？孩子就是两人之间的纽带。随着年龄的增长，这男老师越来越想要个孩子了，可女老师还是不想生，可能已经生不了了，所以他俩才散了伙。媒人还说，这次这男的就是想找一个接地气的，要是再给他生个孩子，那就更美了……"

听完李满的话，我的担忧更加重了。许是看到我皱紧了眉头，李满不高兴了。她拉着脸说："文秀，你是不是见不得我好啊？"我瞪大了眼睛。她立即意识到自己说错了话，便摇着我的胳膊赔着笑脸说："文秀，我错了！你原谅我这一次吧。我知道你是为我好，怕我再受伤害。我都清楚呢。但是这次我想赌一赌，我就不信我的命这么差。过去我过得太苦，这回也该时来运转了。文秀，你知道吗，我就喜欢有文化的人，文雅有素质。跟他们待在一起，说不定我也会变好。再说，我的喜宝也需要一个有文化的人教育。"李满说了很多，翻来覆去大概都是这些话。我知道她是想打消我的顾虑，更重要的是，打消她自己的顾虑。我还是打断了她的自说自话，郑重其事地问了一句："你想好了？"她定定地看着我，过了一会儿，吐出三个字："想好了！"

我只好祝福李满。除了祝福她，我能做的也只能是祝福她。

一旦确定关系，婚礼就提上了日程。李满拿出十二分的兴致准备这场婚礼。幸福终于敲李满的门了，她恨不得使出全身的力气，把它紧紧拥抱在怀里。然而，婚礼并没有想象中的热闹，加上男方的亲友，统共也就那么三四桌。李满这边是因为亲友少，男方却说二婚不想大操大办。

李满终于再婚了。按她的说法，她的后半生终于有了依靠。或许，这次她真的嫁对了人，能够过上完满的生活。

刚开始的那些日子，李满的确过得不赖，从她隔三岔五发的朋友圈就能看出。那些照片虽说是在秀恩爱，但是看起来也甜甜蜜蜜。其中有一张照片，那男人将李满母子拥在怀里，看起来还真像一家三口。我越来越为当初的担心后悔，觉得险些耽误了李满的幸福。

李满的幸福在一年后达到了顶峰。她生了个儿子。听说刚知道怀孕的那天，也就是从医院回来的路上，男老师激动得腿都搅在一起无法走路，到了无人的地方，他试图将她抱起来转几个圈，但她岿然不动。她太胖了。他急得团团转，最后还是她一把抄起了他，又被他责备，怕动了胎气……李满在电话里给我讲这些时，敞开嗓门，发出她惯常的嘎嘎的笑声。听得我都有点难为情了，这家伙。

到孩子生下来，李满的幸福就不单纯是幸福了，明眼人都能看出来，里面夹杂了一部分自得，或者说志得意满。这从李满越来越频繁地发朋友圈晒幸福就能看出。有一些日子，我觉得我都不想再看那些照片，那胖乎乎的人类幼崽，那抱着人类幼崽作幸福状的老男人，那张着大嘴没心没肺笑着的填满了整个屏幕的李满……

我的心理起了一些微妙的变化。人心是不能直视的。或许，没有几个人真正愿意身边的人过得比自己好。我不知道我是不是也存在这样的心理，但可以肯定的是，我不喜欢过于张扬的人。即使真的很幸福，也应该独自品尝，而不是昭示给全天下的人。

我屏蔽了李满的朋友圈。

时间过得很快，转眼又一年过去了。这一年，我的生活也发生了一些变化。我的小家也添了一位小成员，我的二胎小女儿，也算是积极响应国家号召。我越来越忙碌，忙得抽不出多余的时间与人交际，包括与李满。而某一天小女儿睡熟的午后，我突然生出了一种落寞感，我已经离开人群很久了。休产假的这几个月像一道分水岭，把我和过去的生活隔开了。我想起了李满，好久没有和她联系，不知道她最近过得怎么样。对了，她似乎好久没有发朋友圈了；对了，是我屏蔽了她。我爬楼翻看她的朋友圈，发现她的更新停留在了半年前。也就是说，李满有半年没发朋友圈了，这太反常了。

我打算给李满打个电话，问一下她的近况，也解解惑。

电话里，李满的声音显得很平静，甚至有点低沉，一改往日的热情似火。我问她怎么样，她低低地回了句还是老样子。我开玩笑说："你家刘老师是不是把你宠上天了，把我们这些朋友都忘了。"她沉默着。隔着电话，我仿佛看到了她撇嘴的样子。我心里有一丝不好的感觉滑过。沉默了几秒，她说："还好吧。"接着是更长的沉默。尴尬的气氛在我俩之间悄然升起，就像我们刚刚重逢的那些日子。我想开句玩笑，又觉得不合适。电话那头的哭泣声是突然传过来的，我完全来不及反应。"怎么了？李满。"我低声试探。李满只是哭，听得出来，她极力控制着自己的情绪。我愈加意外。这不符合李满的性格。她是响雷脾气，即使哭泣，也应该是洪水暴发似的。我有点发慌，因为这哭声让我觉得李满内心真的很痛苦。

哭了一会儿，李满开始倾诉："文秀，做人太难了。我好憋屈啊！我只说嫁给文化人就不用挨打受气了，但文化人整天不言不喘冷着一张脸的样子让人心里更难受。""他不是对你挺好的吗？"我说。心里又补充了一句：你那么高调地秀恩爱，难道都是假的？李满叹了口气继续说："刚结婚的那段日子是挺好的，我还以为他是真心爱我，但是这大半年来，他就像变了个人。我和他说话，他都是一脸不耐烦的表情，有时候还表现得很厌烦。对喜宝就更苛刻了，简直没有一点好脸色。现在他只对乐乐一个人好……还特抠门……"

起先李满说得还比较含蓄，后面就是竹筒倒豆子了。我越听越生气。这个老男人也太过分了，心里隐隐约约升起了当初的担忧。李满太不了解文化人了。或者就像我担忧的那样，李满这种疯说疯笑、毫无城府的性格，是最不受文化人待见的。只是仅仅两年，这么短的时间，这老男人便厌倦她了？

我心里还有一些说不清道不明的感受，总觉得哪里不对劲，但觉得一切又都顺理成章。李满边说边啜泣，我不知道怎么安慰她，只好沉默地倾听。李满说够了，便挂断了电话。

然而更令我意外的是，和李满通完电话没有几天，她便怀里抱着小的、手里拉着大的来到了我家。李满气色很差，神情憔悴。一见我，李满便号啕大哭，边哭边骂，吓得她怀里的孩子和我怀里的孩子也都号啕大哭起来，而瑟缩在她身后的她的大儿子喜宝，更是缩成瘦瘦小小的一团。那孩子的眉宇之间已没有了往日的舒展，只有比他母亲还浓重的忧戚。从李满的哭骂声里，我搞清了事情的原委：早晨李满趁乐乐睡熟的时候，想要冲个澡。自从乐乐出生后，她的许多事情只能在孩子睡着后做。没想到乐乐中途醒了，这孩子没哭没闹，自己爬起来找妈妈，一脚踩空，从床上摔了下来，额头上立马起了一个大包，这才没命地哭起来。在另一个房间写作业的喜宝慌忙跑过来哄弟弟。没想到那混账老男人这时候回来了，他一口咬定是喜宝摔了乐乐，没容喜宝辩解，便狠狠扇了喜宝两个耳光。这一幕，恰好被刚刚从洗手间出来的李满瞧见。李满万万没想到老男人会动手打人。她气疯了，第一次对老男人破口大骂。老男人骂不过李满，便让她滚。李满二话不说，收拾了行装就要走，老男人一直冷眼看着，直到李满要抱起乐乐时，那混蛋才开口说话："要走自己走，不许带走乐乐。"于是两个人一阵撕打，老男人终不是李满的对手，李满气愤地，或者得意地带着孩子离开了。

走在路上，李满越想越愤懑，越想越伤心，便跑到我这里来讨主意。我能有什么主意？人家两口子间的事，况且结婚时要劝人擦亮眼睛，结婚后要劝人睁只眼闭只眼，这点道理我还是懂的。我只好安慰了李满一番，劝她消消气，过几天再回去。李满嘴上说不回去，但看她的神情，显然已经接受了我的提议。我留李满吃了午饭，两人又聊了许多贴己话。看看天色不早，李满说要走了，她要带着喜宝和乐乐到她以前的房子住几天。

然而事情的发展大大出乎我们的意料。傍晚的时候，李满给我打来电话，老男人向李满提出了离婚。这是我和李满始料未及的。尤其是李满，在电话里哭得气都喘不上来。她告诉我，她不想再离婚，即便过得煎熬，她也想有一个完整的家。

当晚，李满带着孩子们回去了。她低声下气求老男人原谅，只要不离婚，让她做什么都行。但老男人仿佛长了铁石心肠，任李满哭得泣涕涟涟，始终不为所动，一口咬定日子没法过了，必须离婚。

一场离婚大战就这样拉开了帷幕。起初，李满还想着极力挽救这场婚姻，但架不住老男人的精神暴力以及语言上的恶毒攻击。李满逐渐扛不住了，直到老男人把话说绝、事做绝了，李满才死了心。其他都容易解决，房子是婚前财产，李满只需卷铺盖走人便可。唯有乐乐归谁抚养的问题，让双方展开了持久的拉锯战。战争初期，老男人差点险胜。他的理由很充分，李满没有稳定的经济收入，脾气暴躁，素质低下，不能胜任母亲这一角色。

我虽然气愤，但也觉得老男人说得有道理。李满养喜宝一个孩子都已经非常艰难，再加一个，以后的日子该怎么过啊！李满却铁了心，她死都要和她的孩子在一起。她反反复复只说一句，孩子不能没有妈妈。我被李满感动了，打算帮助她。我替李满聘请了小城有名的律师，是我的大学同学，一位专打离婚官司的职业律师。经过几轮法庭辩论，最终的结果是，孩子因为还在哺乳期而判给了母亲。李满喜极而泣。

判决下来的那天晚上，李满叫我去她家坐坐。她自斟自饮，看见我，她泪珠滚滚而下。我不忍直视，只能握着她的手劝她少喝点。李满终于哭出了声，憋屈压抑的情绪通过哭声传达出来，起初是不绝如缕，后来便是挟泥带浆滚滚而来。我强忍着眼泪，没有制止李满，让她哭吧。哭了半天，李满哽咽着对我说："文秀，好累啊！活着怎么这么难？你说我做错了什么？还让我怎么做？"她一连抛出三个问题。我无法作答。我知道，她已经拼了全力。

"文秀，不瞒你说，我不甘心！"李满继续说道，"这段婚姻，我付出太多了。我做了一个妻子该做的一切，甚至不该做的我也做了。我为他操持家务，为他生了乐乐，为他洗脚暖床。他不吃茄子，我就也不吃茄子……他说什么，我就听什么……你说，我做错了什么……"李满的声音越来越小，我知道她的心碎了。我紧紧握住李满的手，在心里对她说：傻姑娘，你错就错在太过用力，对待感情，用力过猛，只会遍体鳞伤。

昏暗的灯光下，李满浮肿的脸庞显得越发扭曲变形。然而，唯一不变的，是她那单纯真挚的眼神。我突然觉得，李满是这昏暗中的唯一一点清白，是这冷漠人间少有的可贵。我又记起，几年前，还是在这里，李满和男老师结婚的那个晚上，李满目光灼灼，对我说："我终于找到属于我的幸福了，我就要过上完满的生活了。"

然而此刻，我终于明白，完满只是一个假象，是彻头彻尾的谎言。

李满又回到了西湖菜市场，恢复了单身女人的生活，只不过，其中的况味和之前不一样了。偶尔，我会转到菜市场，远远地，就看见她背上背着小的在肉铺里忙碌着，大的趴在她脚下的小凳上写作业……李满瘦了许多，日子过得很艰辛。

时间不疾不徐地往前走着，无论岁月的河床有无改道。两年后的一天，我突然接到了毛小丹打来的电话。毛小丹在电话里恶狠狠地说："傻瓜！大傻瓜！这世上怎么能有这样下贱没脑子的人！"我很诧异，但还是问道："李满又怎么了？""杨文秀，你也知道我说的是李满？"毛小丹说，"你知道吗，李满把孩子送给那老男人了。""不可能！"我斩钉截铁地说，"这些日子，我和李满一直保持着联系，她怎么没告诉我？""她怎么敢告诉你，那孩子还是你帮她争取来的。你说她傻不傻，当初为了要孩子费了多大事，现在孩子要上幼儿园了，马上就要轻松了，她却拱手送给了仇人……还有，杨文秀，你难道不觉得整件事情很奇怪吗？那混蛋老男人为什么等孩子生下来就离婚呢？"

我握着电话，脑袋一阵发蒙。这，到底是怎么回事？毛小丹说的是真是假？如果是真的，李满也太轻率了，而且有关"奇怪"的反问，似乎我的潜意识中也有。然而，我一向忌惮以最坏的恶意揣测人心，总认为这世界还不算太糟糕。倘若真像毛小丹分析的那样，这也太可怕了。

我决定亲自去找李满。一看见我，李满的眼光立刻变得躲躲闪闪。我立刻明白，毛小丹说的是真的。"为什么？"我愤怒地大声质问，平生第一次感到了"哀其不幸，怒其不争"的滋味。李满嗫嚅着，说不出一句完整的话。我大喝道："你倒是说啊！"李满看躲无可躲，只好吞吞吐吐地说："文秀，对不起！我让你失望了……我也是考虑再三。孩子他爸收入高，又有文化，肯定比我教育得好……再有，我实在不忍心看他躲在暗处偷看孩子的样子……他是真心爱乐乐，乐乐跟他只会享福……"

李满不停地说，又一次沉浸在自己的臆想中。我一时失语，过了很久，才吐出一句："你呀，还真是傻！"说完，我就掉头走了。

许多日子又过去了。有一天，我办完事路过湖滨街。好久没来了，这条街越来越繁华。我的小甲壳虫又被堵住了，只好转动方向盘，拐进旁边的巷道。我凭着感觉往前开，有一种熟悉又陌生的感觉。到了肉铺跟前时，我的车速慢下来。从里面出来一个浓妆艳抹的女人，她穿着大红皮衣，下身是一条黑色短裙，火辣辣的声音传来："客人买肉吗？牛肉还是羊肉？"我摇下车窗，女人一看是我，立马笑逐颜开。我看到，女人的脸上多了一些皱纹，头发也白了一片，再仔细看，那曾经高挺紧实的乳房与臀部也下垂了不少……

我停下车。女人锁了店面。我们向不远处的茶楼走去。

原载于《朔方》2021 年第 10 期

小青

初冬的黄昏，天色暗淡。天空被一种不透明的灰色覆盖。楼群的上空是一团一团絮状的云。

刚下班，吴潇没有回寓所，他要上鸽屋去。这条老街，吴潇是最熟悉不过的，每天几乎都要走一遍，有时候却会陡然生出一种陌生感。

路过仙鹤药店时，吴潇的步子慢了下来，照例装出一副若无其事的样子，将目光有意无意地扫射在那扇明亮的玻璃门上，名叫小青的女孩不在。那个胖大的售药员老葛缩在柜台后面，脑袋一顿一点，正在打瞌睡。吴潇停下来。在这薄暮冥冥的黄昏，在这烟火气十足的北方小城，一切都是昏昏欲睡的样子，一切又都像夹杂了老葛体型那样的肥腻。吴潇有些茫然，甚至忘了此行的目的。不过，只是几秒钟，吴潇便继续迈步向前——小青确实不在药店。

吴潇继续赶路。头顶上有雪花落下来，大而薄的絮状雪花落地即化。鸽屋在老大楼附近，老旧的小区，小面积的顶楼，是爷爷留给吴潇的唯一遗物。

吴潇当兵的第二年，爷爷走了。吴潇在边防哨所瞭望戍守，头顶是湛蓝的天，脚下是无边无际的绿野，陪伴他的常常是一只雪鸽。没有人告诉吴潇爷爷离世的消息，直到他复原归来。吴潇在爷爷的小屋里坐了许久，直到日暮黄昏，对面墙上爷爷的遗照被一圈金色的光晕笼罩时，吴潇才哭出声来……后来，吴潇在爷爷的屋子里养了一群鸽子。

十几分钟的路程，不一会儿便到了。鸽子们看见吴潇，照例扑棱着翅膀一阵欢呼。吴潇伸开双臂，鸽子们纷纷扑上来。这时候，吴潇会感觉自己也变成了一只鸽子，拥有一对能自由翱翔的翅膀，一挥舞便能冲上云霄。

吴潇很快便发现了异常。在这群雪白的精灵中，唯独不见了那只灰色的。他环视一周，还是不见它。他走向阳台，发现被他称为小青的灰鸽子正站在一段窗格上，粉红尖利的趾爪紧紧攀住光滑的不锈钢窗格，一动不动。吴潇循着它的目光看过去，窗外的世界依旧。几栋老旧的矮楼在暗淡的光线中越发灰暗，零星的几盏灯也不明亮。雪停了，天色越发昏暗，夜晚正拉开大幕，幕布上空空荡荡，看不见一颗小小的星星，大地散发出一种陈旧落寞的气息。

小青在凝望什么？一只鸽子，离开热闹的鸽群，郁郁寡欢地凝望着窗外，而窗外和平时并没有两样。

小青在想什么？吴潇陪着它站立了一会儿。不当兵的日子，身处人海，他常常有一种隔膜感。他不喜欢与人交往，总是独来独往。暗夜到来的时刻，这雪后清幽冷寂的世界，这太过于熟悉却又略显陌生的大地，极容易把人的思绪引向遥远的地方。

那是一片无边无垠的大地，夏天是一眼望不到头的绿色，冬天是一眼望不到头的褐色。一所孤零零的哨所，静静地坐落在天高云淡的远方，周围几百里不见人烟。

吴潇想象着小青的想象，并且相信小青想得跟自己一样，许多时候都是这样。

在哨所，时间也像裸露的荒原一样，被大段大段地空出来。不站岗的日子，吴潇总喜欢头枕双臂，仰躺在高高的山坡上，天很蓝，云很白，周围没有一丝风。吴潇已经不惧怕这种彻骨的寂静和荒凉，相反他还有点喜欢，并深深地爱上了这里。

那天，吴潇出勤，他笔直地站在哨位，目视前方。周围空荡寂静，目光所及之处，是大片的蓝天和绿野。这时，一只雪鸽扑棱着翅膀飞来了，边飞边咕叽咕叽地叫着。果然，不远处飞来一只鹰，紧追着雪鸽，距离越来越近。

看得出来，雪鸽羽翼未丰，是一只才学会飞翔的小鸽子，飞起来摇摇摆摆，不能保持速度和平衡；鹰也是一只雏鹰，并不比雪鸽老练多少，但骨子里的凶狠和敏捷使雏鹰猎捕的优势越来越明显。

雪鸽越飞速度越慢，眼看就要一头扎下去了，又扑棱着翅膀继续前进。雏鹰紧追不放，有好几次，眼看锋利的爪子就要落在雪鸽身上，却因为雪鸽突然改变方向而落空。沿着哨位岗亭飞了几圈后，雏鹰终于攫住了雪鸽。雪鸽要完蛋了。吴潇的心提到了嗓子眼，全身顿时沁出一层冷汗，没办法，他不能离开岗亭，更不能因为解救一只鸟儿贸然开枪……眼看雪鸽就要葬身鹰腹了，吴潇大吼一声。这声潜意识里发出的吼叫把雏鹰吓了一跳，也把他自己吓了一跳。

就是这一声吼叫使雏鹰锐利的趾爪略有松动。而雪鸽，这机灵的小精灵，趁着松动，从雏鹰的爪子里挣脱了。虽然暂脱险境，雪鸽却如无头的苍蝇，只在原地打转，眼看又要被雏鹰抓住。吴潇一下子警醒了，立即对着雪鸽咕叽咕叽连叫了几声，雪鸽似乎明白了吴潇的意思，摇摇摆摆地飞向吴潇，落在了他的右肩上。

自那天后，雪鸽便成了吴潇最亲密的伙伴。因为通体洁白，只有翅膀是青灰色的，吴潇便给雪鸽取名为“小青”。吴潇站岗时，小青站在他的肩膀上，伸长脖颈，目视前方；他仰躺在山坡上歇息时，小青就在他的身边飞上飞下，边飞边咕叽咕叽地叫。天很蓝，云很白，青草的芳香沁人心脾。吴潇生出一种从未有过的轻松感。周围没有一丝风，但吴潇感觉到空气里有什么东西在流动。吴潇也像小青那样咕叽，他说着只有小青才能听懂的话。这些话，他也只说给小青听。

吴潇告诉小青，有一个男孩，他八岁的时候母亲因病去世了。父亲很快另娶，继母非常讨厌那个男孩，经常打骂他，不久继母又唆使父亲把男孩赶出了家门。男孩无家可归，只好和爷爷相依为命……吴潇对小青说的时候很平静，就像在讲述别人的故事，但每讲一句，心里都会有一种被撕开伤口的疼痛，脑海里又浮现出过去的一幕幕：继母告黑状，说吴潇偷了她的钱，唆使父亲把吴潇吊起来打。平时软弱的父亲，这时却毫不手软，一顿皮鞭将吴潇抽得满身鞭痕。吴潇跟着爷爷在街头捡垃圾，正好同桌红玲从他身边走过，红玲吃惊的表情让吴潇躲在垃圾桶后好久都不愿出来。父亲在工地打工时，因一场意外而丧命，好几天过去了，继母哭着闹着不让出殡，除非吴潇让出房子的继承权……

还有一些话，吴潇没有对小青讲。比如，自从那次街头偶遇之后，红玲对他越来越冷淡，同学们也逐渐和他疏远。再也没人愿意和他玩，有几个坏小子总是欺负他。慢慢地，他害怕和人相处，只要有人从他身边经过，他就感觉不自在。他沉默寡言，独来独往。吴潇也没有告诉小青，高中毕业后，他选择当兵，就是想逃离，他想到一个安静的地方，一个不被人打扰的地方。

吴潇咕叽着，小青也咕叽着。有时候，小青不叫，歪着脑袋凝视吴潇，一眨不眨，专注而深情，直看到吴潇的心里。有时候，他也会追着小青漫山遍野地飞，这落入凡间的精灵，舒展着翅膀，或高飞，或盘旋，与吴潇嬉戏着。

风轻轻吹拂着，天越发蓝，云越发白。吴潇紧蹙的眉头一点一点放松，他口衔青草，头枕双臂，仰望蓝天，身边是飞来飞去的鸽子。一个人，一只鸽子，便是一个世界。

两年的部队生活很快就结束了。吴潇离开大山，带着小青，沿着山路迤逦而下。大山深邃而神秘，吴潇和小青一路沉默。回到小城后，吴潇把小青安置在爷爷留下的小屋里，又买了几只信鸽，后来数量逐渐增多，变成了现在的鸽群。信鸽们浑身雪白，没有一点杂色。天气好的日子，吴潇会打开鸽笼，让鸽子们出去放风。小青总是姗姗迟归。吴潇知道，有些记忆是无法抹去的，比如小青对深邃天空的向往。就像今夜，这蒙了一层幕布一样的清冷世界，这昏暗不明的几处灯火，都已经停留在小青的记忆深处。那幽寂的旷野，雪后的荒凉，几颗似亮不亮的星……要用多少时间，才能抹掉记忆中那些刻骨铭心的部分？

　　吴潇给鸽子们喂食，在食槽里倒入干净的水。鸽子们吃喝的时候，吴潇一个挨一个地给鸽子们打理羽毛。他以手当梳，轻轻地抚摸着、梳理着，鸽子们咕叽咕叽地回应着，一副舒服极了的样子。吴潇也咕叽着，他告诉鸽子们他一天的生活。消防员的工作简单，有火灾时就抢险，平时则是常规训练。吴潇讲着讲着，声音有点发干了，脸上泛起一层红晕，他犹豫着，要不要把女孩小青的事情告诉鸽子们。

　　几个月前，吴潇偶然间走进了仙鹤药店。那个胖大的中年售药员老葛对着里间喊道："小青，你过来盯着点，我去趟卫生间。"吴潇吃惊地抬起了头。一个白色的身影飘了出来。这是一个瘦弱白净的女孩子，眉目十分清秀，由于穿着白色的护士服，真是天使一般。

　　因为"小青"这个名字，吴潇不由得对女孩多看了几眼，女孩也正看着吴潇。那是怎样的一双眼睛啊！那清潭水一样的眼眸，透亮得不含一点杂质，若没有眼睑这两座堤坝的遮挡，那碧波一定是要漫溢出来的。那眼光里的真挚、热情，那笑盈盈地一眨不眨地凝望着对方，似乎一眼就能使对方融化的眼神，使吴潇一下子慌了神，这是他从未有过的体验。他慌乱地将目光移向别处，却又忍不住偷瞄了几眼。

　　老葛的声音从背后传来："帅哥，需要什么药，指给小青，她是聋哑人。"

　　那以后，吴潇又去过几次药店，每次都是借故买药。小青那双会说话的眼睛，一次比一次更深地映入吴潇的心里。吴潇从老葛和顾客的闲聊中得知，小青并非天生聋哑，而是一场医疗事故所致。

　　吴潇给鸽子们讲得很艰难，他一字一顿，脸上布满了红晕。讲到最后，他的声音越来越小，鸽子们则叽叽咕咕，争吵个不休。还有一些话，吴潇无法讲出口，也不能讲出口，即便是对雪鸽小青。他需要一个人在暗夜中独自消化，他的矛盾、纠结，想要抗拒却无法自拔的烦恼，统统化作越来越渴望见到一个人的心绪，那个无论昼夜都会浮现在脑海里，挥也挥不去的可爱身影。

吴潇咕叽着向鸽子们道别，鸽子们纷纷落在他的身上，依依不舍。下到二楼，吴潇的步子慢下来，故意跺一下脚，咳嗽一声，以提示屋里的人，他来了。但楼道里静悄悄的，那熟悉的脚步声没有应声而来。

李爷爷不在家吗？

往常，吴潇还没有上到二楼，李爷爷就开了进户门，笑嘻嘻地向他招手。今天他上下两回，却都不见李爷爷的踪影。

说起吴潇和李爷爷的相识，就不得不提起那次"事故"。那是去年的一天，吴潇像往常一样，下了班照例来到鸽屋。刚进单元门，就听到尖厉刺耳的叫骂声。每一句都很难听，每一句都像长着一双锋利的爪子，像要死死扼住被骂者的脖子，让对方瞬间断气。哪来的泼妇骂街？好奇心使吴潇加快了脚步。果然，二楼的楼梯口，一个壮硕的女人两手叉腰，面向门口站着的一个满头白发、不停颤抖的老人。他就是这家的住户——李爷爷。李爷爷汗水流淌，脸色灰白，差点哭出来，嘴里一边嘟囔着一些听不太清楚的话，一边不停地向那女人鞠躬作揖。可那女人并不罢休，反而越骂越起劲。从女人的骂声中，吴潇大概听出了事情的原委。原来女人和她的女儿来这栋楼探亲，刚走到二楼，李爷爷便打开屋门探头观看，裤子竟然都没穿好……

是吴潇帮李爷爷解了围。他劝解了几句，又威胁了几句。许是他身上穿着作训服，那女人又骂了几句，便带着女儿离开了。

吴潇也没有想到自己会有那样的胆识。他认定自己是个胆小懦弱的人，在人堆里从不敢大声说话。但那天当他看到李爷爷被堵在楼梯口，像一只陷入绝境的小动物一样哀哀求救时，那眼底的无助和绝望让他一下子想到了爷爷。

曾几何时，爷爷也被人当众欺凌和羞辱过，只因捡了别人还没有扔掉的废品。那废品大抵是一个剩下一点点饮料的饮料瓶，被弃置在大路边，无人问津，但爷爷捡起来时，就有人窜出来大声辱骂。爷爷也像李爷爷一样毫无抵抗的能力，除了瑟瑟发抖就是哀哀祈求。

吴潇忘记了胆怯与窘迫，他的义正词严不是因为正义感，而是出于保护一个可怜老人的本能。吴潇当然知道，李爷爷绝不是女人嘴里的"老流氓"。只要听到脚步声，李爷爷一定要打开门探出头来看看。他太孤独了。一个年近八十的老人，一个人孤零零地住在这栋破旧的老楼里，无人陪伴，就像被扔进了时间的荒野里。

吴潇把李爷爷搀进了屋里。李爷爷依然颤抖不止。吴潇不会说什么安慰的话，他只是紧紧握住老人的手。李爷爷告诉吴潇，他刚上完厕所就听到了楼道里有脚步声，以为是他的儿女来看他，结果忘了系好裤带。吴潇默默地听着，李爷爷那羞愧痛苦的表情，让他又一次想到了爷爷。

爷爷被那些坏蛋训斥时，也是这样一副表情。爷爷也曾无数次站在深夜的阳台上，用浑浊不清的双眼遥望远方，盼望着他唯一的亲人早点归来。吴潇终于明白，孤独能够啃噬一个人的灵魂，尤其是那些脆弱的心灵，会一点点被蚕食。

此后，李爷爷变得谨慎小心。他仔细地聆听，认真地辨别，听出是吴潇的脚步声时才小心翼翼地开一条门缝，稍稍探出头，一旦确定真的是吴潇，便大开门户，笑盈盈地向吴潇问好。吴潇也总是搀扶着李爷爷进屋，陪他坐一会儿。

今天真是奇怪，吴潇敲了一会儿门，没有人应声，看来李爷爷真的不在家。他是不是被哪个子女接走了？

又一个黄昏。吴潇出差返回小城时，冬更深了。熟悉的街头，陌生的感觉。大半个月的时间，感觉却是恍若隔世。吴潇加快了脚步，快到仙鹤药店时，他的脚步不由得慢下来。隔着玻璃门悄悄往里看，吴潇心猛地一阵狂跳。小青正在柜台边忙碌。吴潇慢慢闭上眼，又缓缓睁开，他有一种舍不得看的心理，害怕一睁开眼睛，那个美丽的身影就不见了。在柜台边擦拭的小青，看上去那样瘦弱单薄，走来走去的样子，像雪鸽小青一样轻盈。即使在无人的时候，小青脸上也挂着恬淡的笑容。在吴潇看来，她浑身上下一尘不染，那柔弱的被包裹在白色护士服里的身体，透出一种圣洁的光芒。

有人推门进去，小青立即用真挚热情的眼光迎上去。那双会说话的大眼睛真亮啊！吴潇的全身被一股热流包裹。

来人又推门出去了，小青的眼睛一直追随着那身影。吴潇赶紧躲到暗处，直到小青进了里间。

到楼下，天已经黑了。空气中有一种香火缭绕的味道。地上有不少纸燃烧后的灰烬，升到脚踝之上的碎屑，在暗淡的光线中飞舞着，像一群长着黑色翅膀的飞蛾，不怀好意地粘在吴潇的裤管上，露出狰狞的笑容。吴潇有一种不祥的预感。

果然，上到二楼，那门户是开着的。一个工人正在清理，墙已经被重新粉刷，地也用清水冲洗过，空气中有一种腐烂的味道。看到有人来了，那工人停下手中的活计抱怨道："真不是人干的活儿，这老爷子活活被他身下的电热毯烤熟了。"

吴潇怔怔地站住，眼泪夺眶而出。

泪眼婆娑中，他仿佛看到李爷爷坐在茶几前的小板凳上，佝偻着腰背，两只昏花的老眼空洞地盯着面前的电视机，长满老人斑的枯手一直乖乖地放在大腿面上。电视上的人影越来越模糊，仿佛来自另外一个时空。电视里的声音也越来越空洞，越来越遥远，好像和电视机前的人隔着几亿光年。一切都是虚无。电视机前的人越缩越小，最后变成一个米粒般的小点，飘浮在浩渺的宇宙中，最终也成为虚无。

李爷爷始终没有等来他的儿女们。他心心念念的乡村老家。最终也没能回去。爷爷也没有等到吴潇的归来。这世上的人，大抵就像树上的叶子，殊途同归。

吴潇在李爷爷的小板凳上坐了很久。悲伤慢慢淡去，心情逐渐平静。吴潇发现，对于生活，起初他只能接受不好的，后来他也试着接受好的部分，现在他是好的坏的都能接受了。

吴潇上到六楼，鸽子们闻声纷纷而至，落在吴潇的胳膊上。大半个月没见，人和鸽子都憔悴了不少。吴潇赶紧给鸽子们喂食、添水，一个一个帮它们打理羽毛。鸽屋又恢复了往日的生机。

雪鸽小青明显衰弱了。尽管走的时候，吴潇在食盒和水槽里放置了足够的鸽食和水。雪鸽小青耷着翅膀，羽毛倒立，失去了往日的光泽。吴潇发现，它的眼睛也失去了往日的神采，显得暗淡无光。雪鸽小青越来越喜欢攀爬那一段窗格，总是出神地凝视着窗外。吴潇陪它站了一会儿，心里暗暗做了一个决定。

第二天是休息日，正午时分，吴潇带着雪鸽小青来到户外。天空蓝得透明，太阳像初生的婴儿。吴潇打开鸽笼，呼啸一声，雪鸽小青便扑棱着翅膀飞了出去。它在原地打了几个转，咕叽了几声，便越飞越高，越飞越远，头也不回，向着远方飞去。那对青灰色的翅膀，在阳光下闪闪发光，带着一抹季节的清冷，消失在遥远的天际。

吴潇掉转头，一个突然生出的想法令他浑身颤抖。他走向文卫路，走向丁字大街，推开仙鹤药店的门。老葛还在打瞌睡。

女孩小青正在整理药品，她抬起头来，诧异地盯着眼前这个颀长瘦削的青年。她知道这个青年，总是躲在暗处偷偷观察她，今天他却与往常不同：苍白的面颊泛起了潮红，迷离的眼神变得坚定，还浮现出一抹笑容，很淡却很真诚。小青立即回以一个大大的笑脸。

吴潇把一张纸条放在小青的手里，那纸条软塌塌的，被汗水浸湿了。

小青以为上面写的是要买的药品，展开一看，却是："我叫吴潇，我们能做朋友吗？"

原载于《朔方》2022 年第 12 期

三天三夜

第一天·夜

文星走了很久的路。具体走了多远，她不清楚，也不清楚是从什么时候开始走的，要从哪儿到哪儿。文星只是走啊走。这段路像是一个梦，一个湿漉漉的长梦，拎起来，水渍斑斑，几股线样的细流，蚯蚓样在脚下蠕动。

沿途的风景没有任何色彩，是许多幅叠加起来的黑白默片。一排泼墨般的高大乔木，一直跟随着文星，仿佛文星走到哪儿，乔木就跟到哪儿。墨色因此无限延伸，文星也融入其中。远处是一片又一片的田野，庄稼收割完了，留下一排排瘦硬的根须，裸露在大地的胸腔上。仿佛有鸟从上面飞过，一只、两只……一齐飞来，一齐飞走。

一切都是暗沉沉的黑色，压迫着文星。

一路上，到底有没有遇到人？好像有，又好像没有，反正说不清楚，一种彻骨的寂寥覆盖了四周。从未有过的荒凉感铺天盖地，即使遇到再多的人，也仿佛孤身一人。

文星继续赶路。实际上，文星从未挪动一步，眼睛代替了双脚。空间不停地转换，路一会儿逼仄，一会儿开阔，顷刻间又是苍茫一片。

一眼望去，似乎能看到世界的尽头。

脚下到处是路，又几乎无路可走，文星有些着急，不知道方向。正犹疑着，人却已经到了荒野，有一个村庄。

　　说是村庄，却依然不见一人。房屋纵横交错，都是些低矮的石屋，屋瓦像鱼背上的鳞片，排列得整整齐齐。文星盯着那些"鳞片"看了一会儿，担心这些房屋会真的变成鱼向空中游去。文星想进入其中的一间，但不确定是哪一间。巷口空荡荡的，一匹白马出现。文星很惶惑，这里怎么会有一匹马？

　　一匹高头大马，白得耀眼，白得把周围的黑都压下去了。马慢慢从巷口踱出，马鬃随风飘拂，似一团燃烧的火。马走过来了，马眼亮晶晶，射出的光含情脉脉。马过来了，四蹄踩在青石上，叮咚叮咚，仿佛山涧的雨滴。

　　好漂亮的马，像天外飞来的，来自遥远的希腊神话。马靠近文星，文星紧张起来，这紧张突然化作一股冲动，她想要骑上这匹马。刚刚伸出手，马已经在文星的身下了。马飞起来了，越飞越高，荒野和村庄全部下沉，文星从未如此快乐轻盈过，她变成了一根羽毛，轻飘飘的，失了重力。有一瞬间，文星感觉和马交融了，自己也变成了一匹马，一匹纵情任性的母马。

　　事实上，马依然停在巷子口，马的眼神飘忽，蹄铁坚硬厚实，笃笃地敲击着地面。马踱来踱去，显得烦躁不安。文星向马慢慢靠近。离得很近了，文星能看见马的瞳孔。灰青色的清澈的瞳孔，里面却空空荡荡，并没有任何物体的影子。突然，马奔起来了，向远处。那里有一条河，河畔有一棵大树，马奔到树下。

　　文星也想狂奔，她要追上那匹马，可双腿沉重，半步都挪不动。顷刻间，周围的一切都不见了。文星回到了自家的卧室。墙上挂着的电视机是开着的，文星有些诧异，这深更半夜的。电视里有一匹飞奔的白马，跟她刚才在梦中看到的一模一样。文星怀疑刚才的一切压根不是梦，那匹白色的马只是电视影像在自己头脑中的映射而已。然而只是一瞬，文星便搞明白了，她现在依然在梦中，或者做了一个梦中梦。不，不是梦中梦，只是场景转换了。文星惶惑了，到底是梦境还是现实？一着急，她挣醒了。

文星安静地躺着，一动不动，床过于宽阔，夜晚像无边的海。是的，刚才的一切，不过是一场梦。梦醒了，人却一时无法清醒，仿佛还在梦里。梦魇像一根绳子捆着人，想极力挣脱，也只能微微睁开眼睛。

睡眼惺忪中，文星隐隐看到一个人，就在靠窗的地方。文星心跳加速，惊恐得要命。那人正缓缓转身，逐渐地，文星看到了半张侧脸。他是谁？

然而只一刹那，一切就消失了。耳畔传来一声叹息："怎么，又做噩梦了？"是丈夫小武。小武推了一把文星，转身继续睡觉。文星彻底醒了，大睁双眼。窗外的夜色深沉如海。

第二天·昼

终于爬到四楼，文星累得气喘吁吁，随着体重一天天增加，每上一层楼都无比费力。在家门口好一阵驻足，缓够了，气喘均匀了，文星才从背包里摸出钥匙。开门进屋，一屁股坐在沙发上，顺势蹬掉鞋子，来个舒舒服服的仰躺。

躺了一会儿，文星舒坦了，映入眼帘的景象却糟心：茶几上一片狼藉，地板上躺着几个包装袋，周围有许多不明显的碎屑，电视柜和窗台上也蒙了一层薄薄的灰尘……一周过去了，又到了大扫除的时间。

"咕叽咕叽"，是肚子在叫唤，饿了，最近很容易饿。文星挣扎着起身到厨房，打算为自己做一碗香喷喷的鸡肉面。

厨房倒是相对整洁些，文星庆幸自己昨晚把锅洗了。开始和面，面口袋放在碗橱下的柜子里，文星躬着身子，吃力地盛了两碗面粉。面和好了，先让醒着。准备其他食材，鸡肉和蘑菇都是现成的，直接从冰箱里拿出来就可以用。小葱是刚从小区门口的菜农手里买的，据说是才从地里采的，新鲜着呢。文星看着备好的料，肚子更饿了，真想立马吃到嘴里，美美地吃上一大碗。面对自己大增的食欲，文星已经坦然接受，心想以后有的是时间减肥。该洗的洗，该切的切，一切准备就绪，只等丈夫小武下班回来。

客厅里静悄悄，只有石英钟按秒走动的铮铮声，时间像一条线，被无限拉长。已经七点钟了，小武还没有回来。文星越来越焦躁，犹豫了一会儿，还是拨通了小武的电话。一阵熟悉的电话铃声响起，声音清脆而响亮，文星循声找去，发现书房的门是虚掩着的。文星一把推开门，怒火瞬间蹿到嗓子眼。小武只是回了一下头，又继续打他的游戏，眼镜片后的一双小眼射出的光十分具有聚焦效果，可惜一分都没有落在文星身上，全都对准了电脑屏幕。

"你什么时候回来的？"文星的声音略显嘶哑。足足等了半分钟，小武才慢悠悠地回了一句"五点多"，目光依然紧盯着屏幕。

文星扑上去，把小武摁倒在地，她要给他点颜色瞧瞧，就在今天。她的手瞬间变大，力量也倍增，像电影中的铁砂掌，三拳上去就能让小武改掉刻在骨子里的毛病。"傻叉！你凭什么不干家务？凭什么回来了不吭声，让老娘白白等你两小时？凭什么动不动就使用冷暴力……"文星边揍边骂，一口气抛出了十几个"凭什么"，每一个"凭什么"后面都是压抑了许久、突然被放出来的"小恶魔"。连同"小恶魔"一起释放的，还有胸口的恶气，文星顿感舒畅了许多。小武呢，从震惊后的呆愣中终于醒过来，想要反攻，但看着文星不断胀大的拳头，只好捂着青肿的脸庞，嘤嘤哭泣。

事实上，文星一直在书房门口站着，两分钟的时间，脑子里上演了一场动作大片，作为女主角，她的光环在现实中全部退尽，只留下一个孱弱苍白的空壳。

什么都没有发生。

小武继续在游戏里激战，他十八般武艺样样精通，作为男主角，他的全身倒像镀上了一层金箔，闪闪发光。文星真想把想象付诸实践，但理智告诫她，不要任性，否则等待她的将是一场狂风骤雨，雨过风停后，则是一个冷静到肃杀的世界。

"准备吃饭！"文星僵硬地抛出一句，悻悻地转身离去。

文星嚼着鸡肉如同嚼蜡，最爱吃的蘑菇也无滋无味。食欲悄悄溜走了，小武还没有来到饭桌上。文星吃不下去了，心情越来越糟，索性将饭碗推到一边，小武的那碗面也凉了，结成一个结实光滑的坨。

文星蜷缩着躺下，沙发也不像平时柔软。屋子更加凌乱。鱼缸加氧泵传来"嗡嗡嗡"的声音，一会儿大，一会儿小，缸里的水已经混浊，那两条热带鱼偶尔动一下，以表示它们还活着。记得当初这些鱼刚被买回来时，还是活蹦乱跳的，像是随时要把鱼缸掀翻。

文星越躺感觉身体越沉重，心情也越来越沉重。这种沉重唤起了她身体的另外一种感觉，一种轻盈飞翔、羽化成仙的感觉。她想起来了，这是昨晚她乘着那匹白马自由驰骋时的感觉，有一刻，她与马融为一体，或者她自身也变成了一匹自由翱翔的白马。太美妙了，那种无拘无束、飘飞于天际的感觉。这逼仄的小屋、沉闷的空气，使文星又一次产生了逃离的想法。

夜深了，文星翻来覆去睡不着，似乎又睡着了，梦像飘浮在夜空中的一朵云，模糊又切近。小武背对着他，睡得酣然，呼噜声像抽丝的茧一样细长，突然又像被人卡住了脖子。

屋子此刻也像一个被掐住了脖子的人，偶尔从鱼缸里传来一点声音。

第二天·夜

那是一幢不高不矮的建筑，不像楼房也不像平房，文星常常见到。

这幢灰蒙蒙的建筑没有窗，只有一个四方的门。说是门，却没有门板，留下一个很大的洞，仿佛要吞噬这黑暗中巨大的虚空。夜空雾蒙蒙的，只有几颗散碎的星，也不发光，只是高悬着。门前竖着一个梯子，看起来很陡。文星常常见到这个梯子。

现在，文星知道，自己要做的事是爬梯子，通过梯子爬上建筑物。文星不想爬，不，不是不想，是不敢，那梯子看起来摇摇晃晃，中间爬高的横档距离很大，段与段之间有半人高。

不愿爬也得爬上去，冥冥之中似乎有一种暗力量，驱使着、催促着，文星一步一步走向那个危险的梯子，胆战心惊地开始爬，害怕得要命，时间仿佛冻结了，过了好久，文星终于爬过了第一节、第二节、第三节……眼看要到最后一节，一个世纪过去了……最后一段横杆，靠近房顶的地方，文星松了一口气，胜利在望。然而毫无预兆地，却又是意料之中地，梯子倒了，直直地倒了下去，没有一丝摇摆与缓冲，速度飞快地落在了地上，与往常一样，顺理成章地压在文星身上。文星并没有魂飞魄散的感觉，她知道自己没有被摔死。很多次了，都是这样。文星两腿绵软，没有一丝力量。但是她知道，过一会儿，她得站起来，再去爬这个梯子。

无数遍地重复，已经没有痛苦的感觉。等到全然麻木的时候，这灰色的建筑和灰色的梯子才会消失不见。

梦里，文星都在恨恨地谴责自己。她就是那个不停地往山顶推石头的弗弗西斯。梦里、现实中都一样。她有着足够的清醒与自知，却无力改变，只能维持现状。只能爬起来继续爬那该死的梯子。

周围更加灰暗，一颗星星都看不见。文星凭着感觉爬，又到了最后一节，突然，梯子摇晃起来，这次倒是始料未及。文星极力稳住自己，梯子晃动的幅度越来越大，顷刻之间，眼前的建筑物也晃动起来。不过，文星马上便搞清楚了状况，不是梯子在摇动，是建筑物。紧接着，大地也摇晃起来，身边的房屋、楼舍摇摇欲坠，文星这才意识到，是地震了。

文星吓坏了，想要逃，可双腿依旧半步都挪不动。大地依然晃动着，房屋摇摇欲坠，却没有一处倒塌。

空间自动转换，不一会儿，文星又到了一处地方，顿时耳目开阔。熙熙攘攘的人流，仿佛置身于闹市之中，又似乎一个人都没有。文星看到了槐树，却闻不到槐花的香味。文星处在巨大的迷惘中，不知道自己该去向哪里，人流像溪流一样分成几道岔，一去不复返。这时，却有一个人走过来，走向文星。文星觉得有几分眼熟，却叫不上姓名。

那人拉着文星的手便狂奔，奔到一处湖畔，那人就消失不见了。

转瞬，周围的一切便纷纷隐退。文星回到了自家的卧室，躺在那张两米宽的大床上一动不动。文星知道自己是在梦中，刚才的一切不过是一场梦。

就在这时，文星隐约看到靠窗的地方出现了一个人，就坐在大床的边沿，那个人正缓缓转过身来，文星似乎看到了那人的半张侧脸，接着是多半张，那尖翘的下巴、希腊式直挺的鼻子……他好像是？……文星惊呆了，一下子惊醒了。小武推了她一把。梦到此为止。

第三天·昼

窗外传来了鸟叫声、人说话的声音以及车子驶过的声音。其实，一天的开始是始于声音的。窗外越来越嘈杂，眼前也越来越明亮，文星醒了，但她一时不想睁开眼睛。

今天是周六。从前还没到周末，文星就筹划着这个休息日怎样度过。那还是他们刚刚开始一起生活的时候，每一个周末的"早晨"都从正午开始。所有的事情都是两人喜欢的，一起打游戏，看夜场电影……那时候，两人真甜蜜，做什么都甜蜜。小武的眼睛弯曲成一道好看的弧，眼波里也调了蜜汁，长时间聚焦在文星身上。夜晚，他们相拥而眠，两人四肢纠缠在一起，像一条八爪鱼。

这种睡姿其实很不舒服，但他们喜欢这样，只为面对面。有时候，文星也会背对着小武，但小武一定从后面把她抱住。八爪鱼变成了勺子。她很安心地躺在小武的怀里，做着一个又一个比现实还美的梦。文星整天乐呵呵的，很健谈，小武也是，他们像两个傻孩子过家家一样过着起初的日子……

气氛是一点点发生变化的，就像温水煮青蛙，速度过于缓慢，有时候反而让人无从梳理。文星搞不清楚是从什么时候开始的——

是第一次看见小武把鼻涕擤在洗脸盆里？

是说了很多次，小武还总是把尿液滴在马桶圈上？

是小武一喊干家务就装聋子？

……

好像都是，又好像都不是。

在这些模糊的感觉中，只有一次是清晰的。

文星从两千公里的地方出差回来，兴致勃勃地等在机车停车处，时间是早都约定好的，具体到了几点几分。

半个月没见面了，文星想象着小武和自己一样，想立刻见到对方的心情胜于任何一次别离。但是时间一分一秒过去，嘈杂的停车场逐渐变得冷清，只剩下文星独自一人伸长脖子翘首以盼。文星的心情从十分钟过后的焦灼，到半小时后的愤怒，再到一小时后的担忧，直至两小时后，内心只剩下一片凄然。文星傻傻地等待着，变得越来越执拗，她倒要看看小武如何收场，他不来，她就不回。起初她是跟小武较劲，后来是跟自己。等待的每一秒都十分漫长，每一秒心境都会发生几重变化。文星第一次对人心进行考量，发现许多事物都经不起推敲，内心涌起了从未有过的悲观情绪，就像被水泥浇灌了一样，某个地方变得坚硬。她原地伫立着，像一只鹤一样伸长脖子，保持静止不动的姿态，宛如一场行为艺术。慢慢地，她真的不想回去了，可又不知道去哪里。起风了，扬起漫天黄沙，一只塑料袋在空中飞来飞去。

小武一直没有来接机，他爽约了。

风越刮越大，眼看要变成一场沙尘暴。文星的意识也从愣怔中苏醒。她伸手打了一辆出租车。

家里有人，站在门口就能听到里面的电视声。小武在看球赛，太入迷了，以致忘掉了接机这件事。屋子里一片狼藉，餐桌上堆满杯盘碗盏，洗菜池里还躺着文星临走时做完饭的那个锅。锅里长了一圈绿毛，看起来毛茸茸、黏腻腻，很是怪异。文星盯着那绿毛看了很久，发现它越来越大，覆盖面越来越广，逐渐蔓延出来，要把整个厨房覆盖。文星大叫一声，她彻底崩溃了。

那天，文星砸了电视机，他们吵了一场空前绝后的架。文星把蓄积的不满全部发泄了出来，话越说越狠，每一句都颇带杀伤力。起初，小武还辩解几句，后来便索性一言不发，紧皱着眉头闭眼"葛优躺"在沙发里。文星越发气愤，骂出的话像嗖嗖射出的刀子，每一刀都足以致小武于死地。小武并没有死，可面部表情比死还可怕。文星有点害怕了，但她已经无法收场，索性破釜沉舟，亮出最后的底牌——离婚！

自然他们没有离婚。小武搬出去住了一段时间，回来后，他们继续过着日子，只是再也没有当初的感觉。小武变得越来越冷漠，一副无所谓的样子；文星也变得越来越沉默，她不知道怎样才能回到过去。

他们的关系几乎降到了冰点，生活中再也没有了过去的温情。有时候，文星会憋闷得透不过气来。她越来越害怕夜晚，害怕做那一遍又一遍爬梯子的梦。而无数个白天，她又会玩味那个梦，她清楚自己婚姻的大厦一日不倒，她就会因压力巨大而常常做那个梦。可是她没有离婚的勇气，至少目前没有，许多东西牵绊住了她。

……

小武睡得正酣，他的正午依然是正午。文星却落单了，她在周六的清晨早早醒来。

第三天·夜

那是一片果园，从这头到那头，一眼望不到边，果园里有成排的苹果树，还有其他叫不上名字的树。果树长得非常茂盛，那么果园应该色彩丰富，但入文星眼的只有黑白两色。

仿佛看见许多人，他们和她一起在果园里游弋着。文星渴望得到一个大红苹果，她伸手去摘，够不着。然而人人手里都有一个……

文星有些沮丧，除了使劲儿去够，没有别的办法。红苹果总是离文星的手指有一丢丢远，仿佛她的脚踮高一厘米，红苹果就会自动伸高一厘米。无法触及。

有人从果园深处走来。那人走向文星，越来越近，文星却看不清他的脸。文星的心怦怦乱跳，面对一个无脸的怪人。不，不是无脸，那人五官端正，只是文星看不清楚。那人走近文星，在快要靠近的地方停下来，他给了文星一个苹果。这是一个一半红一半绿的苹果，清香中夹杂一丝苦涩。文星手捧着这个苹果，小心翼翼，仿佛捧着自己的命运。

这是梦境还是现实？这种感觉竟然如此熟悉。文星的心跳得更厉害了。

转瞬间，果园不见了，人群不见了，所有的一切都消失不见了。文星来到一条大河边，说是河，其实只是一条宽阔的渠。文星觉得这地方亦有几分熟悉。周围光秃秃的，一条煤屑小路伸向远方。文星觉得冷，虽然是在夏季，她却瑟瑟发抖。周围空荡荡的，文星沿路前进，越走越觉得荒凉。寡黄清淡的底色没有一丝生机。河水平静地流淌着，混浊的泥水偶尔掀起一点涟漪。文星走了很久，远远看到有一座房子在水上，到了跟前才看出原来是一个蓄水闸。闸口的水势凶猛，水流激荡的声音震耳欲聋。

文星有些眩晕，又有些紧张。周围一个人都没有，只有越来越大的水声，有一刹那，文星感觉一切都静止了，世界无声无息。自己进入了一个空洞，一种寂静如荒原的境界，然而只是一瞬，隆隆的水声又在耳边响起。突然，面前出现了两个人，因为太突然，文星受了惊吓。那是一男一女。

文星想上前问个明白，却又回到了自家卧室，一切发生得太快，文星搞不清楚状况，心里却很痛苦。今晚的床尤其显得空旷。文星一动不动地躺着。

就在这时，文星隐约看到靠窗的地方出现了一个人，那人正转过身来。文星先是看到了那人的半张脸，接着是多半张，最后是整张脸。文星终于看清楚了，那硬朗的方形脸，立体感很强的五官。文星知道他是谁，不由得哭出声来……小武推了她一把，文星从梦中醒来。

第四天·昼

过了许久，文星依然蒙着被子无声地啜泣。她终于看清楚了那张脸。那个人啊，她曾经多么熟悉。她曾将自己最美好的四年时光交付给了他，那时的她是多么无忧无虑。然而，他们却败给了现实。他不愿为她购置一套婚房。不是他没有能力，而是他不想。他不想走进婚姻。

如今，在她孤独无助的时候，他却走进了她的梦里。他使她尝够了人生的甜蜜与苦涩后，居然又走进了她的梦里。而梦里的她，居然毫不抗拒，最可怕的是，她居然重新感受到了一种久违的美妙滋味。

她恨那个人，可是又……

那么小武算什么呢？这个还在她身旁酣睡的男人。在他们刚结婚的那些日子，她甚至庆幸自己嫁对了人，庆幸命运对自己的眷顾。那时候，她甚至悄悄对自己说，她只爱小武，只爱他一个人，过去的一切都是假象。然而此时此刻，文星不禁又要扪心自问，到底过去的一切是假象，还是今天的一切是假象？

天还没亮，卧室里很暗，只有床头灯发出一丝微弱的光。文星微微睁开眼睛，小武背对着她，睡在另一头。大床过于宽阔，像一片海，而他俩是搁浅在海岸的两条鱼。

文星摇摇头，笑了。梦毕竟是梦。它再真实也取代不了现实。

经过这一番剧烈的心理活动，文星再也睡不着了，她已习惯了闭着眼睛假寐，闭着闭着或许就睡着了，或许天就亮了。

不知过了多久，天真的亮了，卧室的地面白晃晃一片。文星再一次醒来。周日的清晨，该如何度过这一整天呢？规划了几种方案，文星决定先去看她喜欢的画展。

每到周日，文化馆几乎都会举办画展。以前，文星是常客。展厅里仅有三五人，连同文星，在空旷的房间里踩出单调的足音。这是小城一位青年画家的画展，一种清新淡雅的田园风。文星不感兴趣。倒是二楼玄关处挂着的几幅画使文星驻足。是德·库宁的作品，尺幅不大，一眼可以看出是赝品。即便是赝品，也有一种令人窒息的纵深感。

陈列在眼前的画是《发掘》，色彩是单一的土黄色，随意涂抹的手法，使画面呈现一种驳杂的感觉；各种鞭索抽打似的线条，时粗时细，时隐时现，毫无章法地穿梭在整幅画面上，线条交接的地方，是各种倒置的人体器官，多数是一只只大睁着的怪异的眼睛，似乎一眼能看到人心里，文星仿佛被一股电流击中，顿感头晕目眩。还有一幅是《面目狰狞的女人》。初看时，文星的确被骇了一下。画面依然有芜杂的零乱感，一个原始部落女头领似的人形位居其中，最触目的是她的面部：长短不一的肮脏牙齿，刀削一般的尖峭鼻子，两只眼睛占据了五官的三分之二，一只瞳仁竖立，一只扁平，有一种说不出的诡异感。两片随意涂抹的红色弧线代表了女人的胸部，视觉上并不丰满，却能容纳上部的一片海域，那是一片静谧的夜空蓝，看得久了，有一种时空静止的感觉。而女人的胳膊，是全身最突出最有力量的部分，发达的肱二头肌，与整个粗壮的小臂结合，似乎可以托举起整个世界。文星看呆了，心里各种意念聚合，又分裂出几个迥然不同的自我。再看那女人的面部，她的笑似乎不似初始那样狰狞，有一丝羞涩，有一丝恬淡，还有一丝鼓舞人心的力量……文星泪流满面，好久才回过神来，内心那块最坚硬的部位，似乎被刚才的眼泪泡得酥软，又有一股暖暖的热流涌上来。文星的眼泪又溢出来了……

从文化馆出来，文星决定去百斯特。以前，文星也是那里的常客。只是这个周日的早晨，许多以前喜欢做的事情，喜欢光顾的地方，有了一种隔膜感，并不遥远的过去变得陌生了。

文星点了自己喜欢吃的西点和鲜榨橙汁，等餐的无聊时间，她把这家西餐厅好好打量了一番，布局和以前差不多，只是在一些细微的地方做了改变，比如桌布的颜色，吧台的饰物，服务生也换了几张新面孔……阳光灿烂，透过巨大的落地窗照射进来，大厅中央的棕榈被镀上一层金色，满目生辉。一曲舒缓的轻音乐，是文星最喜欢的曲目《Love Letter》。文星安静地坐在靠窗的角落，阳光包裹了她，她眯缝着眼睛，开始静静地享受。文星的眼泪又流下来了。这半年来，她很少哭泣，心肠越来越硬。

有人过来了，是一位服务生小哥哥。一张干净的面孔，一个治愈的微笑——文星的眼泪流得更多了。

文星坐了很久，温暖的阳光把她晒化了。突然，文星有了一个决定，虽然带着几分羞涩和犹豫，她还是决定试试。她给小武打了一个电话："你能不能来百斯特？我们聊聊。"电话那头一片寂静，文星不确定小武会不会来，她能确定的是，从今天开始，她要与生活握手言和。从那次事件后，她的不合作、不抵触、视对方为空气，或许是对对方更大的伤害。

半小时后，小武来了。当他推开百斯特的门，出现在文星眼前时，文星暗暗鼓励自己，勇敢地望向小武的眼睛。好久了，他们的目光都没有在对方身上停留过。虽然有些羞涩，文星还是试着像过去那样，露出八颗牙，对着小武笑。小武显得有些不知所措，但随即嘴角便浮现出一抹熟悉的微笑，痞坏中带着一丝贱，向着文星大步走来。

文星也迎上去，起得太猛，差点一个趔趄。这时肚里的胎儿使劲踢了她一脚，这一脚好重，很像第一次的时候。那次，就是文星和小武相约在民政局门口，决定分道扬镳的时候。

根叔

  根叔蹲在屋檐下。细雨银丝一样织成一张透亮的网，从高空轻轻覆盖下来。风一吹，网移动了位置，飘向西瓦屋的墙上，被拦腰截断。看了一会儿，根叔觉得无聊，开始数泡泡。那些屋檐上掉下来的大雨滴，滴落在地面的积水里，一砸一个坑，升起来时便是一个个圆鼓鼓的水泡泡。数是数不清的。旧的还没数完，新的已经升起来了。根叔脑子也不灵醒，数着数着就忘了数字，干脆不数了。远山越发苍翠，远远看去，仿佛罩着一层烟。鸡们也和根叔一样，蹲在屋檐下躲雨。一只芦花母鸡慢慢踱到根叔脚下，用银钩子一样的喙，轻轻啄着根叔的脚背。根叔抱起鸡，放在膝头，用手捋了几遍鸡背。芦花鸡欢快地"咯咯"叫起来。闭着眼睛打瞌睡的黄狗被惊醒，警觉地支棱起耳朵，看没什么异常，也伸着懒腰踱到根叔脚下。根叔腾出手，拍拍狗头。狗亲昵地蹭蹭根叔的裤管。

  根叔笑了一下，脸上的褶子聚在一起，像一朵野菊花。

  大屋里有说话声传出，时断时续，断的多，续的少，声音压得很低，嘀嘀咕咕，听不清在说什么。根叔也无心去听。最近几天，儿媳妇梅琴总是背着根叔和儿子傻秋嘀咕。

  雨停了，说停就停了，连一个小雨滴都不往下落了。太阳慢慢出来，像被雨洗过似的，干净明朗的一轮。大屋的门哐当一声被推开，傻秋从屋里弹出来。傻秋走得很急，像是逃命，奔到库房，拿了锄头，就往地头走去。根叔下意识地站起，起得太猛，一阵阵晕眩和剧烈的咳嗽袭来，脸立刻憋得青紫，一口痰顺势从口中滑落，里面隐隐有红丝。毕竟之前只是咳得厉害，根叔心里的凉意越来越重。

梅琴一跛一点地走过来，手里是一个大号罐头瓶，瓶里琥珀色的水随之荡漾。

"爸，喝蜂蜜水。"梅琴说，"蜂蜜水润肺，还止咳，是好东西。"

"爸，这段时间您就好好缓着养病，地里的活儿有我和傻秋，您放心。"梅琴又说。

听了梅琴的话，根叔打消了去库房拿锄头的念头，接过罐头瓶，往自己住的老堂屋走去。

根叔躺在炕头。六月天，屋里又闷又热，根叔却觉得脊背后有冷风吹来，于是扯过棉被盖在身上。一阵绵密的咳嗽又一次袭来，强度虽不及上次，但抽丝一样拉拉扯扯、没完没了。根叔感觉自己的肺里塞着一团团丝绵，每一次咳，就是把那些丝拉长，再从口里吐出来。痛苦的是，旧的一波还没咳完，新的一波又来了。那些丝绵又像天上的云，虽然薄，但片儿大，柔韧，风吹不散，雨滴不透。根叔咳着，一抽一搐，觉得脑仁儿都要迸出来了。他伸出抖抖索索的手，从炕桌上的药瓶堆里摸出一个白色小药瓶，倒出一把，喂进嘴里。

咳嗽像退潮的水，上岸的次数越来越少，终于暂时止息。根叔擦掉脑门上的汗，又擦掉鼻涕，但泪水止不住，越擦越多。干脆不擦了，任它肆意漫流。

根叔是几个月前开始咳嗽的。起初只是两三声，像是嗓子痒痒。根叔没有在意，抽烟的人，都有这个毛病，何况根叔的烟瘾还很大。院子里桂花树下的二分旱烟地，承包了根叔一年的口粮。根叔精心侍弄着，比侍弄婆姨娃娃还要上心。根叔的烟瘾是那些年在公社熬夜浇地时染上的。刚开始他不抽，一个娃娃抽什么烟，奎爷却把烟锅子硬往他嘴里塞。根叔吸了几口，呛出了眼泪，竟不瞌睡了。自此，根叔就抽上了，一抽就是几十年。老伴过世后，根叔抽得更凶了。饭可以不吃，烟不能不抽。

根叔的咳嗽越来越严重，可还是没引起重视。去乡卫生所开了一包感冒药，吃了几回，好像好多了，就继续下地干活儿，拾掇鱼塘，一天脚不歇地忙活。等到咳嗽再度发作时，那山摇地动的架势，让根叔不得不去县医院。县医院看不明白，让去市医院，又转到省医院。

梅琴和傻秋前前后后陪护了半个月，态度一天天冷淡下来。尤其是梅琴，每次医院缴费单下来的时候，脸色阴沉得像要下暴雨。那天，根叔去医院的花园坐了一会儿，回来的时候，病室的门没关，里面传来梅琴低吼的声音："你爹得的是癌！要手术，要化疗，我们那八万块根本就不够，而且癌症根本治不好，最后肯定竹篮打水一场空……"

一个晴天霹雳。根叔怔住了，原来他得的不是肺炎，是癌！

根叔脑子里乱哄哄的，心在腔子里飞来飞去，一直悬着……可怜巴巴地站在病房门口，进也不是，走也不是。正踌躇着，邻床老陈的儿子出来了。一看见根叔，立马瞪圆了眼睛，一副吃惊不小的样子，接着便高声招呼："根叔回来了。"里面的吵闹立刻停住了。根叔讪讪的，害羞似的走进病室。病友们也都讪讪的，难为情的样子。只有梅琴，起先连耳根都是红的，逐渐地，坦然多了，终于，脸色平静得好像什么都没有发生。

那一夜，根叔没睡着，六十五年来，第一次体验了失眠的滋味。悬着的心越吊越高，从此就没有落回原处。根叔也是第一次与死亡对视，凭空出现的幽深目光吓破了根叔的胆。一想到再过不久，自己就要离开这个世界，根叔手脚变得冰凉。根叔一动不动地蜷缩在医院的铁架子床上，仿佛死神就坐在不远处。他怕打草惊蛇。就像小时候割草时，遇到真正的蛇，那滑溜溜、黏糊糊的无脚怪，瞪着一双冰冷的三角眼，蹲踞在根叔的正前方，让根叔躲无可躲……根叔不想死。可一想到巨额医药费，想到儿媳梅琴的脸色……根叔噙着泪，躺了一夜。第二天一早，根叔便嚷嚷着出院回家："只是小小的肺炎，不碍事，俺觉得好多了，俺要回家收麦子。"

根叔说得很轻松，也很坚定，一副浑然不知的样子。傻秋梗着脖子做最后的挣扎："爹，再住几天。"梅琴嘴里支吾着，手上却暗暗掐了傻秋一把。根叔装作没看见。中午，便办妥出院手续回了家。

回家半月，根叔该吃吃，该睡睡，该干啥活儿干啥活儿，一切都和之前一样。他想把自己生病的事忘了，说不定这病也就会忘了他。神奇的是，根叔果然没怎么咳嗽。根叔纳闷之余，觉得这是自己的意念不断强化发生了作用，或者是冥冥之中被保佑了。根叔又怀疑那天在病室门口听到的不是真的，只是他的幻觉。原因是儿媳梅琴的神色那样坦然，让他吃喝，派他干活儿，都和往常一样，不像对待一个癌症患者的样子。从儿子傻秋脸上，更看不出什么了，这傻儿子一天到晚都木着一张脸，两只间距过大的眼睛永远都睁得大大的，里面空空荡荡。

根叔都快相信自己得的只是肺炎了，直到刚才喷出那一口带血的浓痰。

泪水打湿了枕头。根叔闭着眼，心里芜杂得要长草。那些长长短短的草，将根叔层层叠叠包裹住，越裹越紧。根叔无力挣脱，意识连同身体陷入越来越深的迷糊之中，就像被千万缕蛛丝网住的蠓虫一样，没有一丝突围的可能。眼前却是白光一片，仿佛到了另一重境地，秋天河岸般深远。慢慢地，根叔失去了意识。醒来时，天色已经黯淡。从蒙了一层浆纸的木格窗看出去，天色是一层不透亮的松花蛋色，上面似乎印着一些倒挂的松针。根叔盯着天穹的某一处看，感觉有无限的深意在里面。

院子里响起了脚步声，是两种不同的力道，交错穿行，吭哧扑哧，敲击在根叔的耳膜上。重的是傻秋的脚步声，石碾子落地一般。轻的是梅琴的，如蜻蜓点水，不过，是一只跛脚的蜻蜓。儿子儿媳干活儿回来了，根叔也该起身了。还没下炕，门却哐当一声被撞开。傻秋扑倒在地上，双膝着地的时候，发出金石相撞的刺耳声。根叔吓了一跳。他发现今天自己对声音特别敏感，哪怕是极其微小的，都会引起一阵心惊肉跳。紧接着，又是一阵"咚咚咚"，每一声，都撞击在根叔的痛感神经上，传递开来，直达根叔的心窝窝。"咋了，这是？"

傻秋磕头如捣蒜，边磕边扯着嗓子号上了："呜呜呜……爹，俺对不起你！呜呜呜……都怪俺没本事……"

"这是咋了？"根叔心跳得更加厉害了，颤抖着从炕上爬下来，慌得腿都软了，也几乎要跪倒在地上，屈着腿，猫着腰，想要扶起面前这个小山头一样的傻儿子，奈何山头岿然不动，根叔的双臂却灌铅般沉重。只这一下，傻秋哭得更凶了，顺势扑进根叔的怀里，根叔一个趔趄差点摔倒，用力稳住自己后，用瘦弱的双臂将这结实的傻儿搂在怀里。傻秋的哭声又加了几分力道，像冲出闸门的洪水，须臾之间便将根叔淹没。根叔的老泪也一串接着一串掉下来，突然心里一惊，傻秋这么卖力地哭，莫非自己已经死了？这傻儿子，只有小时候他妈去世时才这样哭过。根叔使劲儿在自己的大腿上掐了一下，火辣辣地疼，又抬起傻秋的下巴，一张黑不溜秋的丑脸赫然呈现在眼前。根叔一阵心酸，好久没端详过这傻儿了。光阴似箭催人老，转眼傻秋也已人到中年。

傻秋是根叔的二儿子。想当初，这二儿子生下来时，根叔有多骄傲，他激动得想吼、想喊，却抱着桌腿扯着嗓子哭了一场。好家伙，一定是他李宝根的祖坟上冒了青烟，才让他一连生了两个生龙活虎的儿子。然而，根叔的快乐没有持续几年，接连到来的两场灾难几乎将他打趴下。先是秋生，三四岁了，还不会说话，嘴上说不出来，心里也不明亮，问啥，都是一副痴痴呆呆的样子。根叔不知道哪里出了问题，一家人都聪敏灵醒，怎么就会生下个"半脑壳"呢？是不是生产时，娃在产道待的时间太长被挤坏了脑子？或者是，那产婆用力太大，拽着脑壳往出拉时，把娃的脑子伤了？都有可能，又都没可能。总之，事实很明显，秋生就是个智力较低的笨娃娃。没几年，秋生就变成了村里人口中的"傻秋"。逐渐地，家里人也跟上一口一个"傻秋"了。根叔沮丧了很久。

好在还有大儿子春生。春生聪明伶俐，让根叔又生出了希望。春生这娃还真不是吹的，三岁会背诗，五岁会算题，上了学，年年考试都是班级第一。根叔有时都怀疑，是不是老天爷把秋生的聪敏劲儿都给了春生。然而，春生给根叔带来的骄傲并没有持续多久，便被击得粉碎。事情发生得太突然，甚至连一个幻灭前的小泡泡都没有留下。春生死了。十岁时，死于暑期的一次溺水事故。当村里人帮根叔把春生浮肿的尸体捞上岸时，根叔发疯似的赶着毛驴狂走了一天一夜，根叔的心死了。以后的许多年，干活儿没劲儿，吃饭不香。直到傻秋一天天长大，长成一个魁伟的汉子，脑瓜子虽不太灵敏，基本的人情世故倒也懂得。只是太老实，让做什么就做什么，浑身有使不完的力气。根叔没有想到，最终被委以重任的却是他的傻秋，便慢慢地劝解自己：还有什么办法？认命吧！

根叔望着儿子，心如刀绞。傻秋一张古铜色的大扁脸上，本就纵横交错、坑坑洼洼，因为咧着大嘴哭，更是抽搐扭曲得变形，加之上面糊满了鼻涕眼泪，有一种面目全非的惊心感。根叔伸出衣袖帮傻秋抹掉眼泪，这傻儿的哭声才慢慢小下来，接着变成余音袅袅的尾声。停止哭泣的傻秋开始讲事情的原委。一开口，傻秋的情绪又激动了，眼泪又止不住地流下来，哽咽得几乎吐不出字，一段话，被含含糊糊说了很久，根叔却还是听明白了。

原来，后晌雨停后，傻秋和梅琴到村外自家的苞谷地里除草。这段时间，夫妻俩只顾着陪护病人，地里的野草趁势疯长。两人便撅着腚好一顿忙活，一直到天麻麻黑，看不清楚了才回家。

出了田地，拐上大道，傻秋看见老葛头正坐在道边磕鞋上的泥土。打了个招呼准备走，却被老葛头唤住。这当口儿，又从地里冒出来几个乡亲，都是村里的留守老人。这么晚了，大家怎么还不回？傻秋寻思。两人被乡亲们围在中心。老葛头先开了口："傻秋，听说你爹病了？是啥病啊？"梅琴嘴巴利索，抢着回答："伯，是肺炎，不碍事，回来养几天就好了。"一听这话，老葛头顿时怒了，他火气很大，直指着傻秋的鼻子破口大骂："胡说，宝根得的是癌！你们怕治病花钱，硬是把一个早期癌症病人给拉回来了，是不是？"傻秋和梅琴的惊诧全部写在脸上，原以为保密工作已经做得很好了，可还是没有不透风的墙。老葛头一看他俩的神情，骂得更凶，什么狼心狗肺啦，忘恩负义啦，为了钱不管亲爹的死活啦，逆子啊……其他人在旁边指指戳戳，说出的话非常难听，羞臊得傻根和梅琴恨不得找个地缝钻进去。

傻秋抹着眼泪说："爹呀，不是儿不给你治病，儿实在是无能为力……"

根叔怎能不知道，傻秋这些年有多不容易。比起常人的艰辛，傻秋的困难更是雪上加霜。从娶媳妇说起，二十大几的小伙子，却没有一家肯把女儿许给他。好不容易有人给说了大山里的一个跛女子，彩礼却高得要命。老伴就是为了给儿子赚这笔彩礼钱殁了的。那些日子，他和老伴没白没黑地下死力，到处打工挣钱。他给乡亲们盖房，木匠泥瓦匠都干，只要给钱。老伴则是跟着村里的女人到处抢收，麦子、苞谷、枸杞……每片泛黄的土地上都有她的影子和汗滴。那天五更，老伴和一群女人坐着村里包工头的车出去了，晚上却被抬了回来。那样一个绵软的热气腾腾的身子，变成了一具冰冷的尸体。农用四轮车在岔道口和一辆大货车撞上了。老伴坐在车头。老伴总喜欢坐在车头，她想第一个抢进庄稼地。那一年，家里送走了一个，才迎来了另一个。

梅琴过门后，生了女儿，养了儿子。两个半边人，挣钱本来就比正常人难，更何况孩子们一天天长大，花销也越来越大。眼看着孙娃龙龙墙头般高了，也到了要娶亲的年龄，可房子车子彩礼钱从哪里来？现在的姑娘，县城里没有一套楼房，别说嫁了，看都不看一眼。傻秋和梅琴又没有别的本事，只能像父母那样下苦力，比父母还要艰辛。梅琴每天睡不了几小时，天不亮就起来干活儿，恨不得土里能刨出金子来。两口子一分钱分成八瓣花，攒了许多年，才攒下八万块，正打算秋后给孙娃在县城买楼房付首付，却不想让他这老东西花掉了一万多……

平心而论，梅琴是个好儿媳。过门这些年，是把他当作亲爹对待的，吃饭先给他这个公爹端第一碗，从没有在他面前高声大气地说过话，有啥都和他有商有量……唉，是他这个老东西害苦了娃！

根叔想着这些，无声的眼泪成串成串往下掉，打湿了汗衫的衣襟。

梅琴不知道啥时候进来了，斜倚着门板，怯怯地站着，眼泪挂在脸颊上。一弯残月清清浅浅地挂在门框的上方，把屋子里的人照成三个扁扁的影子。

这一夜，根叔一眼不眨。他盯着眼前的月亮，看着它先是躲进云层，慢慢又钻出来。钻出来时，月轮变大了些，月光也明亮了几分，后半夜，便隐进了西山。根叔的心起先也油炸般煎熬着，逐渐地，竟平静了，死灰般没有一丝余温。一个决定悄然在心中生出。

天亮了。太阳明晃晃地挂在中天，光焰像燃得正旺的火苗，把昨天因为下雨而浇湿的泥地晒得皲裂。又是一个大晴天。"一天雨一天晴，六月的天，娃娃的脸。"根叔嘴里念叨着。吃过早饭，傻秋和梅琴就出门找活儿去了，他俩是一天都不敢耽搁的。根叔喂了鸡，把自己的吃喝分给黄狗一半，便扛着锄准备出门。黄狗摇着尾巴跟在后面，芦花鸡也撵过来，被根叔轰了回去。锁了院门，上南坡。南坡种着三分地的莜麦，正是扬花的时节，要好好侍弄。莜麦是好东西，吃多了也不胖，还能降血糖，可是这些年，村里愿意种地的人越来越少。大家都不喜欢种地了，土地多数被承包流转了。别说莜麦，就是小麦、稻子，种的人都少了，要种就种苞谷，好侍弄，来钱快。

几公里的地，根叔咳嗽气喘地走了半天，好不容易到了地里，以往轻巧的锄头却沉甸甸地握不住、抬不起。拄着锄把歇了一阵，等气喘匀了、咳嗽停住了，根叔便开始锄地。一旦抡起锄头，那些七七八八的想法便消失了，心越来越平静，甚至生出了几分欢喜。根叔喜欢那些白得发蓝的长穗子花，一嘟噜一嘟噜挂在麦梢上，过不了多久，就会结成果实。想起来，心里都觉得踏实。时间仿佛静止了，耳边的虫鸣鸟叫以及自己粗重的喘气声都听不见了。根叔一心一意地锄着地，那些冰草、稗草在他的锄下纷纷倒下，莜麦仿佛瞬间长高了不少。根叔愿意永远这样锄着地，什么都不用想，只要能锄地就好。然而几垄莜麦，一上午就锄完了。

根叔出了一身大汗，浑身通透舒坦。他靠着一棵大树，坐在坡顶上。村庄的全景尽收眼底。一条蛇皮袋样的公路，把村庄分成两半。北边是镇政府所在地，这几年起了好多楼房，村里很多人都搬到镇子上住了，甚至有到县里、市里的，留下来的基本都是老弱病残。南边是村庄，几乎还保留着过去的样貌。根叔把眼光投向南边。那些房屋、树、老巷子，间或在巷子里走动的人，偶尔窜出来的猫、狗……根叔望着，一动不动地望着……

起风了，虽不大，根叔还是微微打了一个寒噤。该回去了，是时候了。

根叔从坡后的土路下来，慢慢悠悠走向村口一个外号叫"沙皮狗"的所开的商店，买了样东西，又走走停停向村尾而去。村尾的小院里住着庆山奶奶。根叔进了小院，习惯性地扶着豆角架，把松动的竹竿往地下插了插，让它们更稳固些，又转到鸡笼跟前，把一个稍大的窟窿用绳子绑好，这才进屋。

阳光把庆山奶奶坐在屋门口的影子照成一个半大的孩子样。庆山奶奶嘴里叼着一个半弯的樱桃木烟斗，枯黄的脸上是一种近似肃穆的安静。根叔拎了个小凳子，挨着庆山奶奶坐下。两人也不说话，一起看着院子里的光景。好多个年头了，根叔都是这样，一有空就来庆山奶奶这里，陪她老人家坐坐。两人抽着烟斗，唠着家常，或者什么都不说，就是陪她老人家坐坐。黄昏的时候，孤寂会悄悄隐退，一股暖意从两人心底升起。

有时候，根叔会把庆山奶奶当作自己的亲娘，帮她种地，照顾她的生活……老娘死得早，没享上儿子的福……根叔自己也觉得，他来庆山奶奶这里是带了寄托的。根叔将目光转向屋内，看着他亲手盖的屋。那时候，他就有那样大的心劲儿，一块砖一片瓦地积攒，遇到谁家盖新屋，他都会寻人家不用的旧砖瓦。等到正式盖的时候，他真是铆足了劲，把自己看家的本事都用上了。庆山奶奶再也不用住那漏风又漏雨的黄泥小屋了。

这屋子盖得结实。可是，盖屋子的人呢？根叔的泪含在眼窝里，趁庆山奶奶不注意，赶忙一把抹去。

坐了有一斗烟的工夫，庆山奶奶颤巍巍地站起身，拄着竹杖嗒嗒地挪到里屋去了。不一会儿，又挪了出来，手里多了一个小布包。庆山奶奶小心翼翼地将布包打开，从里面掏出一个半旧的手巾，扯掉上面的橡皮筋，一层一层剥开。终于，剥到最后一层了，一沓面值不等的半旧钞票露了出来。这些钱被庆山奶奶叠得平平整整，像一块豆腐干一样托在手中。"宝根，这里有四千一百二十五元钱，我把零头留下，剩下的四千，你拿去治病！"庆山奶奶说。

根叔一听，立马从椅子上弹起来，摆着手，连声说道："使不得，使不得。"

"怎么使不得？让你拿你就拿着，没什么使不得！"庆山奶奶扁嘴豁牙，说话虽然漏风，但语气里有一种不容辩驳的坚定。

根叔着急坏了。他站也不是，蹲也不是。庆山奶奶颤巍巍地走向根叔，把根叔揽进自己瘦弱的怀里，用她那枯叶一样的手抚着根叔的后背，说："听婶的话，好好治病。"根叔再也忍不住了，哭出声来，哽咽着说："婶啊，我不能啊，我不能花你的钱，这可是你一分一分从牙缝里省出来的啊！"根叔心里明镜似的，他清楚庆山奶奶手上这笔钱每一分都来之不易。

根叔痛哭着："不行啊，婶！"庆山奶奶也哭出了声，说："宝根啊，你知道吗？婶早已把你当亲儿看待了。没有你，婶活着也没啥意思。"

那一沓钱，在两人手里被推来搡去。根叔终是没有接下。他下定了决心：谁都不能拖累。更何况这是庆山奶奶的棺材本。根叔抽身离开了小院，身后传来了庆山奶奶的呜咽声。

根叔拖着沉重的步子向村外走去。那两条腿，起先重得几乎挪不动一步，走着走着，便无知无觉了，仿佛那腿不是长在自己身上。走了大半个时辰，到了百果园。根叔再抬头看天时，阳光已不再刺眼，一团麻布一样的乌云将太阳遮住了。天色暗淡了。那些挂在果树枝头粉嫩娇艳的花儿，此刻看上去也那么没精打采。起风了，要下雨了。

果园的地头有一个小木屋，是放农具和化肥的地方，果子成熟的季节，也是看果人临时的栖身地。根叔佝偻着腰身，慢慢踱进去。暴雨在柞木搭就的屋檐下形成一道雨帘。根叔的眼泪，也挂在稀疏粗短的眼睫毛上。

是时候了，不能再犹豫了。

天河像决了堤，把更大一股雨水泻向人间。伴着一声又一声的响雷，根叔扬起脖子，把一瓶敌敌畏咕咚咕咚往嘴里灌，和着那沉闷的味道，和着苦涩的眼泪，也和着一辈子的辛酸、无奈和委屈，一股脑儿统统灌了下去。

被人们找到的时候，根叔靠在小屋里的背篓上睡得正香。烧红了的霞光透过窗洞照射进来，小屋被一层淡黄的暖色笼罩着。根叔的脸上也浮上了一层红晕，似乎还挂着一抹微笑。地上躺着一个喝空了的敌敌畏瓶子。根叔是被傻秋撕心裂肺般的号哭声惊醒的，梅琴的哭声特别尖利。这两股声音中，夹杂着村民们的喊叫声，刮擦着根叔的耳膜，使根叔很快睁开了眼睛。根叔的意识一时还没有回转，一会儿，是老伴儿笑盈盈的模样；一会儿，又是一群人大呼小叫的样子。根叔怀疑，自己莫非从天堂坠到了地狱？

"沙皮狗"从地下捡起那瓶子，闻了闻，又揩了一点边缘残留的液体，用手指肚捻了捻，说："不要紧！"众人问为什么？"沙皮狗"羞涩地挠挠长着一个大疖子的鼻头，结结巴巴地说："前几年，商店里进了一批空农药瓶……我往里面……灌了些泡黄豆的水……"有些人没有听懂，比如傻秋，张着嘴一副痴呆呆的表情；听懂了的，则在"沙皮狗"的脑袋上来了个大暴栗。哇，这"沙皮狗"！只知道他卖假烟、假酒，却不知道还卖假农药。但是这次，众人却没怎么责骂他，有人甚至说幸亏是假农药……大家说得最多的，还是"好人有好报"之类的话……根叔终于明白，他还没有死，甚至连鬼门关都没到。其实喝完农药后，他就后悔了，将手伸进喉咙又抠又挖，也没吐出啥。等了一阵子，也没有肠绞肚痛的感觉。但是这么一折腾，再加上昨晚一夜没睡，根叔的眼皮便越来越沉……

经过这一遭，村民们开始自发地给根叔捐款，有热心人还在网上申请了水滴筹，镇上的民政部门也拨了一笔救助款……总之，听说根叔去省医院住院了。第二年春天的一个清晨，布谷鸟才开始叫的时候，村民们看见，有一个老汉扛着锄，向村外的地头走去……

原载于《朔方》2022 年第 4 期

报考

　　盛夏的九点，太阳已经升得老高。金灿灿的阳光从高空洒下，刺得我睁不开眼睛。我猛打了几个喷嚏，感觉一阵头昏眼花。一宿没睡，大脑有些缺氧。我正准备接电话，手机铃声却停了，屏幕上显示"三个未接电话"，备注名是"爸爸"。

　　说出来你可能不信，已经有好几年了，我都叫不出"爸爸"这个词。

　　手机铃声响起时，恰逢战斗最激烈时。我扫了一眼，是张家昌打来的，就继续盯着电脑屏幕，一刻不松懈地点着鼠标。这盘游戏开局不利，好在我技术高，硬是把对方的几员大将逼到了火线之外。

　　手机铃声依然不屈不挠地响着，这在只有"嗒……"的键盘敲击声的网吧里显得有些突兀。可我管不了那么多，响就让它响吧。终于有人粗着嗓门喊了一句"吵死了，接电话"。循声望去，是对座的红毛。我想回喊一句少管闲事，但看到红毛无袖衫下露出的吐着芯子的花斑蛇文身时，只好咽了咽唾沫，抄起手机，向室外走去。

　　我正要拨过去，电话又打过来了。

　　"张小雷，你干啥去了，一夜不回家？"张家昌的声音显得火急火燎，不了解的人，会误以为电话那头发生了火烧眉毛的事，我却见惯不惊。我懒得张口回答，心想我去哪里不用你管。好在张家昌没有纠缠这个问题，仍然扯着柳条鞭抽牛皮纸似的声音命令道："你赶紧打车到市一中来！我在校门口等你，我找了个人给你填报志愿。"

我犹豫了一会儿，最后还是决定去市一中。下了车，远远地就看到张家昌手搭凉棚向这边张望，看到我，小跑过来，一脸的焦急和愤怒。

"怎么这么磨蹭，快点！学校快放学了，你表姑要下班了。"

"哪个表姑？"

"就是你在市一中教书的表姑苏连霞啊，你忘了？"提到苏连霞，张家昌的表情舒展了些，声音里有一些掩饰不住的小得意。

我一时反应不过来，哪个苏连霞？在脑子里好一阵搜索，突然有了一些印象。那还是两年前，我上高一，分班考试时由于考得太差，眼看就要从重点班被分出来，张家昌急了，到处找人托关系，最后终于找到了苏连霞，这个八竿子都打不着的远方表姑。张家昌是抱了十成期望的，他把苏连霞当成最后一根救命稻草，以为只要苏连霞肯帮忙，我一定不会从重点班被赶到普通班。尽管苏连霞一再表示，她只是个普通教师，手中半点权力都没有，况且她一个一中的老师，哪能管得着八中的事啊。但是张家昌不相信，他总觉得虽然不在一个学校，老师们应该都认识，只要苏连霞尽力，事情就一定能够办成。

最后的结果是，我由于成绩太差，真的被滚动出了八中的重点班。记得高二开学时，我是灰溜溜地到普通班报到的。张家昌更是灰头土脸，他觉得我给他丢了脸，中考没考到市一中这所重点高中就算了，上了个普通高中，中途还被降了格。除了暴揍我一顿外，那段时间，他像犯了魔怔，整天在家里骂骂咧咧的，先是骂我不争气，骂马萍那个骚娘子生了两个混蛋，骂命运不公，最后骂着骂着，就骂到了苏连霞头上。他骂苏连霞没人气、自私冷漠，亲戚之间就是应该在有困难时全力帮助，可她苏连霞却六亲不认……

"怎么？还没想起来吗？"张家昌眼神殷切，使劲儿盯着我问道。我不想和他对视，也不想回答他的问题，便把头扭向一边。"想不起来也没关系，我也才见过你这表姑一面，昨天你走后，我突然想起了苏连霞这个人，就给她打了个电话，请她帮忙给你参详着填报志愿，没想到她一口答应了，说今天有时间约我们。她还真是个好人，八点半就给我打电话了，却联系不到你。我说，你到底去哪了？"再次问到我的去向时，他的眼神也变得犀利。我不想回答，只是把双手插在裤兜里，眼望着天，做出一副不耐烦的表情。张家昌无奈地骂了句"小杂种"，便转身向校门口走去。

我还是有些犹豫，要不要去找这个苏连霞。我不想让别人给我出主意，我的事我自己会做主，况且就我考的那点分，好学校基本无望，随便报一个，能被录取就不错了。或许是看我站着不动，张家昌又返了回来。这回他的声音压低了些，脸上的表情却变得凶狠："你是不是还想着去找张小蕙帮你填？告诉你，你趁早死心吧，我们求谁都求不到她们头上！"我不知道自己想不想让张小蕙帮我填志愿，或许刚开始想，但是经过昨晚那么一闹腾，我就再也不想让任何人参与我报考的事情了。有时候，我觉得我的心已经死了，整个人都是木木呆呆的。张家昌也说我变成了一块木头，小时候的调皮顽劣，在我身上已不复存在。我也不想这样，但就是对所有的人和事都提不起兴趣。

五年前，他们离了婚。当妈妈马萍带着姐姐张小蕙离开这个家后，我几乎就对所有的事情都无所谓了。五年里，马萍和张小蕙很少和我们联系，她们好像存心要消失在我和张家昌的生活里。直到前几天高考成绩下来后，张小蕙给我发了一条 QQ 消息。

收到张小蕙消息的那一刻，我自己都没有想到我的表现会那么反常。看到手机屏幕上的那行消息："张小雷，你考了多少分？"我的心跳加速，感到有一股热乎乎的东西从胸腔升起，一直窜到了嗓子眼。当时，我没有开口说话。如果说话，那声音一定是哽咽的。那一刻，我才知道我有多想念张小蕙。父母离婚之前，我和张小蕙可是整天形影不离啊。但是我表面上装得很冷静，我装着不着急回复，过了几分钟才回了简短的一条。屏幕对面的张小蕙似乎也沉默着，许久，传来一句："最近几天抽时间到省城一趟。"张小蕙现在定居在省城。五年了，她终于逃离了这个地方。而我的世界依然混沌一片。我知道她想帮我填报志愿，但我不确定想不想让她帮助。现在我对许多事情都不确定，包括此时此刻对她涌起的这股如潮的想念。我不确定是转瞬即逝的心血来潮，还是时光流逝的积淀。我早就听说张小蕙大学毕业后去省城的一所学校教书。马萍也跟着去了。

张小蕙信息的最后一句话是："我等你！"我对着手机屏幕怔怔地发了很久的呆，脑子里反复出现过去的场景：姐姐带我去小吃摊买热年糕，吹凉了喂我吃，我吃了一口却糊了一嘴，姐姐用纸巾给我轻轻揩拭；无论去哪里，姐姐都牵着我的手，晚上睡觉的时候，姐姐搂着我给我讲故事；有一次，我不小心摔了一跤，把额头跌破了，姐姐担心得哭了几鼻子……那是我们的童年。姐姐比我大六岁。对着手机屏幕，我心潮起伏，感觉有许多话想对姐姐说，却又说不出口。最后只回了一句："看情况。"

我本来不打算把张小蕙给我发消息的事告诉张家昌，但从成绩出来的那天起，他就一直在我面前叨叨："听人家说，报考比考试还难，考试考的是学生，报考考的是家长，报不好，录取得就不理想。你说我一个大老粗，啥都不懂，能给你出个什么主意？找人帮忙吧，我们又不认识人。找专业人士指点吧，听说要好几千块。就说几句话，犯不上花这么多钱啊……"我知道张家昌一向的处世原则是只进不出。昨天晚上，也许是他叨叨的时间太长了，我太厌烦了，便把张小蕙约我到省城的事说了。说到一半的时候，我就后悔了。果不其然，张家昌一听，就像有人用锥子在他的大腿上攮了一下，他突然从沙发上跳起来，瞪着要吃人的眼睛，指着我的鼻子破口大骂："张小雷，不许你去！你去了就不是我的儿子！你的事我就不管了，你爱找谁找谁去！"我最讨厌他这副歇斯底里的样子，以前只是默默忍受，不敢反抗，昨天不知为什么，蓄积已久的怒火不受控制似的蹿了出来。我也学着张家昌的样子暴跳着喊了一句："不用你管！"什么？你说什么？"张家昌冲到我面前，拳头已经举了起来，但我没给它落在我身上的机会。我扭头就冲出了家门，在网吧待了整整一宿。

"我说，你别再磨叽了，再磨叽你表姑就下班了。"张家昌声音提高了八度，摆着一张臭脸，本就不短的脸，此刻显得更长。我警觉地向四周瞧瞧，已经有几个路人向这边张望了。近两天，来市一中找老师填报志愿的人很多，有本校的，也有像我们这样外校的，我真怕里面有我的同学。我怕他发飙的样子给我丢人。我不理他，尽可能和他保持一段距离，迈着大步向校门口走去。张家昌跟了上来，步子迈得更大，很快便超过了我，昂首阔步地走到了我前面。门房没拦我们，显然他早已沟通好了。

天气很热。日头比先前更大了，明晃晃地挂在天上。我的耳朵嗡嗡响，仿佛有蝉鸣声。张家昌的后背洇湿了一片，雪白的衬衣上印着一块云朵似的阴影，而他的西装裤依旧线一样笔挺，漆皮尖头鞋依然光可鉴人。不知为什么，我很不喜欢他的这身行头。别人穿上这样的衣服，看起来时髦精致，他穿上，却显得别扭土气。我觉得他还是穿以前的那身衣服服帖好看。以前他卖菜时，总穿一身麻灰色的休闲运动衣，脚上随便穿一双普通的旅游鞋，走起路来大步流星。但是自从改行卖保险换上了公司人员的制服后，就变成了现在这个样儿。那身制服束手束脚，穿在身上，显得臀窄腰细，给人一种说不上来的感觉。加之去年，用张家昌的话说，"挂着拐杖上煤堆——倒霉透顶"，他得了脑溢血，虽然不是重症，但也影响大脑。我觉得病愈后的张家昌比以前更唠叨了，走起路来也是一脚深一脚浅。

我无精打采地跟在张家昌后面，看着他一路打听，终于来到综合楼二楼的一间办公室。苏连霞正在等我们。她把我们介绍给了一位据说是报考权威的中年男老师，便急着上课去了。

找杨老师指导填报志愿的学生和家长很多，我们只能排在后面。等了半个多小时，队伍只是往前移动了一点点。我又累又闷，便走出这间嘈杂拥挤的办公室。我前脚一走，张家昌后脚便跟了出来。

"你干啥去？"

"我出去透口气。"

"也是，里面太闷太吵，一时半会儿也轮不到我们。"

楼门口有一棵白杨树，卵形的叶子拳头一般大，把树身层层叠叠包裹其中，树下好大一片阴凉。张家昌步子大，先走到阴凉下。我只好躲他远点，走到北墙根的一片阴凉处。

天气越来越热了。我真想坐下来，四仰八叉舒舒服服地坐下来，然后拿出手机打一把王者荣耀，最好再点上一根烟。但这两样我都不敢，张家昌会扒了我的皮。因为抽烟、打游戏，我都说不清挨了他的多少顿拳脚。

上中学之前，我最见不得抽烟的人，一口黄牙，一身臭味，尤其看不惯那些街头混混，嘴上叼着一根烟，自以为酷帅极了，在我眼里却都是大傻帽。然而初三那年，我学会了抽烟。若刨根究底，我可以说是被动的。那次当我们班纪军军把一根香烟插到我嘴里时，我本能的反应是抗拒，却禁不住纪军军一顿忽悠，于是猛吸了几口，那种苦涩辛辣的滋味让我连打了几个喷嚏，鼻涕眼泪都流出来了，脑子里却有一种眩晕感，很微妙也很舒服。从此我便爱上了抽烟，我和纪军军这个留守儿童一起，一边抽烟一边打王者荣耀，那种惬意将我空荡荡的胸腔和灵魂填满了。

然而不久就被张家昌发现了。他先是闻到了烟味，我自然死活不承认。直到有一天，他从我书包的底部搜出了一包香烟。那天，我差点丢了半条命。我被他打得感觉自己快要灵魂出窍时，只好磕头求饶，保证以后再也不抽了。那次以后，我果然有好长一段时间没敢再抽。后来，当我禁不住诱惑时，那种反噬的瘾却是之前的百倍千倍。张家昌越是不让我抽，我越是渴望。这和打手机游戏是一个道理——越是被禁止，越是渴望。高中这三年，我和张家昌斗智斗勇。张家昌没收了我的手机，我总会搜遍全家偷回来。我偷回来后，又总是被张家昌很快发现，再被他没收回去。当然，每一次我都免不了被暴揍一顿。张家昌的理由很充分，老师说了不许玩游戏，玩游戏会影响学习成绩。我的学习成绩原本还不错，的确是因为玩手机游戏而直线下降。道理我都懂，但戒掉太难。

　　那是上高二时的一个周末，我回家洗了澡换好了衣服，准备返校。我最不爱在家待，一晚上都不愿意。可因为那天下大雪，路滑，张家昌就劝我不要提前返校，说在家住一晚，学习再紧张也不差这一晚。可能当时他的语气比较温和，我迟疑了一会儿便答应了。然而那个夜晚，我忍了好久，最后还是没有忍住。后半夜，我估摸他已经睡着了。屋子里黑魆魆的，不时从隔壁的卧室传来缕缕抽丝剥茧般的呼噜声。我趴在被窝里，像谍战片中的特务一样蛰伏着，估摸着他确实睡着了，才偷偷拿出了私藏的手机。那手机是个二手的，是我节省了两个月的早点钱偷买的。我埋伏在被窝里，开了一局游戏。起先我还比较谨慎，时不时地伸出头侧耳倾听，慢慢地，我便忘乎所以了。就在我打得天昏地暗的时候，张家昌进来了。黑暗中，我和他似乎都愣住了。过了几秒钟，吸顶灯"啪"的一声在我头顶炸响，雪浪一样的光芒射进了我的眼睛，而我心里的震骇要远远大于视觉的刺激。张家昌盯着我握着手机的手，愣怔了几秒，便像疯子一般扑向我。他把我按倒在床上，一顿没有章法的大耳刮从天而降，抽得我面部几乎要抽搐。因为太突然，我根本不知道躲，也不知道反抗。张家昌越打越来劲儿，我仿佛看见他抄起床头柜上的一个物件向我头部抡来，随着一声闷响，便是天旋地转。那是个老式扫床笤帚，檀木柄又沉又硬。我感到有热乎乎、湿漉漉的东西从额头流下来，便伸手抹了一下，手心立时被一片番茄酱一样的鲜红晕染。我看着自己的手，一时反应不过来。等我终于明白是怎么回事时，感觉那些番茄酱一样的颜色又晕染到了我的心里，心便一抽一抽地疼。又一波抽搐来袭时，我便一个猛子跳下床，发狂一般跑到厨房抄了把切菜刀。张家昌像被施了定身术一样站在地上，面色苍白得像死了一般。我冲到他眼前时，他又活过来了，脸色慢慢变成原来的青黄。他缩着肩，像一个犯了错的孩子一样站在我面前。我举起手上的菜刀，一点一点让它像旗帜般升起。我是从张家昌那空如洞穴般的眼睛里看到了我磷火一样的眼神，那眼神高炉一样具有神级威力，仿佛顷刻之间就能把他焚成灰烬。也是顷刻之间，我的元神突然回复，身体一抖，菜刀从手中滑落在地。

那次以后，我发誓，就是张家昌打死我，我都不会还手，也是自那次之后，张家昌再也没对我动过手。

我回想着过去的事，一抬头，看见张家昌慢慢蹩了过来，从那片阴凉转移到了这片阴凉。终于，落在地上的两个影子几乎要重叠在一起了，我便往墙根退了退。张家昌清了清嗓子，说："那个……小雷……"我有些吃惊，为张家昌口中的这个"小雷"。有好些年了，张家昌叫我都是连名带姓，而且声音多数都是冷冰冰、恶狠狠的。今天他的语气却反常的温和，我一时不太适应。"……小雷……其实……爸爸昨天晚上并没有真想打你。你听爸说，你真的不能去找张小蕙，你要是去了，咱可就输了，人活一口气，你忘了当初她们母女是怎么对待咱们父子的？"说完，他便满怀期待地看着我。我知道他想让我表态。我不想再被他左右，更不想按照他的意志做，便扭过头，看着远处。看我没反应，张家昌无奈地摇了摇头，又回到了那棵大树下。

说实话，我最不愿提及的就是"当初"，现在想起来耳根子都会红。我对当初的那个自己很失望。如果回到以前，我绝对不会那样做。每次想起那天的事，我都会脸红。那天，我不知是脑子让门挤了，还是邪祟附了体，才会做出那样的举动。我不能原谅自己，尽管那时候我才十三岁。人们说，十三四岁属于是非不分的年龄，更何况情绪会传染。然而，我还是不能原谅自己。

那天，我像是被张家昌蛊惑了，他让我做什么我就做什么，完全没了自己的主意。他说马萍是个骚婊子，离婚前就和别的男人搞在一起了，我们爷俩被蒙在鼓里。他还傻傻地把那套小平米房子给了她，没想到人家竟然和野汉子住到了一块。马萍提出离婚的时候，尽管张家昌不情愿，但也没有过分纠缠。原因是，他认为马萍扛不过三个月就回来了，正好也让她尝尝离开他张家昌的滋味。可让他没想到的是，马萍不但没回来，还招了野男人住进了张家昌父母留给他的房子里。张家昌气疯了，便下命令让我跟他一起去。我和他去的时候，那男人并不在家，可哪儿哪儿都有男人存在的痕迹：一双男士大拖鞋，一件挂在衣架上的男士夹克，一个装了几个烟屁股的烟灰缸……我看到站在我面前浑身颤抖的张家昌，看到他颤抖的幅度越来越大，简直像在摇摆，我也不自觉地抖动起来。我们的愤怒达到了极点。突然，张家昌抢起餐桌边的一把圆凳就开始猛砸。我也没闲着，我几乎把家具表面的东西都推到了地上。我记得很清楚，我当时的心情不光是愤怒，还有一个不可告人的心思：毁掉这个家，妈妈和姐姐就会回到我们自己的家。

张家昌开砸时，姐姐张小蕙正在卫生间洗头，她应该是听到了凳子落在玻璃茶几上尖利脆响的声音以及妈妈马萍近乎母狼嗥叫的怒吼声。等她从卫生间跑出来时，我和张家昌正像两个发了狂的疯子一样，对屋子里所有的物件进行着秋风扫落叶般的毁坏。张小蕙面色苍白，一头黑油油的长发披在腰间，上面挂着无数颗晶莹的水滴。那些水滴在阳光下闪闪发光，转瞬便落在地上，摔成齑粉一样的碎末。

我没有看清楚妈妈是怎么和张家昌扭打到一起的。当时我正低着头狠命地用脚踩那件男士夹克。当我再次抬起头时，才看见张家昌一只脚踩着妈妈的头发，另一只脚在妈妈身上猛踢。姐姐扑了上去，她想救出妈妈，却被张家昌狠狠地扇了两下。姐姐白净的脸顿时变得红肿，她站在原地，喊了一声"张小雷"，眼神是那样凄楚无助。姐姐喊张小雷，是想让我帮助她阻止张家昌的疯狂行为，但是那会儿，我却失魂落魄地站在原地。我像是被吓傻了，不知道该做什么。直到姐姐大吼一声："张家昌！你去死吧！"我才清醒过来。清醒过来的我拔腿就跑。我跑过空旷的大街，耳边是呼呼的风声，脑子里不断闪现姐姐那绝望的眼神。以后的日子里，这眼神无数次出现在我的眼前以及梦里。如果是白天，我会将头像鸵鸟一样埋在胸前，埋得越深越好；如果是夜晚，我会用被子将自己连头带脚整个裹住，蜷缩成一团，一动不动。

"张小雷，你怎么了？我发现你今天老是走神。我跟你说，你可不能熬夜！就算高考结束了，手机给你了，你也不能熬夜玩，熬夜对大脑、身体都不好。"张家昌的话将我从神思恍惚中拉回现实，我也发现自己今天有点不对劲，于是甩了甩头，让注意力集中点。"走吧，我们进去，可能快轮到了。"我跟着张家昌进了刚才那间办公室。大概又等了一个小时，终于轮到我们了。

张家昌满脸堆笑地把我的分数条递给了杨老师，口里热情地说着："杨老师，您多多帮忙！"那位杨老师扫了一眼分数条，便把它撂在了桌子上，口里嚷着："这个苏连霞，怎么搞的吗？这么点分数，这不是难为我吗！"说完，看了一眼张家昌和我。我羞得恨不得扭头就走，张家昌脸上也快挂不住了。不过很快，杨老师便调整了情绪。他指着面前的椅子让张家昌坐下，语气也变得亲切了许多。他说："老哥，你听我说，我给你说的都是实话。你儿子这个分数想被好大学录取根本不可能，就连普通的二本都很困难，这个分数只能上三本。可你知道，这三本啊，好多都是民办学校，学费好贵，一年下来要好几万呢。不知道你家的经济条件如何？"听到杨老师的话，张家昌一下子慌了。他不自觉地站了起来，结结巴巴地回答："杨老师……这……这可如何是好啊？"张家昌的语调几乎都有了哭腔，我的心"咚"地跳了一下，一种久违了的愧疚感涌了上来。"要是经济条件许可，不行就让念去，三本就三本。不过我的建议是，不如复读一年，他这个分数刚够我们学校今年的复读分数线。复读一年，好好学，争取多考一百分，上个二本，将来也好就业……"杨老师继续分析着。张家昌的脸色却如死灰一般惨白……

从市一中回来的那个下午，我没有像往常一样将自己的房门锁住，没有躲在屋里昏天黑地地打游戏，而是将房门打开，一边整理自己的卧室，一边支棱着耳朵听外面的动静。然而今天室外并没有传来张家昌走来走去干家务的声音。张家昌是个极爱干净的男人，过日子非常细致。马萍在的时候，家务基本上都是他干。他常常将屋子收拾得窗明几净、一尘不染。马萍走了，他变得邋遢了，但我们家还是要比别人家干净许多。听大人说，太爱干净的男人琐事多。张家昌也不例外，一张嘴整天唠唠叨叨没完没了，什么事都想管。那天下午，我多么盼望他也像平时一样，扯着喉咙，骂骂咧咧的。但也是破天荒地，他关了他那屋的门，整个下午都没有出来。我等了很久，有点心慌，便借故进去找东西。他盖着被子仰躺在床上，眼睛正盯着天花板的某个地方。那眼神既显得内容丰富，又显得空空荡荡。屋子里一片岑寂，我从未见过他如此深沉平静。夕阳的余晖透过玻璃窗照射进来，洒在他的脸上，那张脸便像罩了一层金箔，呈现出一种少有的生动凄婉。

直到夜晚的大幕彻底降下，张家昌才从自己房里出来。他从冰箱里拿出昨天包的饺子，打开煤气灶，将饺子下进锅里。等待的工夫，张家昌像往常一样开始打电话，一个接一个，普通话虽然不标准，但声音是标准的男客服的声音，很热情周到。我终于松了口气。

"王阿姨啊，我就是上次那个张家昌，您还记得吗？我帮您专门量身定做了一个套餐，特别适合您……"

"李老师，您好您好！您老还记得我吗？……"

以往张家昌一打电话，只要听到他那热情的声调、讨好的语气，我就很厌烦。但是今天不知为什么，张家昌的声音从外面传进来，我第一次没有那么反感。我的脸红扑扑的，不照镜子我都知道，我的眉头也不像平日那样紧皱着。过了一会儿，张家昌的语气又变了，那语气虽也带着讨好，但是又透着故作的随意："老刘，是我，张家昌。有个事……是这样，我儿子上大学，我手头有点紧，你能不能……能不能借给我一万块钱，等我有了，立马还你……哦，是这样啊，理解理解。""大姐，小雷要上大学了，您能不能再借给我点钱，等我有了，连上次的一起还给你，好吗？……"

打电话的声音是突然间中断的。我似乎还来不及反应。我能想象出张家昌空握着手机，一副被人拒绝的尴尬样。天色越发黑暗了，屋子里弥漫着沉闷的气息，似乎连空气都不流动了。我走进客厅，看见他正双手抱头蜷在沙发里。我好久都没有仔细看过他一眼了，此刻我才发现他变老了。以前，他的头发很黑很密，现在已经白了一半，软塌塌地披挂在脑袋上。露出来的一边侧脸，皮肤是那样松弛，皱皱巴巴，就像一块用旧了的抹布。可是，他才四十八岁啊。他抬起头来，看了我一眼，那双眼睛似乎是突然之间凹陷的，眼睑下的那片阴影显得更加浓重。

饺子端上来了，一人一盘子。热气蒸腾，罩住了我的脸。我很喜欢这团白气，它暂时将我和张家昌隔开了，这也就暂时避免了因沉默而升起的尴尬。然而，这份沉默并没有保持多久，白气后面便传来了他略显沙哑的声音："小雷，今天那个杨老师的话，你也听见了，爸不知道你是什么想法。"还没等我回答，他又继续说道："你要是想上三本，爸砸锅卖铁也供你；你要是想复读，爸也全力支持你！"我没有回答，我还没有深入思考过这个问题，张家昌这么一问，我的心更是七上八下的，只好用使劲儿往嘴里塞饺子来掩饰。张家昌的话还没说完："小雷，从明天开始，爸就不卖保险了。你知道，这几年爸卖保险根本就没有赚上钱，爸不喜欢这份工作，爸还是爱卖菜。要不是当初你妈嫌我是个卖菜的不跟我过了，爸也不会去卖保险，要是爸一直卖菜，咱家的经济情况不会这么糟糕，你上学也就不会这么难了……"我是突然站起来的。张家昌一脸吃惊，我顾不了那么多了。这么多年来，我第一次直视着张家昌的眼睛说："爸，我妈和你离婚，不是因为你是个卖菜的！""那是为什么？"张家昌更惊诧了。

那是为什么？我到现在都说不太清楚。但绝不是因为爸爸是个卖菜的，一天灰头土脸地给妈妈丢脸。妈妈也只是个超市保洁员。平心而论，爸爸妈妈都不是坏人，但不知为什么，他们就是过不到一块儿了。

我没有回答这个"为什么"，而是默默走进自己的卧室，像往常一样，反锁了房门。我把自己严严实实包进了被子里。天黑透了，夜的大幕也把天包了个严严实实。我突然有一种想哭的冲动。我已经很久没哭了。记得上次哭泣还是五年前，那天妈妈和姐姐把她们所有的东西打包好，就离开了这个家。我记得我一口气跑到郊外的小山岗上，趴在一个土堆上哭了整整一天，从那以后，我就再也没有哭过。可是，今晚我想哭，这样想着，眼泪便流出来了，一滴一滴落在枕头上，很快，枕头便湿了一大片。我使劲用手捂住嘴，任泪水肆意流淌。

不知过了多久，我睁开肿胀的眼睛，又看见了那颗星星。那是一颗孤星，它远在天边，但仿佛又在眼前，就挂在我卧室窗户的正上方。

多少日子以来，当我心里难受得过不去的时候，那颗星星总是挂在那里，就在我的正前方。今夜，我觉得它更加明亮了。我冲它眨了一下眼睛，它也冲我闪了一下。我的眼泪又一次流了下来，热乎乎的，挂在脸颊上。

风且止息

隔着蒙了一层灰尘的窗玻璃往外看，韩春依然能够十分清楚地看见隔壁单元一楼的小院子。院子不大，属于一楼住户的买房福利，却被打理成精致的小花园。房主是一对退休的老夫妻，整天在小院里忙忙碌碌，种上美人蕉、牡丹、月季、芍药等观赏性的花卉，只在边边角角种些韭菜和葱蒜。这一点，和其他的住户不太一样。所以一到季节，这个小院就显得姹紫嫣红、蓬勃热烈。

自从生下女儿柠檬，韩春越来越喜欢午后这段独属于自己的时光。世界总算安静下来了，一个人心平气和地躺在阳台的摇椅里，阳光暖暖地洒在身上，惬意极了。

老公田博上班刚走，顺便送儿子果冻上学。果冻七岁了，上小学一年级，正是调皮的年龄。每天午饭，跟打仗一样，要是再遇上女儿柠檬哭闹，这个家简直就像煮沸的一锅粥，大人小孩都变成了锅中翻腾的米粒。最忙乱的当然是韩春。两个孩子闹腾，田博也凑热闹，在旁边一点忙都帮不上，只知道对着打碎碗或者洒了汤的果冻大吼大叫。对于六个月大的柠檬，他除了连连叹气，一点办法都没有，任由女儿扯着嗓子不歇气地哭泣。桌上地上一团糟，令人手忙脚乱。加上这声浪的裹挟，一波一波，传入耳膜，震荡着韩春脆弱的神经。若是碰上柠檬恰巧又拉了粑粑，那才叫一个好看。韩春恨不得多长出一双手。

由于忙乱，由于烦躁，火气上来了，韩春真想对着谁狂吼乱叫一通，但能对谁呢？对果冻吗？自从女儿柠檬生下来，儿子果冻已经无端承受了不计其数的来自父母的狂风暴雨。她和田博，无论谁有火，都想向果冻发。果冻总是大睁着无辜的眼睛，噙着泪，亮晶晶的，刺得韩春好一阵心疼。韩春暗暗发誓，以后再也不乱发脾气了，再也不让果冻受伤害了。但是到了下次，下下次，又没忍住，最后烦躁变成了内疚，搅得她更加心绪难安。对田博吗？是的，最应该向老公爆发。但是田博的脾气比她还要火爆，三句话不对味，就有可能引发一场战争，最后一定是两败俱伤。对柠檬吗？除非她真的疯了。

怀二胎之前，韩春怎么也没有想到，只是多了一个小小的人，家里竟会被填得这样满满当当，仿佛哪哪儿都是人，哪哪儿都是干不完的家务。韩春的时间被无限地切割，从小时到分钟，每一个缝隙都被各种琐屑具体的事塞得满满当当。而这些事情，很少是为自己。

最烦最累的时候，韩春也扪心自问：为什么要生二胎？是为了让儿子有个伴吗？是为了弥合夫妻关系越来越大的裂缝？是为了养老？甚至是为了跟风？好像都是，好像又都不是。韩春清楚地记得，自己决定怀二胎，始于闺蜜的一个电话。当时韩春正在开会，闺蜜连着打了两个电话，她都没接。等接了时，电话那头传来闺蜜兴奋到异常的声音："春，我怀孕了，我怀上了……"韩春脑袋一嗡，心里漫上来一股莫可名状的滋味，不知道是高兴还是什么。正是从那一刻开始，韩春知道自己也一定会要二胎。因为从小到大，别人有的，她也得有。当韩春把这个决定公布于众时，田博没有立马表态，但能感觉出兴趣不大。婆婆的态度很明确，生不生不关她的事，反正生出来，她也不会帮他们带。

韩春早料到了，她本来也没有指望婆婆。婆婆的性格，韩春算是摸透了，是那种狐狸和蛇的结合体，又狡猾又阴险。要是在宫廷剧中，婆婆肯定能活到最后一集。当然，韩春也不是孬角色，婆媳多年相处下来，无论是暗地较劲，还是短兵相接，两人始终打个平手。不过，婆婆也有险胜的时候，那自然是田博向着他妈。每逢这种时候，韩春都会气得发疯，她把所有的怒火都对准田博，一顿狂轰滥炸，最后由婆媳大战演变为夫妻肉搏，继而是旷日持久的冷战。结婚八年，韩春的生活几乎是在战争中度过的。谁都不好过。婆媳关系名存实亡，只是维持表面和平。夫妻关系也因此受到了严重影响，田博对她的态度是一天比一天粗暴冷淡。有一段时间，韩春话都到嘴边了：离婚吧，既然过得这样痛苦。她也分明感觉到，田博也不断地在心里演练着这句话。但她终究没有说出口，因为她太爱果冻了，不忍心让儿子受伤害。估计田博也是一样。等到她打消了这个主意时，又有了新的感觉，田博也不再想离婚的事了。对于婆婆的态度，韩春早已见惯不惊，没有愤怒，也没有悲哀。但婆婆那种事不关己的语气，还是刺激了她。几乎是在那一刻，她才笃定，二胎她要定了，谁也阻拦不了。一个模糊的想法，演变成了雄心壮志。

好在比较顺利，韩春算是得偿所愿，她现在也儿女双全，凑成了一个"好"字。然而，即便认为自己已经考虑成熟了，韩春还是低估了没有人帮忙一个人带孩子的艰难。所有与之相关的问题，都得她一个人解决。有什么办法呢，不是有这句话么吗：自己选择的路，即便跪着也要走完。

柠檬哼唧了两声，韩春刚准备起来照看时，这小姑娘又翻个身睡着了，大概是做梦。每天的午觉，韩春都把柠檬安排在靠近阳台的长沙发上，这样既方便照看，又能晒上午后暖暖的太阳。柠檬的小嘴粉嘟嘟的，小脸肉乎乎的，像个蟠桃。那长而稀疏的睫毛贴着下眼睑，显得眼缝很长。韩春盯着看了好一会儿，把女儿揽在怀里，亲着摸着，心里柔柔的。

楼下院子里响起了脚步声，接着是一声亲切的呼唤："老婆子，快来，帮我扶着这根竹竿。"不用看韩春都知道，准是隔壁一楼的老夫妻又出来侍弄他们的花圃了。每天都是下午三点左右，大概睡完午觉后，他们需要晒晒太阳补补钙，也需要活动活动筋骨。这段日子以来，站在自家的阳台上观看他们的一举一动，几乎成了韩春每天最期盼的一件事。

阳光像蒲公英的花蕾，圆圆的，蓬蓬的，洒得到处都是。这对老夫妻被这金色的光笼罩着，周身也反射出一层光，仿佛他们自带光源，看起来通体透亮，闪闪烁烁。他们目光和煦，笑起来那样温暖，看着他们的花儿草儿时，花儿草儿仿佛也在笑，摇曳着身子……他们看起来那样安详愉快，好像没有一丝烦恼。然而，韩春明白，这不是真的。在这个小区住了快十年了，对于老住户，韩春还是有几分熟悉的。

对面的老夫妻，他们的生活其实并不平顺，甚至算得上波折。前半生是时代的原因，后半生则是因为子女。他们默默承受着，也竭力改变着。好在这一切都过去了，即使仍然有不尽如人意的地方，他们也能够坦然接受。韩春相信，他们的安详笃定是一种超脱，他们的乐观豁达是经历了世事浮沉后，真正懂得了生活的一种从容。过去的许多年，这对老夫妻沧桑平凡的外表，是无论如何都无法进入韩春的法眼的。然而，这许多日子以来，观看他们，竟成了韩春生活中最重要、最享受的一件事。他们和他们的花圃，也融化着韩春内心深处的一些地方，韩春内心慢慢地被将平顺了，变得柔软了。

此刻，老夫妻正在把一种类似编织袋的东西往植株上套。严冬即将来临，大概他们怕植物们受冻吧。他们那佝偻着腰背、慢吞吞的样子，使韩春不由得想到了自己的父母。想到自己的父母，韩春的心情一下子变得沉重。

站久了，韩春的腿脚有些发麻，便回到沙发椅上，搂着柠檬，闭上眼睛。也不知过了多久，突然，楼板"嗵"一声巨响，吓得韩春打了个哆嗦。柠檬腿一蹬，"哇"的一声，大哭起来。韩春把柠檬抱起来，紧紧搂在怀里。韩春一边抚摸着柠檬的后背，一边在柠檬耳边轻柔地安慰："别怕！宝贝。妈妈在，妈妈陪着你。"然而，那声巨响只是一个前奏，继而是一连串排山倒海的动静，踢里哐啷，一声接着一声，一声比一声凶猛。听得出来，椅凳被推倒了，碗盏杯盘被摔到地上……这所有的声响中，夹杂着一个女人的哭声。紧接着，是一阵粗野的咆哮声："老母猪！你吃老子的，喝老子的，整天待在家里，一点小事都做不好，老子今天揍死你。"韩春头脑里立马浮现出一头吃饱了四仰八叉躺在猪圈里睡觉的老母猪形象，但她立马摇摇头，又一个形象浮现了，是一个三十岁出头的瘦弱女人，脸黄黄的，总是一副低眉顺眼的模样。

"畜生！"韩春对着天花板，低低地骂出了声。她真想上楼去，和那个胡子拉碴的海鲜贩子理论一番："凭什么你一句放狗屁的粗话，就改变了你妻子的形象！三十岁老吗？既然你这样嫌弃她，你早干什么去了？你不就是有几个染了鱼腥味儿的臭钱吗！"韩春还想抓住那个死胖子的自来卷发，使劲地把他的脑袋往墙上撞，就像他对他妻子做的那样，一报还一报。韩春更要恶狠狠地质问他，凭什么说全职妈妈一天什么都不干？她要用自己的亲身经历告诉他，全职妈妈是这世上最艰辛的职业……

然而，韩春什么都不能做，虽然气得浑身发抖，却只能任由楼上的家庭暴力隔三岔五地在自己头顶上演。柠檬吓得又哭又闹，怎么哄都不乖，怎么办呢？谁来制止那个死胖子，那个丑陋的疯子？灵光一闪，韩春拿起手机，拨了110。十分钟后，警察敲响了楼上的门。半个小时后，警察走了。韩春留意着，如果那个混蛋再敢对那可怜的女人动手，她还会报警。

一年前，韩春楼上的邻居搬到外省去了，将房子卖给了现在这对夫妻。虽然住的时间不长，但这海鲜贩子对待他老婆的凶狠，成了整个小区茶余饭后的话题。韩春早就想报警，又怕报了以后，那女人的处境会更难堪。今天，她是豁出去了。她就不信，没人治得了他。好在风平浪静了，韩春很满意这个结果。她甚至有几分得意，感觉自己像打抱不平的女侠。韩春清楚，楼前楼后的，有不少邻居躲在自己家里看好戏。但她不，她希望和平。只有和平了，她才会生活得更好，至少不会惊扰了她宝贝女儿的瞌睡。

日影一点点下移，天光逐渐暗淡。一到深秋，天黑得特别快，才四点半，室内的光线已经没有正午时那样强烈。韩春把香蕉和苹果捣成泥，给柠檬喂上，她快半岁了，到了添加辅食的时候。又陪着柠檬听了会儿歌，正打算做饭，手机响了，是田博打来的。田博说他临时有个饭局，不回家吃饭了，让韩春想办法接一下果冻。韩春一听，气就上来了，正欲发作，想想又忍住了，只是柔声说："少喝点酒，早点回来。"田博在电话那头嗯嗯着，临挂时，破天荒地加了一句："老婆辛苦了。"顿时，一股暖流从心头划过，韩春的眼泪差点出来。不知为何，自从生下女儿，韩春动不动就流泪。过去，田博一直说她心硬，是女战士一个。

　　快五点了，果冻眼看就要放学了。韩春着急忙慌地找衣服换衣服，给自己换，也要给柠檬换。就在她一只脚刚踏进衣帽间的门时，身后传来"哇"的一声大哭，柠檬从床上翻了下来。韩春吓坏了，一把将柠檬抱起。柠檬的额头上已经起了一个蚕豆大的包。韩春心疼得要命，自责不已，把嘴巴放在柠檬的额头上，轻轻地吮咽着，眼泪终于止不住地流下来……许是受了惊吓，柠檬又拉稀了，黄绿色的稀水沿着尿不湿的空隙流出来，糊得到处都是。怎么办啊？接果冻的时间马上到了，处理这一摊子还需要一些时间。韩春急得头上冒汗。时间来不及了。算了，顾不得那么多了，只能求助婆婆。

　　婆婆听了韩春的解释，只是一句"知道了"便挂了电话。韩春都能想象出婆婆的表情：黑着脸，眉头紧蹙，鼻孔朝天，眼白上翻。十万个不情愿，却又因为韩春求她帮忙，而暗自得意。

　　婆婆和果冻回来了。果冻一进门，便是一阵吼吼哈嘿，学着武打的样子。柠檬也笑眯眯的，甩着膀子欢迎哥哥上学归来。婆婆的表情淡淡的，眼缝里飘出一道光，把整个屋子扫视一遍，又隔着一米的距离逗了逗柠檬，抱怨把孩子摔了，说了些以后少让田博出去喝酒之类的话。韩春支吾着，心里很不高兴。要是放在以前，她早就和婆婆杠上了。婆婆待了不到两分钟就要走，韩春把婆婆送到门口，想了想，硬着头皮说："您要不留下来吃晚饭吧，待会儿爸下班了也过来。"婆婆没有吭声。韩春还是感觉到婆婆的后背颤抖了一下，下楼走了。

田博不在家，韩春给果冻做了蛋炒饭，自己胡乱吃了几口，便抱着柠檬给果冻辅导作业。一年级的作业量不大，不到一个小时就完成了。韩春把两个小家伙安置在客厅的地毯上，陪他们玩，给他们讲故事。快九点时，孩子们都瞌睡了，她抱着柠檬，拉着果冻，上了卧室的大床，左边一个，右边一个，搂着他俩睡觉。不一会儿，果冻和柠檬都睡着了，韩春才悄悄起身，她要收拾屋子、洗锅、洗全家人的脏衣服，每天晚上都这样。

正在厨房忙活着，田博回来了。"咦，今天怎么这么早，还不到十点。"韩春说。"你不是让我早点回来嘛，谨遵老婆大人懿旨。"田博嬉皮笑脸地回答，这让韩春感到意外。田博边说，边走进厨房，映在窗玻璃上的身影又高又瘦。那张娃娃脸，十年了，没怎么变过。直挺的鹰钩鼻子，倒是显出几分硬朗气质，那双大而迷瞪的眼睛却常常流露出一种天真。走到跟前时，田博犹豫了一下，突然从背后将韩春抱住，轻柔地吻着她的脖颈。一种久违了的感觉瞬间袭击了韩春的全身，酥酥痒痒的。田博好久没对她这样亲昵了。韩春也犹豫了一下，转过身，举着沾满洗洁精泡泡的手，回吻田博。田博很激动，他想把韩春抱起来，无奈怎么抱都抱不动。韩春生完孩子，很胖，体重还没有恢复。最后，几乎是半拖半抱，两人双双倒在客厅的地毯上。这是生完柠檬后的第一次，韩春有些紧张，可她感觉田博比他还紧张。

半夜三点，"咚"的一声，韩春又被惊醒了。田博从床上摔了下去。晚上睡觉时，田博本想把果冻抱到小床上，被韩春制止了。韩春想一家四口一起睡，田博没有反对。他俩躺在儿子和女儿身边，看看这个，亲亲那个，哪个都亲不够爱不够。田博虽然懒惰、脾气大，但疼孩子的心和韩春是一样的。他们聊了好久。田博说韩春生完柠檬后变了个人，温柔了，懂得体谅人了。韩春反唇相讥："不是体谅，是宽容。懂得什么是宽容吗？宽容就是一步步地向生活妥协。"好久没有敞开聊了，聊着聊着，他们都睡着了……田博爬上床，不到两秒钟，又睡着了。孩子们也睡得香甜。韩春却怎么都睡不着了，借着月光，她看到田博搂着果冻；再看果冻搂着柠檬的样子，不禁哑然失笑。但很快，韩春的笑容消失了，心里渐渐蒙上一层阴云。该怎么办呢？怀二胎之前，只想着三年怎么都能熬过来，却没有想到，现实远比想象困难得多。

如果可能，韩春真想做个全职妈妈，自己把孩子带大，谁也不求。这又怎么可能呢？且不说全职妈妈像网上说的，是一份高危的职业，就她现在这份工作，在这个小城，可是人人羡慕的。公务员，三十三岁，当了好几年办公室副主任。没生二胎前，韩春可是领导最看重的人才。上周，主任就打电话让她回去上班。今年局里腾出来几个正科名额，这对韩春来说是个好机会。韩春的产假还没有结束，她再着急，也要找好领柠檬的人才能安心上班。婆婆？婆婆早已经明确表过态了，不领。就算婆婆想领，韩春也不让。韩春可不想把过去那条痛苦的路再走一遍。保姆？韩春一万个不放心，网上每每曝光保姆虐待孩子的种种细节，韩春都心如刀绞、义愤填膺。"保姆"这个词，现在在韩春眼里，无异于披着羊皮的狼。

其实，在决定生二胎时，韩春就有一些想法，但她不能确定自己的想法能不能实现。反正从小到大，她的希望都是在失望的结局中破灭的。但事到临头，韩春已经顾不了那么多了。当韩春鼓足勇气拨通那个熟悉的号码时，她的内心非常忐忑，几乎听到了自己的心跳声。即使隔着一千公里，韩春都能感觉到刚刚晨练回来的父母嘴里呼出的热气。听到韩春的声音，老两口很兴奋。当韩春终于说出希望二老来帮她带孩子的想法时，电话那头沉默了。韩春也沉默了。韩春的心开始一点点往下坠，快要陷进一个深潭。还是父母先开了口："春，你也知道，家里事情挺多的，容我们商量商量，过几天再给你答复。"韩春想说，有什么好商量的，姐姐的孩子已经上高中了，弟弟的孩子也上幼儿园了，不都是你们带大的吗？可她一时语塞，哽咽着，心仿佛真的沉到了潭底，憋屈难受。父母还在解释着什么，韩春一句都不想听，便挂断了电话。愣怔了许久，才发现自己早已泪流满面。在模糊的泪眼中，过去的一幕一幕又清晰地浮现于眼前。

那是一个偏僻的小县城，因为产煤，城里一年四季都是灰蒙蒙的。城南靠近小学的地方，有一座独立的小四合院。院子里的一棵枣树下，一个五岁的小女孩在和她两岁的弟弟玩耍。小男孩很调皮，爬到树下的小圆桌上，站不稳，摔下来磕破了头。一个女人急匆匆地从屋里冲出来，抱起小男孩，反手就给小女孩一个响亮的耳光。小女孩哇哇大哭。小女孩六岁的生日马上到了，她很期待，想象自己也能拥有一个生日蛋糕，哪怕比弟弟的那个蛋糕小一点也行，再不济，也要像姐姐那样，吃上一碗卧了两个荷包蛋的长面。但是，她只是吃到了长面，划破碗底，也没有找到鸡蛋。那一天，小女孩第一次尝到了悲伤的滋味。七岁了，小女孩该上学了。一天下午，小女孩从外面玩耍回来，看到炕上摆着两套新衣服。一套小小的迷彩服，显然是给弟弟的。那么，那件玫红色的领口袖着两朵小黄花的条绒衫，一定是给自己买的。于是，小女孩高兴地穿上身，照着镜子左扭右扭，感觉自己好看极了。姐姐进来了，大声命令小女孩："快脱下来！那么大的号码，你穿上不合适，是妈妈给我买的！"小女孩不相信，死活都不脱，姐姐抓住她，硬要从她身上往下扯。小女孩和姐姐扭打起来。妈妈回来了，问清楚原因，从衣柜里拿出一件绿色的套头衫，说这件才是给小女孩的。小女孩才不要呢，那是姐姐穿旧的，为什么从小到大，她都要穿姐姐穿旧的衣服？那天，小女孩不记得那件她喜欢的衣服是怎么从她身上脱下来的，小女孩只记得自己哭得昏天黑地，一口气跑到城郊的小河边，蹲在河畔捂住心口大放悲声，从下午一直哭到天黑透。河水哗哗，小女孩的眼泪也哗哗，她觉得她流出的眼泪比河水还多。后来，小女孩就很少再流泪了。上学后的小女孩十分努力，次次考试都是第一。小女孩的爸爸是小学的校长，从小到大，没少在他们姐弟面前叨叨：要好好学习！只有学习，才能改变命运，才能获得你想要的一切。小女孩记住了，她就是要改变自己的命运。别人有的，她一定也要有！上大学后，她年年放假都不回家，刻意和父母保持距离，婚后的头几年也是。后来有一天，她不知从哪本书上看到一句话：对一个人最好的惩罚，是让他看到你的强大。于是，她拼命工作，年年先进。她月月都给父母寄钱寄物。父母一年四季的穿戴，她都承包了。她果真成了父母眼中的骄傲，父母逢人便讲，逢人便夸。可她从未向父母要求过什么，她只是想让他们明白，他们曾经忽视的那个小女孩，才应该是他们最重视的……

黑暗中，韩春大睁着眼睛，盯着房顶上的一个位置。她的眼睛仿佛能够聚焦，也能够穿透，穿透房顶，回到故乡；穿透现在，回到过去。隔着层层叠叠的时间沟壑，韩春看到了过去的自己，那个可怜孤独的小女孩。韩春伸出双臂想要抱抱那个小女孩，就像她抱着柠檬，不让她受一点伤害。可是她那样无力，耳畔仿佛又传来了巷子里的孩子们编排她的话：

> 二丫头，二丫头，
> 爹不疼，娘不爱。
> 脏活累活全她干，
> 吃喝玩乐靠边站。

眼泪打湿了枕头。夜在韩春无言的回忆中褪去了浓重的黑色。天空逐渐泛白。枝头的鸟儿开始啁啾。新的一天开始了。韩春早早起床，她要给父子俩准备早餐。洗漱的时候，韩春看着镜子里的自己，竟有些恍惚。这个面目浮肿、脸色发黄、头发稀疏的中年女人，是自己吗？如果这个又老又丑的女人是自己，那么曾经的那个自己到哪儿去了？ 那个容颜娇俏、身材苗条的自己到哪儿去了？每天早晨对着镜子，韩春都有这样的拷问，但她来不及多愁善感，一大堆家务排队等着她呢。

送走了田博和果冻，韩春抱着柠檬收拾饭桌。门铃响了。大清早的，是谁啊？韩春拿起门禁的可视电话，看到一对老夫妻站在单元门口，正伸着脖子往里张望，还嘟哝着："就是这家，应该是这家，二丫头是住在二楼的啊。"深秋的严霜挂在他们的头发上，那头发显得更白了。因为背着大大小小的包裹，那腰背更显佝偻。韩春清楚，那些包裹里，全是她爱吃的土特产。韩春还看见一滴清涕挂在父亲的鼻子上，正往下坠落。韩春的眼泪夺眶而出。

原载于《朔方》2020 年第 2 期

树叶飘落的时候

1

最后一个树坑也被二子一扫帚一扫帚地扫干净了。有些隐蔽的垃圾，扫帚够不着，二子干脆用手去掏，直到把最后一片腐烂的树叶清理掉。这一条街的每一个角落都干干净净了。

虽然只负责文萃西路，可二子的工作并不轻松。文萃西路是城区的主干道，车辆、行人络绎不绝，随手扔下的垃圾多，二子是不允许自己负责的街区有一片垃圾的，所以从早到晚，二子都扛着一把扫帚在这条街上走来走去。二子表情肃穆，目光坚定，扛着一把扫帚，就像扛着一面旗帜。在陌生人看来，二子是这条街上的一道景致，本地人却见惯不惊：十几年了，不论刮风下雨，都能见到傻二扫街的身影。

二子撅着屁股扫地的样子像个虾米，倒完垃圾，身体站直了，虾米变成了一棵树。只不过，这棵树跟他身后高大的梧桐树相比，显得过分瘦小。那身橘色的工作服，穿在二子身上很肥大，衣襟上的荧光条即使在光亮处也一闪一闪的。时至中秋，天不冷不热，温度适宜得就像在娘胎里吹泡泡。瓦蓝的天空下，一队信鸽吹着哨子从头顶飞过。路两旁的梧桐静静地伫立着，这些树长得真是高大葳蕤，树身硬朗，略带弯曲，树冠亭亭，宛若巨伞。沐浴在金线似的阳光里，每一片叶子都舒展开来，又紧紧簇拥在一起。叶子的形状也像伞，许许多多巴掌大的小伞，像许许多多只小手，穿过密集的枝条，伸向对面。对面也是一棵树，像极了这棵。两棵树的枝叶都努力伸向对方，手拉手，形成一段半圆的弧形，远看像一道绿色的彩虹。这条街的景色太美了！可惜此刻行人寥寥，几乎无人驻足观看。二子也不会欣赏，一天中有大半天都在这里转悠，二子的肿泡眼里只有垃圾。

二子一副满意的表情。文萃西路已被清扫得干干净净，像狗用舌头舔过的器皿，整个街面散发着一种干净夺目的光芒。该回家歇歇了，下午还得扫一遍，每天上下班的高峰期，都会盛产一批垃圾，作为清洁工的二子，一天也会分早中晚三个时段来清扫。

二子运垃圾的三轮车也被他擦拭得闪闪发亮，骑在上面，感觉像开着宝马一样拉风。路过文萃东路时，二子的车速慢了下来。他伸着脖子探头探脑地向路边扫视，春雪果然正在路边用大扫帚把一堆垃圾往拢扫。二子停好车，拿了自己的扫帚走过去，也不说话，便从另一边开始扫。二子弓着前腿一步一顿，一会儿工夫，便集中了一堆树叶混着杂物的垃圾，正要拿簸箕揽，春雪开口了："不用，还是我自己来吧！你不用天天都来帮我，人家看见了，要说闲话的。"二子讪讪地往后缩了缩，春雪戴着个大口罩，二子看不清楚她的表情，自己的脸却红了，那张铁锈脸更显得黝黑发亮。

二子也说不清楚自己为什么这么关心春雪。春雪来新城环卫小组快一年了，二子还从没有看清过她的长相，只因她一直都戴着一个大口罩。私下里，环卫小组的婆娘们也乱嚼舌根，说春雪是破了相的，缘于一次液化气爆炸事故，幸亏那天春雪离灶头远，而且爆炸强度不大，否则她早就没命了。二子不知道是真是假，他只知道春雪那副弱不禁风的样子很像一个人。那个人，便是他小学一年级时的同桌罗小梅。罗小梅也是拳头大的脑袋，亚麻色的头发，纤细的脖颈让人联想到某种抓鱼的鸟。更重要的是，春雪的眉心也有一颗像小梅一样绿豆大的黑痣，只不过，春雪的痣更圆更突出。二子清楚春雪不是罗小梅，春雪对他态度冷淡，二子帮春雪扫街已经有一段时间了，这还是她第一次开口跟他说话。虽然春雪声音不大，二子心里还是有点不好受。二子不是纯粹的傻子，别人对他是好是坏，他是能分清楚的。比如说罗小梅，虽然只做过一年同学，但二子一辈子都忘不了这个人。小梅是当时班里唯一一个在二子遭遇欺侮后，不嘲笑他反而关心他的人。记得有一次，二子被几个坏小子挤在墙角一顿揍，鼻血流到了衣襟上，肩头的衣服也被撕扯开。是小梅用纸巾帮他擦干净，而且还扯了一条透明胶带，把二子肩头的口子黏合了起来……

后来，二子留级了，看见小梅的机会越来越少。直到一年级连上了三年，爹就再也不让他上学了，说丢不起那个人。

2

院子里静悄悄的。二子照例把车停在墙角，又把几个饮料瓶和一些废纸板卸下来，随手堆在葡萄架下。那里已经有一堆小山丘似的废品了，都是二子天天扫街时捡的，攒够上百斤，就拉到废品站卖，能搞个几十块钱。二子把卖得的钱全部交给嫂子，当然还有他每月的工资。

面南贴瓷砖的三间砖瓦房，算是这个院子的正房，由哥哥嫂嫂带着侄子侄女居住，二子住在偏西的一个十几平方米的小间里。二子不着急回屋换衣服，他先是脱掉扫街时穿的黄胶鞋，在院子里的水池里把那双臭气熏天的脚美美搓洗一顿。接着是手，比起脚来，二子的手可没那么容易洗干净。二子的手又黑又硬，没一点看相，就像曲里拐弯的树杈，指头上瘢痕累累，指甲缝里也塞满了污泥。这要怨二子，从来都不知道保养自己的手。别人扫街，都戴着厚厚的手套，就怕手被晒黑或划伤，二子别说戴手套了，一年风里来雨里去，就连头脸都不知道护，所以二子浑身上下、从头到脚，都给人一种黑瘦脏污的感觉。

二子抓了一大把洗衣粉，在掌心揉化，然后十指交叉，把一双手搓来搓去，那种热乎乎的爽辣劲儿电流样传遍全身，直到用清水反复将洗衣粉的泡沫冲洗干净，二子的一双手在阳光下似乎也变得白璧无瑕了。二子很享受每天洗手洗脚的这个过程，不亚于有钱人到桑拿房蒸洗的浑身舒坦。

二子刚换好家常衣服，小屋的门便被推开了，是嫂子。嫂子让二子去他们屋一趟，说有事要商量。二子不知道嫂子要跟他商量什么，自从父母走后，二子的所有事情都是哥嫂决定——"他一个半脑壳人，能有什么主意？"这是嫂子常挂在嘴边的一句话，每当嫂子向街坊们诉苦，她是如何为这个脑袋不灵光的小叔子费力操心时，这句话便会从她那两片薄嘴唇里迅速地进出。

哥嫂住的房间，二子一年之中难得进去几次。这正屋高大敞亮，光线充足，家用电器一应俱全。二子最羡慕那台挂在墙上的大电视，它足足遮住了半堵墙，不像自己屋里的那台18寸，看起来不过瘾不说，有时影像还不清楚。哥今天也在家，正斜躺在沙发上看电视。与二子矮小精瘦的身形相反，哥长得又高又胖，躺在那里，好似一头成年棕熊。此刻，那头熊正将手里的电视遥控器摁来摁去，不停地换台，不知道看哪一个节目好。看到二子进来，哥约略欠了欠身子，点头示意二子坐下。二子愣了愣，拿起茶几下的一个小凳坐下来。嫂子进进出出地忙活，她把做好的吃喝从灶房里端过来，一会儿茶几已被摆得满满当当。二子有些诧异，不年不节的，今天是怎么了？嫂子炖了肉，还炸了鱼，都是二子爱吃的。嫂子的态度也和平时不一样，不停地给二子夹菜，劝二子多吃点，那个热乎劲儿，让二子觉得嫂子八成是中邪了。哥也和平时不一样，平时吊着的马脸，因为放松恢复了原本的肥圆，常年紧缩的眉头也舒展了许多，可二子还是怕看哥的那张脸。二子想不起自己是从什么时候开始怕哥的，大概是从父母相继去世后的那些年吧。那时候，哥也还是个少年，要撑起一个家，还要照顾他这个被高烧烧坏了脑子的弟弟。就是从那时候开始，哥的话一天比一天少。哥整天外出找活儿干，无师自通地学会了水暖工的技术，后来自己张罗着给自己娶了媳妇，生了孩子……十几年过去了，哥吃尽了苦头，硬是把这个家撑起来。可给二子的感觉是，哥活得越来越硬，好像是一根杠木支着的木偶，越来越没有人气。哥的心变硬了，包括对他这个相依为命的弟弟。

二子只顾埋头吃饭，嫂子坐在他旁边，一边给他夹菜一边说着什么。嫂子的声音起初还很轻柔，说了半天，感觉他这个傻小叔子似乎一句都没有听进去，声音便不由提高了八度。

"二弟，你边吃边听着点！哥嫂今天跟你商量的这个事，都是为你好，为你以后有人照应。"

二子抬头看了嫂子一眼，继续吃他的饭。

"城郊这片马上就要拆迁了，我和你哥粗略算了算，我们家这块地大概能折换三套一百平方米的房子……按理呢，应该有你的一套……可你一个人住这么大一套房子，是不是有点浪费了？我们谋划了谋划，觉得你还是跟我们一起住得好。你的吃吃喝喝，也有人照应不是？这样的话，我们就要一套四居室，剩下的再折换成一套小门面……二子，你知道嫂子也没个正经的事，全靠你哥一个人挣钱养活我们这一大家人，等有了门面房，我就开个小超市……"

嫂子越说越兴奋，双眼闪烁着少有的光彩，仿佛那宽敞的四居室和门面房小超市已经属于她了。二子起初没弄明白嫂子的意思，但是随着嫂子越说越多，越说越兴奋，二子总算听明白了一些：哥嫂是想全部占有这块宅基地换得的房产，新房分下来，和自己半毛钱关系都没有。搞清楚了情况，二子的心情一点点沉重起来，好像有一团硬邦邦的东西从他的腹部升起，逐渐地升到咽喉处，又慢慢地沉下去，一点一点融化，最后剩下的就是心底的一片酸涩。二子吃饭的速度不由慢了下来。

嫂子还沉浸在自己的幻想中，唾液横飞，自顾自地说着："二子，你以后还跟哥嫂一起住，就像现在一样，哥嫂能供你前二十八年，就能供你后二十八年。你脑子不好使，也没有女人愿意跟你。现在的姑娘都特精明，你离她们远点，免得上当受骗……"

心底的酸涩弥漫开来，二子终于一口都吃不下去了，他缩在板凳上，像个卑微的小矮人。哥似乎感觉到了什么，重重地咳嗽了一声，给嫂子使了个眼色，嫂子那彩旗一样在空中飘荡的声音撤旗倒杆般戛然而止。

3

中秋过后，天气一天天转凉，树上的叶子似乎一夜之间变黄了许多，那些泛黄的树叶和仍然绿莹莹的叶子掺杂在一起，远远看去，黄绿相间，色彩绚烂。这些树叶挺立在枝头，依然生机盎然，仿佛要为即将远去的季节站好最后一班岗。当然，也有一些零星飘落的树叶。万物随化，或早或迟，只是随着树叶的不断凋零，清洁工的工作量骤然加大。

一连几天，二子早晨的清扫都几乎延至中午，即便这样，树上仍然有叶子不断落下来。这天中午，二子扫完自己负责的街区，路过文萃东路时，目光不由得又要把这条街扫射一遍。自从上次春雪说了那句话后，二子好久不敢再靠近春雪帮她扫街了，但是每天二子从这条街路过的时候，都会不由自主地搜寻春雪的身影。多数时候，二子都会看到春雪正操着一把大扫帚，专心致志地打扫。

可是今天有些不一样。二子依然看见了春雪，只不过此刻的春雪并不像平时那样忙着扫街，而是直愣愣地站在绿化带的右侧。一个胖大的男人正指着春雪的鼻子破口大骂，那个男人声音浑厚粗哑，距离十字路口十几米远的二子都听得清清楚楚："你他妈的不要命了吗？老子的魂都被你吓跑了。你快点说，少磨叽，怎么赔偿我？老子这可是才买的新车……"

几个路人站在不近不远的地方看热闹，没人站出来说句话。春雪孤立无援地站在那里，或许是因为害怕吧，纤弱的身体微微颤抖着，像一枚秋风中的树叶。二子全速前进，刚把三轮车停好，便听到春雪惨叫一声，双手捂住脸，蹲在了地上。二子脑子里嗡嗡作响，全身的血似乎一下子涌到了脑门上，快如闪电般，二子抡起拳头，毫不犹豫地向那张胖脸连连出击。二子边打边喊："不许欺负她，不许欺负她……"眼前出现的情景却是十几年前的那一幕：二子的拳头接连不断地落在张学武的脑袋上，打得张学武抱着脑袋落荒而逃。那时候，二子嘴里反复喊的就是这句话："不许欺负她！"

所有人都没有想到，二子敢出手打张学武，张学武可是班里最霸道凶狠的男生，二子也搞不清楚自己怎么了。张学武每天不知道要欺负二子多少回，而且是合起伙来欺负二子，二子身上常常青一块紫一块，却从来都不知道反抗。可是那天，二子一进教室门，看到张学武正揪着罗小梅的两根稀疏的小辫使劲往上提，疼得罗小梅哇哇大叫时，那一刹，二子全身的血都涌到了脑门上，犹如邪魅附体，二子冲进去，照着张学武的脑袋一顿猛击……那件事后，张学武再也不敢欺负二子了，但经过这件事，二子脑子有病更成了确凿无疑的事实。只不过，这病不只是痴傻，又添了一样潜在的攻击性，十岁不到的二子一时间成了小学的危险人物。

胖子一时间被打蒙了，出于本能用手护头抵挡了几下，待看清楚是一个矮小精瘦的男清洁工在攻击自己，胖子立即雄风大振。他一脚踢回去，二子便像一片树叶一样飘落在地上，胖子顺势薅起二子，左右开弓，用他那蒜钵手在二子瘦削的脸上狂扇不止。二子一下子被打回原形，躺在地上毫无招架之力。春雪吓得哇哇大哭，她不停地哀求胖子住手，可胖子越打越亢奋，春雪使劲儿扳住胖子的胳臂，不让他出手，无奈春雪的力气太小，胖子胳膊一挥，春雪便倒在了地上……

二子是在闭上眼睛的最后一刻看见春雪的脸的。春雪像一只折翼的鸟儿一样扑向二子，二子的双眼肿胀得只剩下一条缝，从这马上就要黏合在一起的细缝，二子终于看清楚了春雪的脸。这张脸上半部分皮肤光滑细腻，犹如凝脂，可鼻子以下的部分，却像一团揉烂的牛皮纸，皱皱巴巴，显得干枯萎缩。

二子看到的最后一幕是，那个凶恶的大胖子一拳打在了春雪的后背上，春雪一下子趴在了二子身上……

4

二子在医院里住了一个星期。住院期间，他陆续听到了一些消息，听说那个大胖子被警察抓了起来，不过后来又放了，理由是人家属于正当防卫。至于车的赔偿问题，因为打伤了二子，胖子倒没有执意索赔。

那天春雪和几个工友来探望二子，寒暄了几句，大家便开始夸赞二子。环卫小组的组长发叔说："没看出来啊，二子，平时一副孬种样，没想到还敢出手打人了，你给叔说说，你是不是吃了熊心豹子胆？"发叔的话还没说完，快嘴张淑梅便接上了话茬："什么呀！人家这叫英雄救美！"张淑梅边说边冲着二子挤眼睛。二子明白张淑梅话里的意思，不由羞红了脸，但他目光转向戴着口罩的春雪，春雪的眼神却没有躲闪。大家聊了一会儿，便说有事要走。春雪没有和大家一起离去，而是神态自若地留了下来，搞得大家倒有些讪讪的。

春雪给二子炖了乌鸡汤，还做了煎饺，安顿二子吃完后，春雪提议去病房后的小花园散散步。二子始终如坠雾里，像个牵线木偶一样，任由春雪摆布。正是午休时间，小花园里人迹寥寥，阳光正好，二子和春雪在花园里的一个条凳上坐下来。

是春雪先开口的。实际上，二子很少主动跟人交谈，常常都是别人问他什么他回答什么。春雪说："二子，其实你那天不该揍那个人的。"二子一下子蒙了，他想说可是我不能看着他欺负你，却说不出口，只是大睁着一双无辜的眼睛看着春雪。"其实，那天我也有错。"春雪继续说下去，"我不该冲到马路中央去捡那个饮料瓶，那个饮料瓶原本是被前一辆车的主人随手抛出来的，我怕被别人捡走，就着急忙慌地冲过去，结果后面又来了一辆车，差点撞上我……要不是那个胖司机急打方向盘，我怕是没命了。不过他的车却撞在了路边的大树上，被刮擦掉了一块漆……"

春雪的声音很好听，柔和中带着一丝清脆，传到二子的耳朵里，二子有一种小时候吃冰糖透心清凉的感觉。二子静静地听着，他终于搞明白了春雪说的不该揍那个胖子的原因：那个胖子并没有打春雪，他只是揭掉了春雪的口罩，春雪大声喊叫，是怕别人看见她的脸……二子还听明白了，春雪现在的日子过得很拮据。自从那次液化气爆炸事故后，春雪就毁了容。春雪娓娓向二子道来，那平静的样子，像是在诉说别人的故事。春雪的事情，以前二子没少听组里那些婆娘们背后议论，但由春雪本人亲口说出，二子还是感觉到心里闷闷的。被毁了容的春雪，再也回不到以前那种无忧无虑的日子了。先是老公逐渐疏远她，再后来因为外貌的问题，又丢了化妆品导购的工作，至老公向她提出离婚，春雪除了极力申请到的女儿的扶养权，十年婚姻下来，竟然两手空空……

阳光仿佛流动着一样，随着春雪的声音，将二子的身心全部裹挟住。二子突然之间就有了说话的欲望，他也想把自己的事情对一个人讲讲，比如春雪。他想告诉春雪，他不是天生的傻子，并不是像别人说的那样对人情世故浑然无知。父母活着的时候，总是会感叹，五岁之前的他是一个多么聪明机灵的小孩，可是那场要命的高烧，把他烧成了脑膜炎，烧成了做事没有主见的一根筋。可是，他想告诉春雪，他并不是完全的傻子，并不像其他人说的那样，他只是比别人反应慢一些，许多事他心里其实明白，嘴上却说不出来。

他想告诉春雪，除了罗小梅，这么多年过去了，还没有一个人像她这样跟自己说这么多话，他打心底里感激春雪，没有把他当成傻瓜。可是，二子只是静静听着，他怕一开口，会打断春雪的话。许多年过去了，他每天都是一个人，从来没有任何一个人这么陪着他……

二子的心里暖暖的，这种感觉好惬意啊！

5

转眼之间，天气转凉了，气温一天比一天低，树上的叶子已经掉落了一半，可是仍然有更多的飘落下来。常常是，二子刚刚把一条街扫完，回头一看，地面上又落了一层。二子负责的文萃西路属于正街，上面对卫生要求很高，但二子的确也是个死心眼，他不允许自己负责的街区出现一片垃圾，哪怕是一片树叶。所以，一到这个季节，二子便忙得焦头烂额，他像受难的弗弗西斯一样，从早到晚挥着扫帚，从街头扫到街尾，然后又从街尾扫到街头。但是因为每时每刻都有树叶飘落，二子再怎么努力，都无法达到理想的效果。环卫组的领导和职工们都知道二子有这个"毛病"，每年这个季节，大家都来帮二子扫街，大家齐心合力，热火朝天，一会儿便又扫了一遍，但是地上仍然还有叶子，二子准备再来一遍，这时候，大家再也忍不住了，一起向二子吼道："行了，傻二，差不多就行了，你想累死我们大家吗？"

二子缩了缩脖子，一张寡黄的刀条脸不由得微微泛红，鼻尖也沁出一层细密的汗珠，是啊，累死自己不要紧，可不能把大家累死。

一得空，二子便奔向路边的垃圾桶。他像扫街一样虔诚，每天必须把那些垃圾桶搜寻上好几遍，一遍一遍，如同寻宝，一旦找到废饮料瓶、废纸板、破铜烂铁等能卖到钱的东西，他都如获至宝。二子把他搜集到的"宝贝"丝毫不留地全送给春雪，等春雪攒了一大堆，他就用他的三轮垃圾车帮春雪运到废品收购站。可是今天，二子太心急了。当他在一个大垃圾箱里发现一个乌漆墨黑的旧铁锅时，激动得心跳都加速了，因为心急，手比眼睛还快，没留神到破铁锅旁边还有一个烂玻璃杯，结果手刚伸进去，就被玻璃的锋刃划出了一个又深又长的口子。二子忍痛拿出铁锅，虽然流了好多血，手又疼又麻，心里却乐开了花。

春雪知道后，过了几天便送给二子一双黑色的线织手套，并叮嘱二子一定戴上，可二子一直舍不得戴。

　　其实自从那件事后，二子能明显感觉到春雪对他态度的变化。春雪不但不避着二子，隔三差五做了好吃的，还要给二子带一些。逢工友们开二子和她的玩笑，她不但不恼，口罩上的那双大眼睛还亮晶晶地闪着光。

　　然而最近，二子也有一些痛苦和烦恼。嫂子整天在他面前叨叨：今年的先进个人不能再让给别人了，那不光是荣誉，还能多拿五百元的奖金……为什么不再往回拿废品了……嫂子说得最多的还是房子的事情，这片马上就要拆迁了，上次哥嫂已经跟二子说过一起住，所以一旦大舅和二叔问起来，二子就说是他自愿不要房子的……

　　以前，哥嫂说什么，二子便听什么，句句都听，比他们的儿子都听话。可是现在，嫂子一开口，二子便觉得烦闷；嫂子说得越多，二子越听不进去。

　　常常出现这样的情况：嫂子说先进不能让，二子便想着把先进让给春雪，那样，春雪就会多五百元的收入；嫂子说要一个大房子，二子便幻想有一套属于自己的房子，那样，他便可以让给春雪母女住，他哪怕在郊区租个小平房也行……

6

　　秋终于走到了尽头。秋风的劲头一次比一次猛，某一天夜晚，足足刮了一夜风，天快亮时，又下起了倾盆大雨。待风停雨霁，二子走出家门，外面是怎样的一个世界啊！即便是二子这种对熟悉的街景毫无欣赏之意的人，也不由得对这风雨之后的世界多看几眼。

　　枝头的叶子一夜之间几乎全部掉落，铺在地上，是一层厚厚的金色的毯。一个季节的盛大与凋敝，全部的真意似乎都在这些密密麻麻、纵横交错的叶子里。因为受到雨水的浸泡，踩着这些树叶还真像踏着毛毯一样绵软，不像往日那样，踩在脚下咯吱作响。

空气水洗一样清新冷冽，街头行人寥寥，二子感到有些冷，也有点孤独。于是，他更加卖力地挥动手中的扫帚，不一会儿，脚下便聚拢了一大堆落叶。有些叶子仿佛不甘于生命就此凋零，待二子的扫帚横扫过来时，借着这力道，像一个最后的舞者一样，又凌空翩跹一次。二子越扫越起劲，头上缭绕着白气，一扫帚一扫帚，扫过的柏油路终于干净了。

就剩前方的那个大水坑了。水面上漂浮着很多落叶，随着微风摇摆，就像天上眨着眼睛的星星。二子加快了速度，就在二子蹚进水坑时，有个人也从另一个方向走了进来。那是春雪，她穿着一双雨靴，站在水中，鹌鹑脑袋随着身体的发力左右摆动。二子一步一顿，挥舞着大扫帚，向春雪的方向迎去。两把扫帚形成两道合力，把水中的那些落叶团团围住。那些叶子纠缠在一起，在水中盘旋着，盘旋着，终于回到了它们应该回到的地方。

原载于《朔方》2020 年第 9 期

壁垒

1

凌晨三点，苏小桃醒了。窗外明晃晃一片，她以为天已亮。

这一夜，苏小桃半睡半醒。床头的闹钟，到了整点，发出"铮"的报时声。声音不大，但在这寂静的深夜，显得尤为清晰。苏小桃的心脏仿佛也"铮"的一声响，有一缕细丝从心窝飘出，慢慢在眼前汇聚，明晃晃一片，飘荡了一阵，逐渐消散。苏小桃知道这是眼冒金星。最近总是这样。她下床撩开窗帘，外面下雪了，厚厚的一层。暗夜里，被白雪覆盖的世界散发着一种釉质的银光。

瑞雪兆丰年，还有几天就过年了。过了羊年就是猴年。一想到猴年，苏小桃的心不免又沉重起来。这半个月，每次从梦中惊醒，她心里都会一惊，眼前那些飞星变成一把把细小锋利的武器，暗戳戳刺向她。她还是无法接受现实，她竟然早产了！整整一个月！如果按预产期生下来，这孩子应该属猴；如果孩子属猴，无论男女，她都会接受。可偏偏，这个不安分的小东西一脚踢破羊水，提前一个月出生了。真是怕什么偏偏来什么。

生了个女孩，属羊，而且是个细瘦的羊尾巴，以后一定命苦——这是那天从产房里出来时，苏小桃第一时间从母亲忧郁的眼神里读到的内容。尽管公婆显得很开心，一直围在旁边逗弄他们才出生的小孙女，老公周童更是喜滋滋的。苏小桃的心里还是一阵刺痛。她默默闭上眼睛，眼泪抑制不住地夺眶而出。

从小到大，苏小桃听到最多的就是母亲的诉苦："我的命好苦，三岁没了娘，十八岁嫁给你开大车的父亲，原以为苦尽甘来了，没想到你五岁的时候，你爸会因为一场车祸离开了我们……"母亲祥林嫂似的诉说，绵密地穿插在流年岁月的每一个缝隙中，听众却永远只有一个——与母亲相依为命的苏小桃。

小时候，只要看见母亲皱起眉头、两片薄嘴唇颤抖起来，苏小桃的心就会猛地一紧。果不其然，接下来便是一阵凄风苦雨，母亲的诉说泥沙俱下，裹挟着苏小桃，使她快要透不过气来。临了，母亲一定会将苏小桃搂在怀里，流着泪紧紧抱着，就像害怕苏小桃也会突然离她而去一样，同时迸出一句结论性的哀叹："命，这都是命，谁让你和我都属羊呢。"

所以自生产后，苏小桃一直不开心。难道是宿命？三代属羊女。照母亲的说法，同样是属羊女，命运也有差别，若是生在水草丰茂的五六月份，倒也无妨；怕就怕生在年头年尾这种饥荒时节，生在这样的月份，命运的多灾多难基本上就注定了。不是苏小桃迷信，实在是母亲说多了，由不得她不信。母亲要不就是现身说法，要不就是举出她所知道的桩桩件件属羊女的事情，听起来一件比一件悲惨。这些言论逐渐占据了苏小桃脑中的一个位置，并且固定其中。有时候，她竟也不由自主地叹起气来。命运的云谲波诡，谁又能说得清，尽管她也上了大学，受过高等教育。

在窗边站了一会儿，苏小桃有点头晕腿软。这个月子，她没坐好，一夜四五遍地起来给孩子喂奶，睡不好不说，因为心里有事，总感觉胸口堵着一块什么东西。胸闷气短几乎是常态。借着窗外的光，苏小桃俯下身子端详身边的小人儿，一团粉嫩的小肉肉，眉眼虽然尚未长开，但看情势，以后一定也是个五官精致的小美女。半个月以来，这还是苏小桃第一次仔细盯着她的女儿看，并且没有带着嫌恶的心情。苏小桃心里逐渐生出一种情愫，暖暖的、软软的，一点一点化开，使她的心情慢慢好起来，那团郁结似乎也被融化了一角，心里轻松了一些。算了，还是顺其自然吧，是什么就是什么。苏小桃又一遍劝慰自己。周童正睡得香甜，似乎是做了个好梦，嘴角挂着甜甜的微笑。看到周童的样子，苏小桃的心里更加熨帖了，她也学周童的样子，把宝宝的另外一只手握在自己手心里，安静地闭上了眼睛。

2

宝宝长得很快，用当地人的话说，"只愁生，不愁养"。转眼孩子一百天了，已经会了翻身，真是一天一个模样。苏小桃的奶水多，孩子被她喂养得白白胖胖，再也不是刚出娘胎时的那个小黄老鼠样儿了。苏小桃慢慢地爱上了这孩子，越看越喜欢。孩子每天都会给她带来不一样的惊喜，渐渐地，苏小桃几乎把当初的心事给忘了。

一百天时，苏小桃打算带孩子到影楼拍套影集。和所有新当父母的年轻人一样，苏小桃的心很热，早在两周前她就开始计划，要给宝宝拍一套"花仙子"系列的，一套"女王"系列的，如果可能，再拍一套"米奇"系列的。为此，她在网上查了整整一周，对比哪家影楼拍得好。每次看到好的样片，她都拿着手机兴冲冲地指给周童看。周童只是扫一眼，嘴角挤出浅浅的笑，便又继续打他的游戏。苏小桃有些扫兴，嘴上埋怨着周童热情不高，手上继续搜索着。

拍照的那天，天气格外好，苏小桃的心情也格外好。周童开车带她们去预约好的地方——市里最大的一家儿童影楼。试装时，苏小桃觉得每个布景都好看，每件衣服都漂亮，都想给孩子试试。店员也在旁边怂恿："孩子多漂亮呀，多拍几张留个纪念呗。"说得苏小桃更加心热。预算价格时，苏小桃傻眼了，没想到那么贵，按自己的想法拍下来，得花五六千。拍还是不拍？拍吧，太贵；不拍吧，每个造型看起来都可爱。苏小桃将征询的目光投向了周童，她原本想在周童这里得到支持，因为周童花钱比她大方多了。以前，她喜欢什么舍不得买，周童总是很快就给她买回来，尽管他们的小日子才起步，还背负着房贷车贷，经济基础不算很好。

听到五六千这个数目，周童也吃了一惊，正逗孩子的笑脸僵住了。"什么照片，这么贵？"质询完店员，周童又将质疑的目光投向苏小桃，盯得苏小桃心里发毛，而且周童的表情中还带着明显的愠怒，仿佛苏小桃犯了一个不小的错误。

苏小桃的心情顿时不好了。没想到周童会这样。她原以为周童会全力支持她，就像过去一样。周童对女儿的爱并不比她少一分，甚至比她还宠爱，今天是怎么了？苏小桃有点生气，更多的是委屈，眼泪就要溢出来了，便将头扭向一边。足足几十秒过去，周童都没有像过去那样走过来搂住她的肩，涎皮赖脸地哄她逗她。苏小桃只好抬起头，睁开微闭的双眼，却看到周童正一手抱着宝宝，一手收拾背包。苏小桃冲过去，一把夺下背包，大声问道："怎么了？不拍了吗？"周童也气鼓鼓地回答："不在这儿拍了，全是噱头"。说完，便抱着孩子头也不回地走了。苏小桃像被人在脑袋上拍了一巴掌，搞不清楚状况，来不及跟店员说拜拜，便急匆匆地追了出去。

苏小桃穿着高跟鞋，跑不快，一路小跑着跟在迈着大步的周童身后，一直到车上坐定，那满腹的委屈才化作纷扬的泪水洒下来。她真搞不懂周童是怎么了。自己到底做错什么。周童一上车，立马换了样儿，又是一副嬉皮笑脸的样子，看到苏小桃满脸的泪水，态度更是一百八十度大转弯，瞬间变身为一个温柔小哥哥，像平常一样，对苏小桃好一顿哄："老婆，不要生气了，都是我不好。是我脑壳让门挤了，发糊涂，才不知轻重惹你生气。老婆，你就原谅我这一次吧。"边说边好一顿揉搓，没有扛过两分钟，苏小桃的气便消了。周童一看苏小桃情绪正常了，便顺势说出了他的想法：那家影楼收费太高，宝宝百天照几张照片留个纪念就可以了，没有必要照太多，再说现在手机照相多方便啊，照出来还真实。

那天的结果是，周童带着她们娘儿俩绕城大半圈，终于选了一家他认为合适的照相馆给宝宝拍了一套百天照，整套下来一共三百块。

3

砂锅在火上"咕嘟咕嘟"地响，肉的香味渐渐飘出来，越来越浓郁。母亲一来就要炖肉，总害怕女儿的身体亏了。苏小桃总会说："妈，我不想吃肉，我婆婆昨天刚炖过，我吃肉都吃怕了，肉真的太难吃了。"母亲根本不听苏小桃的，该干啥干啥，这里洗洗那里涮涮，仿佛公司派来的保洁员，里里外外，把苏小桃的家收拾得一尘不染。苏小桃只好站在镜子前感叹："我都快吃成肥婆了，我的小蛮腰，你到哪里去了？我的小细腿啊，你快回来吧！"这时候，母亲才扔下抹布打量一下苏小桃的腰身，也不由得摇摇头笑了。"月子里就要吃好补好，否则以后身体亏了，怎么都补不回来。"母亲郑重地说。"可是，宝宝已经四个月了啊，我这要补到啥时候？"苏小桃抗议道。"你不是还要喂奶吗？"母亲又补一句。

活儿似乎终于干完了，母亲总算能歇口气了，便从苏小桃怀里接过宝宝。苏小桃有些诧异，母亲虽然每周来一回，但很少主动抱宝宝，有时候，瞥一眼便会立刻把目光移开。苏小桃知道母亲的心思，母亲不喜欢这个孩子，这个细瘦的羊尾巴，总觉得离得近了，会给亲近的人带来晦气。今天却反常，母亲盯着宝宝粉嘟嘟的小脸，并没有像盯着一个不祥之物；母亲的表情也温和，竟然有点外婆的慈祥。宝宝也盯着外婆看，突然"哇"地大哭起来。母亲赶忙把孩子递给苏小桃，突然又像想起了什么，忙从上衣口袋里掏出一小块三角红布，塞进宝宝的枕头套里。苏小桃喊道："妈，妈，这是做啥？"边说边把手伸进枕头套里，把那红布掏了出来。母亲着急了，声音提高了八度："可不敢拿出来，那是我去寺里专门为宝宝求的，能祛灾辟邪，可要给宝宝好好戴上！"苏小桃的心情一下子不好了，她想反驳，但看着母亲坚定的眼神，想了想，还是把那红符塞进了枕头套的最深处。

正说着话，周童回来了。这一段时间，他上下班特别准时，基本按点到家，甚至有时会提前，晚上也很少出去应酬。周童和母亲打声招呼，便换衣服洗澡去了。母亲说："感觉周童哪里不对劲儿。""哪里不对劲儿？好好的，和平时一样啊。"母亲却摇了摇头，去厨房盛饭了。

手机铃声响了，是周童的。他正在洗澡，水声哗哗。苏小桃接了起来。电话是周童公司的小刘打来的，因为和周童在一个办公室，小刘和苏小桃也算熟悉。小刘问苏小桃："周童什么时候来收拾东西？""什么收拾东西？"她反问道。"你不知道吗？周童被解雇了。"苏小桃脑子里"嗡"的一下，身体一哆嗦，手机掉在了脚背上，有一种木木的疼。她呆呆地站着，脑子里一片混乱。

母亲从厨房出来，问怎么回事。苏小桃转醒，她真想冲进浴室问问周童，到底是怎么回事。

母亲知道了原委，摘下围裙饭也不盛了。"我就知道会这样，我就知道会这样……"母亲摇着头反反复复就这一句，边说边斜着眼睛瞥宝宝。苏小桃心里反感极了，也难受极了，她过去把宝宝紧紧抱进怀里，眼泪却忍不住流了出来。

正是从那天开始，苏小桃的奶水变少了。

4

苏小桃没想到周童发起怒来会那么狠，而且还是当着她母亲的面。事后苏小桃也反思，自己不应该那么急吼吼地质问周童，当着母亲的面，他脸上挂不住，自然要发脾气。可仔细想想，也不是脸上挂不住的问题。这一段时间，周童是有点反常，自己竟没有看出来。然而，这些都不是他发怒的原因。周童是在某一个点上被点燃的。那个点，事后仔细想想，就是母亲的那句话。母亲一开口，气氛全变了，母亲的声音在半空中尖利地划拉着。母亲说："我就知道会这样，生在羊年的女娃一定会给家人带来不幸。周童，你要打起精神，明天和妈到寺上多求几道符，化解化解，你一定会找到新工作的。"一听这话，周童一下子炸了："我失业跟我女儿有什么关系？整天神神道道的，哪儿来的那么多迷信？我告诉你们，不是我被解雇了，是我炒了老板的鱿鱼，那个龟孙子越来越不像话了。"说完，便摔了门，头也不回地走了。

母亲一下子怔住了，或者说惊呆了，苏小桃也惊呆了。她没有想到周童会这样，太过分了，这可是和她相依为命的妈妈啊。母亲哭了很久才平息，苏小桃不知道怎样劝慰母亲，便搂着她一起哭。心里憋着一股委屈，苏小桃哭得格外伤心，不一会儿，便哭成了泪人儿。宝宝吓坏了，也跟着哇哇大哭。母亲一看这样，反而不哭了，她抹了眼泪，收拾好挎包就要走。临走时撂下一句话，她再也不会登周童家的门。

周童是半夜回来的，喝得醉醺醺的，一进门就搂住苏小桃的脖子赔不是。苏小桃知道这是周童在给自己找台阶，自己把自己灌醉了，有些难张口的话也就容易说出口了。明白了这一点，闷在胸口的那股气便往下顺了好些。周童的话特别多，比平时还多，一会儿嬉皮笑脸，一会儿深情款款，苏小桃的气也消解了一大半。周童告诉她，老板不炒他的鱿鱼，他都要炒老板的鱿鱼，只不过，那孙子比他早说了一步。苏小桃说："老板让你做什么你就做什么，又不是叛逆少年，为什么要要个性？""这不是要个性，我不可能对一个人品卑劣的人低三下四。"周童说，"你不知道那孙子有多龌龊。""那你也不能辞职啊，丢了工作，我们不得喝西北风啊？"苏小桃又有些着急了。"工作嘛，我正在找，你别着急，总会找上的，饿不着你们娘儿俩的。"说完，周童便打了个大大的哈欠，翻过身背对着苏小桃打起了呼噜。苏小桃知道周童没有睡着，他的呼噜打得太夸张，跟平时不是一个节奏。周童只是不想再和她讨论找工作的话题。这一个月，他应该碰了许多次壁吧，工作不好找。早知今日，何必当初。

第二天醒来，周童有些讪讪的，不像昨天喝了酒那样自然。酒醒了，脑子也清醒了，之前做下的糗事自然没有忘记，搞得苏小桃也别扭起来。别扭的结果是，她对周童破天荒地客气起来，帮他递包，目送他出家门。苏小桃盼望周童能够找到新工作，但是看着他略微有些弯曲的背影，心里泛上了一股酸楚。

周童的工作找得并不顺利，两个星期过去了，都没有结果。每天一下班，苏小桃都兴冲冲地开门，做出一副聆听好消息的样子，但一看周童的脸色，便明白了。家里的气氛明显没有以前好了，周童也不开玩笑了，也不哄苏小桃开心了；对宝宝也不像之前那么宠溺了，回来顶多抱着逗一会儿，便躺在床上忘乎所以地玩手机。

苏小桃心里憋闷得慌，想和周童吵一架，但是想想又忍住了，只是在心里一遍又一遍地骂他：好端端地充什么大头鬼，得罪老板，丢掉了工作不说，还被业内认为不服从管理。真是傻瓜，大傻瓜，还口口声声说自己正直，正直有什么好？正直的人，在今天这个社会，不得处处碰壁？……骂完了，苏小桃心里的气并未消，反而把之前认为是周童优点的东西骂成了缺点。而更让苏小桃吃惊的是，她心里骂周童的这些话，都是母亲平时在她面前絮叨的。

因为没有收入，又要还贷款，苏小桃不得不节省着花每一分钱。需要买的，尽量少买，买便宜的；不需要的，干脆不买。即使这样，供这个小家庭支出的钱也越来越少，直到有一天，苏小桃连肉都买不起了，进了菜市场，挑挑拣拣半天，最后只拿了几个土豆。有一天，实在什么都没了，只好用开水泡米饭凑合着吃了一顿。而正是在那天之后，苏小桃发现自己没奶了，一点都没了。孩子吧嗒吧嗒使劲儿嗍，嗍得她钻心地疼，血水几乎都嗍出来了，就是没有奶水。孩子饿得哇哇大哭，只能喝奶粉了。最便宜的奶粉，一桶都需要三百多块，苏小桃没钱买，周童的借记卡也不能再借了，母亲已经好久没来了，公公婆婆还要供养他们正上大学的小儿子……苏小桃从来都没有这么穷过，穷使人整日心里发慌，穷让人没有一点安全感。

不得已，苏小桃决定，让周童在家带一段时间的孩子，自己出去赚钱养家。

5

苏小桃又回到她原来上班的幼儿园。本来，她就是休产假，只不过提前几天结束假期而已。虽是私立幼儿园，但待遇不错，一个月下来将近四千块，至少够宝宝的奶粉钱了。苏小桃决定努力工作，半年内，由配班老师升为班主任，那样工资就更高了。宝宝呢，暂且先让周童带，也让他调整一段时间。过了这段时间，说不定找工作就容易了。

刚开始，周童还不愿意，他不能接受自己一个大老爷们在家带娃、却让老婆赚钱养家的现实。苏小桃好说歹说，周童才勉强接受。苏小桃每天回家，看见周童抱着宝宝，家里一团糟，真是又气又笑，心想男人真是没用。换了衣服，一顿忙碌，全部弄完后，累得腿都抽筋了，便发狠要好好培养周童做家务的能力。几天下来，周童还是把菜炒煳，锅也洗不干净。苏小桃每天都想狂揍周童，可她太累了，家务忙完，似乎连举手的力气都没了。偶尔半夜醒来，苏小桃也会想，自己怎么会过成这个样子？没生孩子之前，她和周童过得多么舒心惬意，想吃啥吃啥，想买啥买啥，可是现在。唉，苏小桃一声叹息，真不愿想了，再往深想，那个可怕的念头就会在脑子里浮现——莫非，真的是……？

苏小桃不敢想。

转眼到了冬至。中午下班回家，苏小桃早早和好了面，准备下午回来包饺子。临出门的时候，又给周童安顿了一遍：赶她回来之前，一定要剁好饺子馅。怎样剁，跟着百度学。周童答应得挺痛快："好嘞，保证完成任务，您就等着回来吃香喷喷的饺子吧。"

冬季天黑得早。苏小桃骑着电动车飞奔在回家的路上。尽管穿着厚厚的羽绒服，还是觉得奇冷，可一想到一回家就能吃到热乎乎的饺子，车子就像插上了翅膀。然而，当苏小桃打开家门时，展现在她眼前的是怎样一副景象呢？中午走的时候是啥样，现在依旧是那个样：碗碟堆在餐桌上，地板上一片狼藉，厨房里冷冷清清。周童呢？周童正在小卧室的电脑前打游戏，因为太入迷了，苏小桃进门，他都不知道。孩子被周童一手环抱着，小小的眼睛正专注地盯着电脑屏幕。

苏小桃全身的血液瞬间涌到了脸上，她大吼一声冲过去，拔掉了电源，浑身筛糠一样，却说不出话来。终于能说出来了，便指着周童的鼻子一顿大骂："浑蛋，你死在游戏上算了。我真是命苦，嫁给你这没用的男人。整天净是嘴上的功夫。志大才疏，什么都做不好。"

周童错愕的表情凝固在脸上，那种惊诧持续了足足有半分钟，之后便颓然地跌坐在椅子里。苏小桃夺门而出，她跑出单元门，天已经黑透。周童并没有追出来，她跑到二楼的时候，还在幻想自家门的"哐当"声，可是什么声音都没有。小区院子里空荡荡的，没有一个人。看着密密麻麻的灯火，她突然感到从未有过的孤独和疲惫。她不知道自己应该去哪儿，偌大的城市，此刻竟没有她的容身之处。苏小桃越想越伤心，她想躲到某个地方好好哭一场，又不敢离开小区，她心里还在幻想周童会下来找她。然而，她在小区院子的凉亭中等了足足一个小时，都不见周童的身影。她的泪冻成冰碴结在脸上，身体也冻成了冰棍，实在受不了了，便决定先到母亲那里。虽然一段时间以来，娘家是她最不愿意去的地方。

苏小桃喝了一大碗滚热的姜汤，连打了十几个喷嚏，浑身都没有热起来。母亲用厚棉被把苏小桃裹得严严实实，边裹边骂周童，骂着骂着，风向标又转了，开始骂苏小桃。要不是苏小桃惯着周童，他也不会这么好吃懒做；让一个大男人在家躺着，自己到外面打拼，苏小桃你怎么这么苦命啊。说到命运，母亲的表情又凝重起来，苏小桃心里发慌，就怕母亲说宝宝不好。苏小桃的眼睛肿得像桃子，她用这双眼睛巴巴地看着母亲。母亲总算意识到了，立马闭了嘴巴，转身到厨房给苏小桃下饺子。

第二天，周童依然没有联系苏小桃。第三天也是。母亲愤愤地说："你就在这里住着，周童不来给你赔礼道歉，你不许回去！治治他的臭脾气。"但苏小桃在娘家没有挨到第四天。第三天下班后，她就回自己家了。家里冷冷清清，周童和宝宝都不在，苏小桃心里很着急，什么顾虑都没了，毫不迟疑地拨通了周童的电话。周童的声音很冷，他说宝宝在他父母家里，他正在上班。电话那边传来呼呼的风声，还有车声、人声。"你在哪儿上班啊？怎么这么吵？"苏小桃问道。停顿了有两三秒，周童才回话："我——在——送——外——卖！"那声音听上去粗哑又低沉，显得那样陌生。

这是苏小桃始料未及的，周童可是堂堂名校园林设计专业的大学生，怎么能做外卖小哥呢？她心里难受极了，比那天晚上和周童吵架时还难受。她真想快点见到周童和宝宝，把他们爷俩拥进自己怀里。

6

表面上看，似乎都将顺了。周童每天早出晚归送外卖，月收入似乎比以前还高些。宝宝暂时送到周童父母那里，周末接回来。他们的生活似乎又回到了之前的二人世界，但那种恩爱甜蜜的感觉再也没有了。主要是周童，自从那件事后，周童对苏小桃一直都冷冷的。每天下班回家，周童除了吃饭就是玩手机，不多说一句话；晚上睡觉，总是把后背对着苏小桃。苏小桃自知那次话说得重了，便主动和周童没话找话。他都爱搭不理。

周童像变了一个人，跟过去一点都不一样。

母亲知道了，马上做出一副她早都预料到的表情。苏小桃再一次后悔了，不应该告诉母亲。母亲说："苏小桃，你也别太着急，我看周童八成是中邪了，以前脾气多好的一个人，怎么说变就变了。"母亲多说一句，她的懊悔便深一层。然而奇怪的是，最后她总是会按照母亲的意思去做。因为除此，她真不知道自己到底该怎么办。母亲看苏小桃沉默不语，继续开导她："有些事情，不可全信，也不可不信……"

那天的结果是，苏小桃终究还是跟着母亲去了寺里，她想寻求治疗周童"病"的灵丹妙药。捐了两百元香火钱，求了一道符和一包药粉。那胖和尚安顿，符要压在枕头底下，药粉要化成水喝了。苏小桃看着那包像石灰粉一样的东西，自己都感觉难以下咽，周童又怎么会喝呢？而且，周童最反感苏小桃跟着母亲迷信。

药最后还是给周童喝了，还是母亲的主意，把药粉盛在胶囊里，说是感冒药。恰巧那几天周童感冒严重，一顿要吃好几种药。吃了几天，周童的感冒越发严重了，上吐下泻，高烧不止。一天深夜，竟然昏了过去。苏小桃吓坏了，连忙打120。医生们查不清病因，但看周童青紫的嘴唇，怀疑是中毒了。一听中毒，苏小桃惊得嘴巴张得老大，知道是自己害了周童，但又不敢说出实情。医生们已经从苏小桃的表情中看出了端倪，就吓唬苏小桃："不说出吃坏肚子的东西，怎么对症下药？再拖下去，病人会有生命危险。"苏小桃只好哭着把药粉的事情全都说了出来。

化验结果出来了，是铅中毒。

公婆不让苏小桃去医院照顾周童，他们骂苏小桃是害人精。苏小桃一遍遍给周童打电话，他一次也没接。周童出院也没回家，直接和宝宝住到他父母家了。

一个月后的一天傍晚，周童打来电话，通知苏小桃第二天去民政局办离婚手续。苏小桃没想到周童会提出离婚，她原以为过一段时间，周童的气消了，他们还会像以前一样过日子。她从未想过离婚，她还爱着周童。苏小桃抱着电话号啕大哭，她求周童原谅，她以后再也不做蠢事了……周童沉默了一阵，告诉苏小桃，他们已经不可能再回到以前了，他是个没用的人，苏小桃跟上他，只会吃苦。苏小桃连连喊着："不，不是的！"电话那端已是忙音。

　　苏小桃趴在床上哭得昏天黑地，她没想到会是这样一种结果。她被一种强烈的无力感裹挟着，这无力感像个黑洞，把她吸入其中。起初，这黑洞的壁垒还不够坚实，隐约之中还透着一丝光亮，她本有突破的可能，但因为包裹了爱的外衣，加之自己的怠惰，她一次次地妥协，直到这壁垒越来越厚实，里面的空气越来越稀薄，使她难以呼吸，她才想到应该突破，然而已几乎没有可能，最后只能深陷其中。她恨自己的母亲，但更恨自己，恨自己软弱无能。现在她能做的，就是用眼泪稀释痛苦。她尽情地痛哭，就算一次任性吧。泪眼蒙眬中，她仿佛看到周童手捧一大束玫瑰花，向她缓缓走来。周童身穿白衬衣，笑得那么灿烂，那口白牙和白衬衣的领子互相映衬，在阳光下闪闪发光……那是几年前的某一天，周童向她求婚的场景。

　　母亲回来了，一进门就说："怎么了？楼道里都能听到你的哭声。"苏小桃再也忍不住，跳下床大吼道："周童要和我离婚，这下你满意了吧？"母亲听了，连连摇头，连连跺脚，嘴里就一句："命！这都是命！"苏小桃气疯了，她撕扯着自己的头发大声喊道："去你的命吧！我以后再也不听你的话了！"

嫁女

太阳的脸稍稍露出来一些，浓雾逐渐变得稀薄。

杨彩香站在齐腰高的案台后面，将一个大瓷盆里的最后一筷头土豆丝塞进了最后一个白饼子里。不多不少，刚刚好，五大瓷盆菜夹一百个白饼子，菜和饼子的数量刚好吻合。但是，世上哪有那么绝对的事呢？好里面还有个不好，不好里面还有个好，祸福相倚，没有十全十美的事。就像这最后一个夹菜饼，因为被填充了太多的内容，显得鼓鼓囊囊，好像随时都要爆裂，汤汁、菜溢出来不少。和其他夹菜饼相比，这个夹菜饼是一个货真价实的大胖子，或是一个怀了双胎的孕妇，虽内容丰富，但卖相难看。

杨彩香可管不了那么多，她没有那么多的闲心关注一个夹菜饼的卖相问题。她也不是作家，没有那么细腻的心思揣摩一个夹菜饼的心声。每天，她之所以急匆匆地把最后一点剩菜连汤带汁塞进最后一个夹菜饼，是因为这意味着这一天的工作要结束了。所以，她才不管菜是不是夹多了，和饼子的体积合不合宜，这世上哪有那么多刚刚好的事情，差不多就行。再说，谁买了这个夹菜饼只能是占便宜，还能吃亏？

桌案上躺着三个夹菜饼，一个比一个大。还剩下最后三个，不知道今天能不能全部卖完。每天，杨彩香都会准备一百个夹菜饼，一百个就是她一天的营业额。说是一天，其实只有一早上，在上学上班的高峰期，来买夹菜饼当早点的人很多。这一百个饼子，多数都会卖完，有时也会欠一些，有时也会多出几个，就像今天。

杨彩香抬起屁股挪挪身子，干脆站起来，腿有些酸麻，坐了一早上，浑身都不自在。那个高脚凳的腿仿佛也被压麻了，随着女主人的离身，划着瓷砖地发出尖锐的吱扭声。墙上的石英钟时针已经指向十，分针也接近十。她习惯性地向门口望望，这个点了，不会再有客人了。杨彩香收拾了桌案，该擦洗的擦洗，该收拢的收拢，扫了地，倒了垃圾，准备打烊。临走，又想起了什么，回转身，将剩下的三个饼用塑料袋装上，放进包里，锁门离去。

太阳虽然出来了，但不是那种透彻的响晴，天空似乎仍然笼罩着一层轻薄的霾。但即便是这样，杨彩香的心情也好了不少。杨彩香最不喜欢阴天，尤其是隆冬季节时，那种浓重的阴暗，似乎要沤出水来，天空仿佛也变成一只倒置的铁锅，压得人喘不过气来，况且每逢阴天，左眼上的眉骨缝就隐隐作痛，虽然伤口早已愈合，但天阴必疼的根是落下了。杨彩香吁了一口气，心情顿时舒畅了许多，仿佛把连日来的坏心情也吁出了体外。"香美味夹菜饼"六个大字赫然在眼前，黑底白字，一米乘两米的大小，加上边缘的金色包边，这块去年才制作的牌匾，此刻在杨彩香眼里，是那样簇新大气。

每天打烊离去时，杨彩香都会抬头看看饼子店的招牌，这成了十年间必做的功课。每次看，都有一种踏实的感觉，饼子店是她养家糊口、安身立命的根本。十年前，当她像浮萍被抛在命运的汪洋大海中时，她不知道自己还能不能活，活下去的出路在哪里。两个孩子还那样年幼，她拿什么养活他们？她做过许多工作，保姆、清洁工、餐厅服务员等，都是一些辛苦但赚不到钱的工作，直到开了这家饼子店。杨彩香的厨艺好，郭桥乡的女子好像人人都具有做好茶饭的天赋，这一点简直无师自通。没出嫁前，杨彩香的茶饭就享誉整个家乡，无论什么食材，到她手里，几乎都能化腐朽为神奇，那纯正浓郁的家常味里带着几分独特的味道。所以，开一家饼子店，依靠自己最擅长的手艺谋生，对杨彩香来说也算称心如意。这也是十年来"香美味饼子店"生意越来越好的原因，客源稳定，每天还有一些慕名而来的新顾客。

十字口静悄悄的，经过一大早上班上学高峰期车水马龙的洗礼，这会儿显得有些空寂。除了几只流浪狗在垃圾桶里翻翻捡捡，几乎没有车辆和行人路过。杨彩香骑上电摩，准备出发，插钥匙的工夫，一个人影晃到了眼前。杨彩香吓了一跳，原来是老石。

"你咋来了？"杨彩香问道，眉头微微皱了一下，旋即又舒展开来。"打电话你不接，我只能亲自来找你了。哎，我说你这人咋回事，你是不是有意躲着我？人家都是巴结媒人，见了媒人比见亲爹还亲热，哪像你，躲我像躲仇人似的。"老石说。老石很爱讲话，操一口既不像普通话、也不像河南话、更不像宁夏话的语种，换言之，就是糅合了三种语音特点的方言，说起来嘎巴溜脆，个别尾音却拖得极长。

在杨彩香看来，老石说话不受听。声音不悦耳，内容也不着调，真想不通他的生意是怎么做起来的。尤其听到"亲爹"二字，杨彩香的眉头又皱了一下："你啥时打的电话？我咋没留意。"

"那件事，我们还是当面合计合计，不要耽误了娃娃们的前程。"老石哑着嗓子，吸溜着鼻子，黧黑的脸膛上面好像蒙着一层铁锈，一说话就皱眉，眉间的川字纹像刀镌过一样深刻。

老石其实并不老，也就三十五六岁，但因为面相显老，又加上年纪轻轻就在这个小城开了几家不小的药店，显得老成持重，就被冠以"老石"的称号了。

平常，杨彩香不怎么皱眉头，也不喜欢皱眉的人，她不喜欢无事生非的人。但这么一会儿工夫，她不但皱了好几次，还把眉头缩成一个大疙瘩，好不容易放下的心事，又被老石翻搅了出来。

"你还让我跟你说几遍呢？不行！根本不行！我养了快二十年的闺女，不能白白送人。再说就算我同意了，娃的奶奶和爹也不会同意，亲戚朋友们不笑话死我？"杨彩香说道。因为着急，声音不由大了几分。

"你这个人啊，哪儿都好，就是死脑筋，死牛板筋犟到底。你管别人说啥呢，只要娃娃们自己过得好，结婚后让你省心，不比啥都强。彩礼嘛，可多可少，多了，结完婚，男方家债垒得多；少了，娃娃们以后轻轻松松过日子。你说，你要哪样呢？"老石边说边摇着头，然后是一声长长的叹息，仿佛杨彩香将要失去一个千载难逢的好机会。

"我哪样都不要，我只要按规程办事。"杨彩香语气坚定地说，"去年我大侄女出嫁，光彩礼就十五万，首饰和衣服单另算，七七八八算下来，婆家又多给了五万，而且不要求娘家陪啥。不说去年，就说三年前我儿子伟伟结婚，我还不是给婆家拿了十三万。听说今年彩礼又涨了，昨儿牡丹园的老刘嫁女，光彩礼就二十万……"杨彩香有些激动，声音不但大，且有些嘶哑了。

"规程是死的，人是活的。我最恨现在那些嫁闺女的爹老子，那哪是嫁女，分明是卖女！这让那些生儿子的人家还怎么活？难道给儿子娶个媳妇就得家破人亡吗？"老石有些愤愤地说，边说边狠狠地碾了一下脚下的积雪。杨彩香看到老石的大脚踩在地上自己略显臃肿的影子上，不禁打了个寒战，感觉有点冷，又有些烦躁。大冬天的，他俩站在饼子店门口的这棵大榕树下，连说带嚷，已经有十几分钟了，嘴里呼出的热气一拨一拨，在冷空气中似乎凝结了，好像一团看不见的霜，没说出个所以然，情绪反而越来越糟糕。

"别人家的事，我管不着，我只说我娃娃的事，我是按规程要的，而且比起那些要得高的，我算是低的了，我家玲玲不缺鼻子不缺眼睛，凭啥降低彩礼？知道的，说我是为娃娃的以后着想；不知道的，还以为娃娃有啥毛病呢。"杨彩香说着说着，声音不由低沉下来，有点哽咽，心中泛起一股说不出的难受。难道就因为玲玲是单亲家庭的娃娃，就要比别人家的女孩低一等吗？老石听出了杨彩香的心酸，一时竟有些无语，愣怔了几秒，才说："我不是那个意思，玲玲是个好姑娘，正因为好，我才极力把娃儿介绍给张家。这张家家族大、门风正，张涛又是个难得的好小伙。两个娃娃都是我看着长大的，知根知底，我极力撮合，就是希望他们日后幸福。"老石的语气也缓和了下来，有些抱歉似的。

"可我想不通，你为啥总是做我的思想工作？为啥不去做男方家的思想工作？哪有那么低的彩礼的？"杨彩香反问老石，声音也低沉了下来，略带幽怨。这幽怨里有着老石未必明白的委屈和悲伤。

老石嘿嘿笑了，脸上闪过一丝狡黠，似乎又有些羞赧："我这么跟你说吧，我就是要以玲玲和张涛的婚事为基点，扭转一下当下恶劣的风气，我要改革陋习，发扬新风；我要披荆斩棘，竭尽全力形成全新的婚恋观；我要做一个魂斗士，坚决向社会的不良风气宣战！"老石越说越激动，双眼闪闪发光，"如果可能，我要在灵武市办一个最大的婚介中心，凡是在我婚介中心相识相爱结婚的青年，女方都不得向男方索要彩礼，如果要，也是象征性的……"杨彩香的嘴巴越张越大，仿佛陷入一团迷雾。她认识老石不是一两天了，知道他的脑子里总有一些奇奇怪怪的想法，但这些让她似懂非懂的话，还是让她觉得老石某根神经搭错了，于是脱口而出："你脑子怕是进水了吧。"

老石高举着手臂，越说越兴奋，唾沫四溅，语速飞快，突然被杨彩香来了这么一句，举着的手在半空中停了停，不知道放在哪里，只好放下来，双手搓着，咧开大嘴尴尬地笑了："算了，不说了，说了你也不懂。张涛家的情况，你不是不知道，两个儿子，前年才给老大娶了媳妇，今年又是老小，经济确实紧张。不过，像我之前给你承诺的，这绝对是暂时的经济危机，红花乡马上就要开发了，而且这块地皮前景特别好，听说政府要在这里建设全区最大的商业区，张家马上就要发财了，光住房就要分一千多平方米，可以说，这样的好亲家，打着灯笼都难找，你还在为几个彩礼钱犹豫，眼皮子也太浅了。关键是，这家人实诚，张涛这小伙子踏实能吃苦，没有现在那些年轻娃娃抽烟喝酒不干活儿的坏毛病……"

"说来说去，你还是在为别人考虑，你咋不为我想想，我寡妇又失业，带大两个孩子容易吗？"杨彩香真的有些生气了，她只想尽快结束这场不愉快的谈话，"我看这事就算了，你也别再缠我了，我家玲玲又不是嫁不出去！"杨彩香愤愤地说，边说边发动电摩，她是一秒钟都不想待在这里了。"我真是昏头了，这么重要的事，竟和一个半吊子磨了半天牙。"杨彩香想。

电摩发动了，子弹一样弹出去，老石挥舞着胳膊跟在后面喊："嗨，杨彩香，回来！我还没说完呢……"

走了没十米，突然又停了下来，杨彩香下了车，原路返回，将一个塑料袋装着的东西塞到老石手里，是早晨剩下的那三个夹菜饼，老石最好这一口。虽然此刻杨彩香厌烦着他，但从心底还是感激他。一家女，百家求，杨彩香知好歹，更何况，这么多年来，老石帮她的地方太多了。

转眼间，杨彩香已经离开育才路，拐进了西平街。这段路杨彩香每天都走，很熟悉，此刻她的电摩飞一般穿行在平坦宽阔的街道上，速度很快，好像踩着云朵往前飘，又或是御风而行。杨彩香脑子里乱哄哄的，意识游离在遥远的时空，一会儿过去，一会儿现在，仿佛不是自己骑着车往前走，而是车子带着她往前飞。

女娃就是让人操心，这是最近一段时间杨彩香最深刻的感悟。男娃生下来，管好吃喝，只要引导着务正，不走邪路，长大了媳妇一娶，基本上就可以放心了。女娃不一样，从生下来的那天起，似乎就比男娃娇贵，时时处处都得操心。等到一天天长成了女孩儿的模样，你就得时时刻刻为她操心，尤其到了青春期，她每一次出门，当妈的心都得悬着，生怕跟着哪个野小子鬼混。最操心的还是女娃的婚事，从谈对象开始，到顺顺利利出嫁，这其间的每一步，都凝聚着当妈的心血和智慧，就怕遇人不淑，姻缘不和。

杨彩香从自己的儿子和女儿身上，很容易得出这样的人生经验。儿子伟伟从小就懂事乖顺，娶媳妇后更成熟稳重了。玲玲就没那么让人遂心了，这丫头主意大，凡事都想自己做主。自己做主也没什么，关键是要走对路。路走错了，一辈子也就完了。就像自己，杨彩香这辈子就是因为走错路而被毁了。

杨彩香一想到自己，想到自己的婚姻，脸上就火辣辣的，心里也火烧火燎地难受。眼前不由自主地浮现出一所小屋，在深秋的日暮下，孤零零的小屋坐落在一座高高的土坡上，土坡下是哗哗的小河，还有成排笔直高大的白杨树，几百亩良田一眼望不到头，因为刚刚收割完毕，还裸露着金黄色的稻茬，一排排一列列，显得寂静又安稳。

这间不到二十平方米的土坯房，那个时候就是杨彩香的天堂。和杨学文住在土坯房的那一个月，是杨彩香这辈子最幸福的时光，却也是杨彩香这一辈子最痛心的时光。想起这段时光，杨彩香心头就会泛起丝丝缕缕的甜蜜。但更多的是懊悔，是羞愧的懊悔，是痛苦的懊悔，是毁断肠子的懊悔。悔得杨彩香只想拿大耳刮子把自己抽死，或者一头撞到南墙上撞死；悔得杨彩香这辈子都不想做人了，就是做头猪，做只羊，也比她在杨学文的手里做人强。

作孽啊！一定是自己上辈子作恶，命运才这样处罚她，要不然自己长着这么大的俩眼睛，怎么就看上了那个畜生？就算是不长眼睛，也不能看上那个畜生啊。后来，杨彩香常常这样想，越想越伤心，越想越难过。

有时候，杨彩香也会反过来想，假如当初自己从未踏足大泉乡，不曾因为孤独寂寞去找嫁到大泉乡的堂姐玩，或许这辈子，她就没有被杨学文盯上缠上的机会。假如不去大泉乡，她可能就会和其他的女娃一样，待在家里，等待媒人提亲，哥哥嫂嫂正常地把她嫁出去。那样，说不定，她也会遇上一个靠谱的男人过日子。假如……一千个假如，一万个假如，都只是假如。事实上，杨彩香不但去了大泉乡，而且去了不止一次。

那时候，她太孤独了，没有人关心她，没有人给她哪怕一星半点的温暖，只有堂姐，就像是她的亲姐一样。在父母亲双双因车祸去世的那些暗无天日的日子里，是堂姐把她揽在怀里，捡拾掉她头上的麦秸，揩掉她脸上的泪痕，换掉她身上脏污的衣服，攒下好吃的给她吃……堂姐待她真好，是这世上除了父母以外，待她最好的人。杨彩香无法想象，父母刚刚离开的那段最痛苦最煎熬的日子，倘若没有堂姐，她会怎样度过。

是的，她是有两个哥哥。可那时候，大哥只有十五岁，二哥也只有十三岁，而自己呢，是个连十岁都不到的小姑娘。天，就那样一下子塌了，不光是她自己，两个哥哥也被突如其来的打击打蒙了。父母去世不啻十级地震，他们兄妹三人被重重地压在了灾难的废墟之中，无法动弹，只能等死。所以，杨彩香不会埋怨哥哥们不管不顾自己，过去不会，现在也不会，因为那时候，他们都是孩子。更何况，男娃本来就粗心。

时间一天天地过去，他们三个可怜的娃娃也长大了。大哥二十岁的时候，给庄子上的王万福家做了上门女婿，二哥跟着村里的年轻人到外面打工去了。用他的话说，叫闯荡世界。家里只剩下杨彩香一个人，她更加孤独寂寞，每天都处在巨大的焦虑之中，担心自己被整个世界抛弃。不久，堂姐也结婚了，嫁到了二十里之外的大泉乡，唯一的一根稻草也飘走了，杨彩香的心一下子被掏空了。

因为前所未有的思念，她不得不一趟一趟往大泉乡跑。就这样，她被杨学文盯上了。

那时，杨彩香怎么就看不出，掩藏在杨学文嬉皮笑脸的表象下的是怎样一颗残暴狡猾的心。杨学文接近她，绝不是因为他说的，他喜欢她，爱她，爱得发疯，爱得没有她便活不下去。对于一个只有寡母相守、名声糟透的二十六岁的老光棍来说，杨学文能够在方圆十里找到结婚对象的可能性太小了，几乎不可能。谁家会把女儿嫁给一个地痞流氓呢？又穷又懒的杨学文，几乎不再抱有娶媳妇生娃的念头了。

直到他在村子里闲逛时，发现了杨彩香。试探了两三次后，杨学文发现，模样俊俏的杨彩香并不像一般的漂亮姑娘那样难以接近，而且似乎还很容易上手。杨学文恍然大悟，抱着一定要搞到手的念头，开始了对杨彩香的穷追不舍。

实际上，杨学文并不是一个追女人的高手，他各方面能力都很差，即便是当混混，也是一个让人瞧不起的混混。杨学文没有想到，他只是说了一些从电视上学来的肉麻话，只是将一个从集市上顺来的不值钱的镀金戒指往杨彩香手上那么一套，就套回了一个年轻漂亮的媳妇。杨学文怎么可能想到，他的那些不走心的肉麻话，在杨彩香那里，就是最动听的甜言蜜语；那火辣辣的眼神，让杨彩香一看见就脸红心跳；杨学文凑近她说话，热气呼到她的耳根，她幸福得眩晕。所以，和杨学文接触了没几次，当他提出要带她去一个地方玩玩时，杨彩香便义无反顾地跟着去了。

那是杨学文姐姐家在山上盖的一间临时小屋，农忙时用。这样，免去了从山上到山下来来回回的麻烦。所谓的山上，不过是比下面的家高出一些的土坡，可往返十几里，田地又多，所以当地人纷纷选择盖一间房，再置办一些基本的生活用品。就是在这样一间简陋的小屋里，杨彩香和杨学文住在了一起，她把自己交给了杨学文，所有的一切。她没有料到，这是一个噩梦的开始。其实，在最后的几天里，她已经感觉到了一些，比如杨学文再也不着急给她做饭，而且有时还呵斥她。但是沉浸在爱情中的女人被蒙蔽了双眼，一切感觉都是迟钝的，一切都是甜蜜的。更何况，那个时代，那个小地方，一个女人，一旦把身体交付给某个男人，就等于把自己的整个人生交付给了这个男人。

回来后的第二个月，杨彩香发现自己怀孕了。

于是，她顺理成章地嫁给了杨学文，这是她心甘情愿的。有什么办法呢，已经是人家的人了。只不过，她一分彩礼都没要，即便要了，杨学文家母子也拿不出来，她就那样，穿上一身比平时稍好一些的衣服，被杨学文用一辆八成新的自行车接到了家里。而她的兄嫂，只是挥挥手，像摆脱一个耻辱和麻烦似的，把她送出门了。

十年过去了，杨彩香都不敢轻易回忆那段痛苦煎熬的日子。这就好比一个深刻的伤疤，好不容易结痂了，可一旦触碰它，依然会有皮肉撕裂的心悸和疼痛。

婚后没多久，杨学文就原形毕露，一点活儿都懒得干，庄稼荒在田里，到处闲逛，全村大人娃娃，没有一个瞧得起他。杨彩香一心一意和他过日子，大着肚子家里家外地忙，杨学文依然不满意，脾气坏得就像地煞再世，动不动就对杨彩香破口大骂，后来发展为动手动脚。因为没有娘家人做主，生性温和的杨彩香只好选择忍气吞声，这就在无形中助长了杨学文的嚣张气焰，从起初的推推搡搡，到拳脚相加，下手一次比一次重，打得杨彩香常常是旧伤未好又添新伤。不光对杨彩香，就是对儿子，杨学文也绝不手软，想打就打，娃儿常常也是鼻青脸肿。

儿子是挨千刀的，寡妇妈却是一个心地善良的老太太。这个守寡二十年的老婆子，是真心疼这个乖巧懂事的儿媳妇。心疼归心疼，对于儿子的暴力相向，她也毫无办法，因为这孽子对自己都敢下手。有一次为了护儿媳，又阻止不了疯狂的儿子，老太太索性直接抱住儿媳的头，结果却被儿子飞来的一脚踢断了肋骨。那衰老脆弱的肋骨当场就断了两根，老太太差点一命呜呼。即便这样，那孽子也没有改掉动手打人的毛病。

起初杨彩香也想逃离，可她不知道自己能逃到哪儿去，世界那么大，却没有自己的一小块容身之地。何况她怕一个人，那种孤独无助，犹如陷入了深井，她再也不想品尝。好不容易有了自己的家，她要好好打理。但是肉体的深重折磨，带来的是精神的双倍煎熬。几年工夫，杨彩香就失尽了当初的鲜亮，变成了一个目光呆滞、面目憔悴的女人。更何况，她真的不能逃离，杨学文曾不止一次在暴打她后，撕扯着她的头发，指着她的鼻子威胁，如果她敢提离婚，他就杀了她，杀了伟伟，杀了寡妇妈，然后再自杀。

日子就像冻结的池水，缓慢沉重，但一天天挨下来，也挨到了伟伟五岁，杨彩香也二十二岁了。虽然过得极不顺，但毕竟她还活着，还没有被折磨死。

不幸的是，那一年的冬天，她发现自己怀孕了，当她意识到又怀上了杨学文的孩子时，第一反应是打掉，但还没等她行动，杨学文就被抓起来了，原因是偷盗，被判了五年。

等杨学文出狱时，玲玲已经四岁多了，这个没爹的孩子却比哥哥开朗活泼，整天蹦蹦跳跳、无忧无虑的，妈妈、奶奶和哥哥特别疼爱她。杨彩香也一样，杨学文不在家的日子，她总算眉扬目展地活了几年。在堂姐的帮助下，她还在院子面东的空地上盖了两小间房子，虽然是土坯房，但装上玻璃窗，一下子敞亮多了。

一切似乎变得好起来，直到杨学文出狱回来。刚开始的那一年，杨学文的确像他在狱中承诺的那样，不再打她，不但对大人娃娃亲善，人也变得勤快了不少，下地干活儿，甚至帮杨彩香干屋里的活儿。杨彩香不知道有多高兴，整天笑吟吟的，看来杨学文真的被政府改造好了。但好日子没过多久，杨学文便恢复了本性。不过，这也没啥奇怪的，老话说得好，狗改不了吃屎，杨学文的奸懒馋毒是入骨的，至死都不会改变。

杨彩香又掉进了无边的黑暗里，仿佛是一个死结，永远都无法解开。伟伟十三岁时，也就是杨学文被放出来三年后的一天，杨彩香因为去集市上卖鸡蛋，回来得晚了一些，杨学文便对她大发怒火。杨彩香刚要辩解几句，这混蛋便大耳光子抽了上去，越打越凶，越打越顺手，疼得杨彩香哇哇大叫。这时正好伟伟放学回来，看见这阵势，便上去阻止杨学文。没想到，正打在兴头上的杨学文，举起地上的火钳就朝伟伟抢过去。火钳重重地落在伟伟的左肩上，伟伟哼都没哼一声就趴在了地上。杨彩香疯了一样扑向杨学文，结果眼前一黑，也趴在了地上。

等杨彩香醒来，才知道自己在医院里躺了一天一夜，眉骨被杨学文一火钳打裂了，差点就伤到了左眼。杨彩香没看到自己当时的样子，她只是听说，她的脸上绽开了一个人嘴似的口子，鲜血喷涌，止都止不住……这件事使杨彩香彻底清醒，她不能再这样浑浑噩噩地等死。她可以死，但两个娃还小，说不准哪天那畜生一失手……还没等杨彩香开口，村妇联就直接给他们办了离婚，对于这个屡教不改的家暴分子，这是最后的裁决。在拘留所关了半个月的杨学文，即使心有不甘，也无可奈何。他的残暴只是针对杨彩香、针对家人，在外面，他就是一只绵软的小猫，尤其不敢和政府对抗。

杨彩香终于离开了大泉乡，离开了那个生活了十四年的家。离开的时候，她以为她会难受，可更多的是如释重负，她被打怕了。是的，她曾经那么渴望有一个属于自己的家，可再怎么渴望，也不应该是和杨学文这样的烂人在一起过日子。她想通了，她要离开这里，她要带上孩子们开始新的生活。

没有一份正式工作，没有一个落脚之地，又带着两个娃娃，刚开始的困难可想而知，但杨彩香不怕吃苦，加上人又和善，总是有好心人帮助她们孤儿寡母，直到开了"香美味饼子店"，杨彩香的日子才一天比一天好。起初，杨学文时不时就来纠缠，要么软磨硬泡，要么凶相毕露。可杨彩香再也不怕他了，生活磨炼了她，她知道杨学文是个纸老虎，所以每次都淡定地掏出手机。只要一说打110，杨学文一准跑得比兔子都快。不久，听说他挂搭上了一个有钱的老寡妇，杨彩香的日子总算彻底清静了。

饼子店距离廉租房有十几分钟的路程，虽然意识陷入了对过去的回忆之中，但电摩认识路，等游离的意识回归现实时，杨彩香已经站在自家楼下了。这是政府盖的廉租房，专门给进城务工的人员居住。杨彩香去年也申请了一套60多平方米的，自此结束了长达十年的租房生活。进了门，杨彩香开始打扫，然后给玲玲准备午饭，这也是她每天必做的功课。玲玲在老石的药店上班，专管现金，当出纳。这丫头，初中毕业就不念了，因为总有一些男同学骚扰她，加上本身就心浮气躁，所以非但没把书念成，还让杨彩香一直跟着操心。

杨彩香一心想让她的两个娃娃念书，无论是伟伟，还是玲玲，只要孩子们肯读，她会想尽一切办法努力供养。她是多么渴望她的孩子们能把书念成，摆脱打工者的命运。但事与愿违，最后的结果是，伟伟和玲玲都只是初中毕业。

玲玲初中毕业后，就先后有媒人登门说媒，但都被杨彩香一一婉拒了。玲玲也不愿意，这丫头主意大着呢，她还想好好玩几年，最近又吵闹着要像她哥一样，去上职高。本打算秋天正式上学，赶巧，老石又给介绍了张涛。

张涛这小伙子，杨彩香也见过，个头高大，浓眉大眼，说话一板一眼。初次见面，给杨彩香留的印象不错，玲玲好像也不排斥。张涛的父母虽是农业户口，但穿着打扮、言谈举止都不小家子气，看起来挺大方的，像是见过世面的人。能攀上这样一门亲，也算给杨彩香长脸了。当然，这些都是次要的，最重要的是，小伙子踏实靠谱，能好好过日子。那次见面后，玲玲和张涛就互加了微信，进展如何，杨彩香还没敢问。

不过，张家看起来家大业大，但彩礼给得也太小气了，女方家还没开口要，就说出了底线，只给十万元彩礼，而且还要求女方陪家电、首饰、衣物等。这样算来，女方家不但一分落不下，可能还会亏一些。杨彩香明白当下的婚恋市场已经带上了浓重的商业色彩，只是这张家价码标得也太低太明确了。再加上老石那个二货，一心帮着张家，这门亲事要是成了，自己吃亏不说，不得被亲戚朋友笑话死？想到这儿，杨彩香的脸都有些红了，耳边仿佛已经响起了众人的议论声，她那势利眼大嫂的嘲讽声：啥虫屙的啥屎，妈不值钱，丫头也不值钱……

该怎么办呢？退掉这门亲事吧，正如老石说的，这么好的小伙子确实难得；答应吧，总觉得不美气。还是和堂姐商量商量吧，这些年，杨彩香但凡有个大事小情，第一时间想到的就是求助堂姐，堂姐也总是竭尽所能地帮助她。其实，杨彩香还没有把电话拨过去，就已经预料到堂姐会说什么。堂姐是个通情达理的人。果然不出所料，堂姐听完情况，一下子就替杨彩香做了主："答应吧，彩礼多少是个够呢。你可不能因为面子，耽误了娃娃的幸福。攀上一门好亲戚，比啥都重要。我们这里因为彩礼的问题，两亲家闹臭的好多。婚是结了，可女孩儿在婆家也不好受。前几天，听说下游的梧桐树村发生了一起灭门案，起因就是彩礼，女方要了二十万，男方举债凑齐了，嫁来没一个月，那女孩子就跑回了娘家，因为年龄小，没领结婚证，女方的父母耍赖不退彩礼，结果那小伙子气急了……"

中午十二点半，玲玲准时到家吃饭，杨彩香看着边进门边冲自己嚷着口渴的女儿，一时竟有些感伤。时间真是个神奇的东西，转眼间女儿就二十岁了，马上也要嫁人了。玲玲长得像妈妈，鹅蛋脸，大眼睛，鼻子小小的翘翘的，两片小嘴厚嘟嘟的。只不过玲玲更高挑，更白净，比杨彩香显得洋气。边吃饭，杨彩香边试探着问玲玲："和张涛处得咋样？"这丫头一言不发，只是不停地往嘴里拨饭。杨彩香便明白了几分，又不死心地问了一句："秋后还去上学吗？""不上了！"这死妮子厌烦地回了一句。至此，杨彩香终于下定了决心。

晚上，还没等杨彩香把电话打过去，性急的老石就已经打过来了。老石准备了长长一段劝说词，刚说了一句"杨彩香，你不妨换个思路想想"，没想到杨彩香竟痛快地答应了。"你说什么？"老石似乎有点不相信自己的耳朵。"我同意了，答应杨玲和张涛的婚事！"杨彩香大声重复道，好像是说给老石，又好像是说给自己。

杨彩香想通了，她不再纠结彩礼的事了，为什么一定要二十万呢？说白了，不过是面子上的事，自己为什么非要从玲玲的婚事上挽回自己曾经丢失的面子呢？对于生活而言，"里子"才是最重要的。娃儿以后幸福，这才是她最需要的。

婚事就这么定下来了，接下来就是忙忙碌碌地操办。置办嫁妆时，杨彩香可真是尽心尽力，全都要买大价钱的，要买好的。只要玲玲过得好，彩礼钱她可以一分都不留，就是亏出一些，她也愿意。就是借债，她也要给玲玲办一个风风光光的婚礼。

六十寸的液晶大电视，大容量的智能洗衣机，光这两样，就花掉了两万；

黄金首饰，杨彩香也按照当前男方给女方的标准，给玲玲陪嫁了一百克；春夏秋冬的衣服各两套，全都是商场里的高档货；还有各种各样的小物件，每一样东西，杨彩香都挑好的，都置办得用心用情。她要自己的亏欠，全部弥补到女儿身上。杨彩香看着这些崭新光亮的嫁妆，心比女儿还要陶醉，还要甜蜜。钱就这样像水一样流走了，大大超出了当初男方家提出的象征性地陪一些的要求。这些嫁妆，任谁看了都会赞叹，都会感受到一个做母亲的良苦用心。

其间，发生了一件事。一天晚饭后，杨彩香正要缝陪嫁的新被子。四床被子，她打算全都自己亲手缝制，自己缝的比商场买的软和透气，保暖性也并不比那些所谓的高档蚕丝被差。不过，现在的人图方便，已经很少有人亲手缝制陪嫁被子了。这时，防盗门突然被擂得山响。声音之大，差点把杨彩香的心脏病给吓出来。是谁啊？发生了什么事？杨彩香鞋都没来得及穿，就听到杨学文熟悉的公鸡嗓子："杨彩香！开门！杨彩香！快点给老子开门！"隔着猫眼，杨彩香都能感觉到这恶煞的气势汹汹。"有啥事快说，开门不可能。"杨彩香故作镇定地喊道。话音没落，那混蛋又开始用脚踹门，连喊带骂。

思忖了一秒，杨彩香开了门，她怕惊动了左邻右舍。杨学文没想到门会这么快打开，使出大劲，一脚上去，踹了个空，于是凌空一个旋转，人躺在了客厅地上，那样子，既狼狈又滑稽，惹得杨彩香忍不住偷偷笑。一骨碌从地上爬起来，气势顿时逊了几分。这老恶棍长时间没见，又瘦了些，个头似乎也缩了几公分，脸又黑又瘦，带着一股让人厌烦的猥琐和凶恶。

杨学文也五十出头了，按理说，这个年纪的男人，如果生活规律正常，样貌应该是富态白胖的，脸色应该是慈祥温和的。然而，长时期偷鸡摸狗的生活，使得杨学文年轻时曾有的几分人样也消失了，彻底变成一个老流氓的样子。在杨学文眼里，杨彩香也老了，发胖了，这个四十岁的女人已不再年轻，岁月在她脸上毫不留情地刻上了一些痕迹，有一些还很深。

愣怔了几秒，他又恢复了凶样。在杨彩香面前，杨学文总是能第一时间找到底气十足的感觉。他一个箭步蹿到杨彩香面前，手指头戳点着她的前额，就差撕扯她的头发了。"杨彩香，你个贱货，不值钱的东西，你自己不值钱不说，嫁个女儿才要了十万元的彩礼……"杨学文气势汹汹地吼道。杨彩香气得脸都白了，眼泪在眼眶里打转。"实话告诉你，老子的女儿少了二十万元不嫁，老子还指望用这笔钱买个小车呢！谁不遂老子的意，老子就让这场喜事变成丧事！"杨彩香一听到喜事变丧事的话，再也没有办法控制自己，霎时间，脸色由白变青，双眼充血，浑身颤抖，憋足劲一声长嗥，用从未有过的嗓门对着杨学文大叫道："你敢！"说完，跑进厨房，拿出菜刀，她今天要和这老流氓拼了。杨学文从未见过杨彩香这样，那红着眼睛、龇牙咧嘴的样子，还真吓人。尤其是额头那条蚯蚓似的伤疤，更显得触目惊心。杨学文愣了两秒，讪讪地，有些无所适从，只好对挥着菜刀的杨彩香骂了一句，又顺脚踢倒了桌边的垃圾桶，溜下楼了。

杨学文走后，杨彩香再也忍不住，号啕大哭……

所有的仪式都按规程走了一遍，一切都很顺利。双方的亲戚也都很满意，因为杨彩香的嫁妆置办得确实丰盛，就连张涛家的亲戚都赞叹不已，所以道喜那天，男方家不但回了两只大肥羊、十只鸡、五大筐时鲜水果、一百个封子，还额外给杨彩香回了三万元和一个大金戒指。

结婚的日子订在了四月初。眼看就要到了，杨彩香原以为自己会焦虑，会忐忑，会担心玲玲的未来，不知道嫁到人家家里能不能幸福。可实际情况是，她越来越笃定，和张家人接触得越多，杨彩香就越肯定老石说得没错。这家人实诚，没坏心眼。尤其是女婿张涛，杨彩香越看越喜欢，越看优点越多，最让杨彩香满意的是张涛对玲玲的态度，那是一种发自内心的喜欢，是一种欣赏。他俩四目相对时，杨彩香能看到他们眼里的光。

婚礼如期举行，那天天气非常好，阳光灿烂。穿上白色婚纱的玲玲就像下凡的仙子，漂亮极了。结婚典礼热闹非凡，张涛的父母一桌挨一桌地敬茶，杨彩香的快乐也达到了顶峰。就在这热闹里，她的思绪有些飘然，不由得想到了过去和现在，心里热乎乎的，眼睛也湿润了。目光穿过熙攘的人群，杨彩香仿佛看到窗外有一棵美丽的桃树，在阳光下生机勃勃。桃树的每一根枝杈都伸向天空，迎风招展。在一根桃枝的顶端，仿佛有一朵花苞绽放了，接着是两朵、三朵，所有的花苞都绽放了。一树的桃花在金灿灿的阳光下，开得那样娇艳，那样明媚。

原载于《六盘山》2021年第4期

归去来兮

连续两次，都没有成功。手电筒光下的阴影却一抖一抖的。腿麻了，仿佛不是长在自己身上。停了两秒，缓足一口气，手扶墙，脚蹬地，用尽全身的力气，再起。这一次仍然没有起来，反倒因为太用力，差点跌进身下的便池里。突如其来的紧张，使杨老二全身的毛孔纷纷张开，一层细密的汗珠沁出皮肤，身体猛地一缩，嘴里喊出："不要啊！"心里大喊道：这下完了！

少时雾散，月亮露出了脸，挂在天边，只有浅白的一牙，像谁家孩子没啃尽的一瓣白兰瓜。一颗星子离得不远，孤单地站着，眼一眨，放出一点银光，极疏淡，极辽远。天很暗，黑暗的天笼罩着黑暗的地，到处都黑魆魆的。屋后的果园似乎更黑，白天的景致都没了，只有插在墙缝里的手电筒发出一束光，把低矮狭仄的厕所照出一方白亮。就着光，矮墙上映出杨老二的半截身影。身影有些变形，仿佛不是人形，是半蹲着的兽，显得庞大臃肿。

杨老二不敢再挪动身体了，只好乖乖蹲着，手背上起了一层小疙瘩，心里说不上是害怕还是什么，自己问自己：莫非是？——是的，一定了！这么一想，脑门上便又渗出一层汗，凉风一吹，仿佛又退回去了，心颤得越发厉害。

有关死的问题，杨老二想了千百遍。想象的时候，杨老二的内心似乎是平静的，没有多少恐惧，有时还包含着莫名的幸福。那是一个人最终的归宿，尘世只是暂寓之所。相较于活着，死只是换了另外的寄身之所。杨老二的想象明澈美好，就像一个漂泊异乡的游子，做着一个回家的梦。那一定是个好日子，天气晴朗，阳光明媚。杨老二的腿疾并没有发作，他甚至可以扔掉杖，到巷子里转转，与彭四皮拉呱拉呱。想到彭四皮，杨老二那副眉头紧锁永远肃穆的表情变得轻松了些，甚至带着一丝狡黠。

彭四皮是个可笑的家伙，言多、滑稽、爱出丑。杨老二喜欢彭四皮的癫狂。年轻的时候，他们一起上窑山扛活，或者下包头找生计，总是形影不离。彭四皮矮胖，脸皮厚，时间长了，便得了一个"彭死皮"的诨名。杨老二正好相反，瘦高瘦高的，忽闪着大眼，常常不发一言，瓦刀脸上似乎只有皮没有肉。有彭四皮在，杨老二不觉得寂寞。每每他俩一起出现，村里人便开玩笑说"10"来了。开心地笑过之后，杨老二整个人都放松了，一瘸一拐回了家。杨老二有些累，他把自己挪到炕上，不知不觉间睡着了，就再也没有醒来……

或者是一个微风轻拂的早晨，杨老二坐在自家的苹果树下，沐浴着晨光，嗅闻着花香，一时有些恍惚，渐渐地陷入一种昏沉中。须臾，灵魂随着树下的风飘到了远方……

杨老二大号杨德丰，家中兄弟二人，他排行老二。小名代替了大号，乡里人都习惯叫他杨老二。幼时，杨老二的家跟一位私塾先生的家毗邻，耳濡目染，杨老二诵读了许多经典。后来，杨老二又读完了高小，颇识得几个字，在乡村也算半个知识分子、一个斯文人。令杨老二没有想到的是，他的一生颠簸辗转，遍尝了生活的酸甜苦辣。七十余载，却短暂得犹如从这扇门进去，从那扇门出来。最近几年，儿时背过的一些经典回锅肉一样又窜到了他的脑子里，比如那篇《归去来兮辞》。杨老二印象最深的就是开篇两句："归去来兮，田园将芜胡不归？"小时候不理解，等到理解时，已到了自己真正回归的时候。杨老二总是喃喃念叨："归去来兮！……归去来兮！……"也终于明白了一个人真正的归宿不在于肉体，而在于精神。然而矛盾的是，杨老二不知道自己的精神将归向何方，只好企盼肉体能够有一个理想的去处。

不知从何时开始，或许就是这一两年来，杨老二一点点淡定了，比起之前的谈死色变、怕得要命，他仿佛换了另外一种心情。现在，杨老二似乎不怕了，不但不怕了，甚至隐隐之中还有几分期盼。死是真正的回家，就像一个远行的孩子回到父母的怀抱，既然是回家，杨老二宁愿把它想象得温暖美好……无论怎样，杨老二想象他的归回之地，都应该是明亮、温暖又洁净的。

　　杨老二怎么也不会想到，竟是在这样一个黑乎乎的冷夜里，在这样一块肮脏污浊的地方……杨老二不敢想了，他后悔死了，真不该嘴馋呀，不该吃大女儿送来的那几块鸡肉。那鸡肉早就凉了，他原本是应该热热的。不，他原本就不该黑天半夜爬起来吃肉。近来，杨老二的嘴越来越馋。有时候，明明刚刚吃过饭，可他还是觉得胃里空空的，想再吃点什么。想吃东西的时候，口里就泛酸，过去吃过的好吃好喝的会不停地在眼前浮现。记得年轻时，有一次去兰州，吃过一家小店的水煎包。那水煎包皮薄馅大，咬一口，满嘴流油，汤汁经过舌头直接滑进嗓子眼，毫无阻隔。那滋味，美妙得简直无法用语言形容。那一次，杨老二一口气吃掉了三盘子。以后，他走南闯北，去过许多地方，再也没吃到过那么好吃的水煎包。晚饭的时候，大女儿来看杨老二，带来一盘炒好的鸡肉。当时，他就和杨东宝狼吞虎咽地吃掉了一大半，剩下的一小半，准备明天早晨热着吃。李桂香去世后，除了女儿们来看他时给他带些好吃好喝，他和杨东宝的吃喝基本上就是凑合。大女儿走后不久，杨老二就睡了，睡了一会儿没睡着，只觉得胃里又空了。杨老二强忍着，吞咽着口水，终究没有忍住，最后还是摸索着下了炕，偷偷摸摸地吃了那已经冷掉的肉，结果半夜腹痛，不得不起来上厕所。原本也是不该上厕所的，外面又黑又冷，但杨老二还是没忍住，被巨大的腹痛折磨着，只能拄了拐杖，拿了手电筒出来。也怨那厕所，为什么偏偏就在屋后的果园里呢？要是像小儿子杨顺宝家楼房里的那种多好，不用出门就解决了。

　　杨老二纠结着，自责着，后悔不已。他的身子越来越重，腿越来越麻。

杨老二快跌倒了，两只手死死扶住墙，一点都不敢松懈，后背也抵在墙上，头上流着豆大的汗珠，滚下来糊住了双眼。杨老二越来越感到恐惧，越来越觉得悲哀。黑暗里，仿佛有什么东西滚到了嗓子眼，激得他大喊一声："东宝！"杨老二被自己吓了一跳，稍一愣怔，紧接着一声接着一声，一声高过一声："杨东宝，杨东宝……"杨老二用尽全身的力气，嗓子都冒烟了。村子里的狗们，许是听到了喊声，此起彼伏地叫起来，没过多久，狗吠震天。

然而，杨东宝就是不出现。杨老二支棱着耳朵，仔细听自家门的动静，没有一丝响动传来。东宝，憨娃子啊，睡死了。杨老二憋屈坏了，受了莫大的屈辱似的，两行热泪不由得滚下来。就在杨老二一筹莫展，以致万念俱灰时，门吱扭一下响了，突如其来的幸福像电一样袭来，震得杨老二浑身颤抖。杨老二得救了，他的东宝来救他了。最后救他的人是东宝。东宝哇！憨娃子啊！是啊，除了杨东宝，还会有谁救他呢？东宝，我最亲的憨娃子啊！

厕所离屋子并不远，只有牙长的半截路。可此时，这半截路却很长，长得让杨老二觉得他和杨东宝怎么走，都走不到屋子的门口。杨老二很焦灼，他从未像现在这样毛躁。他想向谁发脾气，可又能向谁发呢？杨东宝是有力气的，憨人都有力，光把他从厕所里弄出来，杨东宝已尽了自己最大的努力。现在，杨老二的整个身子都趴在杨东宝的后背上。杨老二太沉了，背着他，就像背着一座山。背山的人累得气喘吁吁，似乎半步都挪不动了。这让杨老二感到羞愧，为自己中年后变得沉重又无用的身体。杨老二脸红了，红得很厉害。四周墨一般黑，什么也看不见，只有天上的星，偶尔眨一下眼。

手电筒的光柱照出一条路，这路浮尘滚滚却光明灿烂。路的尽头，就是安乐的家园，这家园却可望而不可即。杨东宝大口喘着气，仿佛一步都挪不动了，杨老二让杨东宝先放他下来。就这样，爷俩站在这衰败的小院中，站在这茫茫的暗夜里。

杨老二默默祈祷着。祈祷了一会儿，爷俩继续前行。杨老二以为他的祈祷会感动上天，可依旧浑身无力，左边身子已经全然麻痹，右边的身子疼痛难忍。他再也走不动了。之后，还是靠杨东宝，这憨娃缓过劲儿了。终于，小屋的门被推开，杨老二被撂在了炕头上，就像一段烂木头。杨老二终于松了一口气，眼前一片亮堂。杨老二总算离开了那可怕的地方，就算是死，也能闭眼了。

土炕却因为受了这有力的一击，陷进去一个坑，这块炕面子是不顶了，明日得找人换了。旋即，杨老二就意识到，或许没有明日了。或许今晚，就是他回老家的日子。这样一想，杨老二反倒轻松了，为了那明日不用换的炕面子，也为了那即将到达的幸福归宿。

天上的那颗星星仿佛又撵了过来，透过窗玻璃，仍然一眨一眨，有时候又似乎看不见了。

杨老二蜷缩着身体，趴伏在炕中央，这姿势让他很难受。杨老二很想换个姿势，舒舒服服地躺着。屋外的院子里有一把老藤椅，杨老二一年四季都躺在上面，躺在上面很舒服。此刻，杨老二多想走到院子里，躺在老藤椅上，清清亮亮地观天景。这个拥有六间土坯房的小院，以前多么干净整洁，可以说是全村最好的小院。那时候，老伴李桂香还在，整天忙忙碌碌的，到处都是她的身影，院子里就显得很热闹，生机勃勃的，鸡呀狗呀追着她，绊得她脚都挪不开。那时候，孩子们也在，整天吵吵闹闹。杨东宝话少，可杨顺宝不是省油的灯，招惹得姐姐们不是哭就是笑。后来，老伴走了，孩子们也一个接一个地离开了，只剩下他和杨东宝。杨老二怎么都不会想到，从前那么热闹的院子，一下子会变得这样冷清，屋里屋外只有他和杨东宝，连猫呀狗呀似乎都绝了踪。

起初，杨老二是不愿意待在院子里的，他觉得待在哪儿都比待在院子里好，因为只要一进院子，仿佛就会看到老伴，老伴在给苹果树剪枝，老伴在给韭菜薅草，老伴"咕咕咕"地唤鸡喂食……院子里到处都是老伴的身影。等他走到跟前时，又什么都没了。那一阵子，杨老二变得很恍惚，直到杨顺宝也走了，女儿们来得也不怎么勤了时，他才逐渐恢复了清醒。清醒后的杨老二陷入了更大的悲伤之中，他难过得要命，空虚得要命，像一只被关在笼里的鸟雀，成天被圈在院子里，哪儿都不能去，哪儿都去不了。

杨老二自己虽然话不多，但他喜欢听别人讲话。老伴在的时候，每天吃完早饭，他都要去村头，和村里的一帮老汉聚集在一起，晒太阳，聊大天。彭四皮看见他，远远地招手，到了跟前，就把自己的马扎递给他，继续站着演讲。杨老二很喜欢彭四皮讲话时的欢实劲儿，爽快！可是现在，他哪儿都不能去了，腿疾使他行动极为不便。还有更重要的，他要代替老伴看护杨东宝。现在，没有人和杨老二说话了，没有人陪伴他了，只有一个杨东宝，但杨东宝不和他说话。杨东宝压根就不说话。那一段时间，杨老二每天都很焦灼，焦灼地在院子里转圈圈，他变成了第二个杨东宝。

小屋里，杨老二待不住，一进去，就感觉憋闷窒息。于是杨老二出来，来到院子。院子里空荡荡的，护院的土墙倒塌了一半，鸡窝也坍塌了，一片冷清。寂寞潮水一样袭来，杨老二觉得自己仿佛是被扔在灰尘里的一粒石子，被世界抛弃了，他甚至怀疑这世上是否只有他自己。他的心也空荡荡的，像一片空旷的土地。有时像塞得满满的，有时又像悬浮起来，底下有种种说不上的潮流涌动，搅得他很难平静。他比以往任何时候都想念李桂香；想念四十年前，孩子们还小的时候；想念那个热热闹闹的家。想得心疼，想得他只想跟了老伴去。可是那个时候啊，从内心深处说，与其说他期盼着离去的那一天，不如说他仍害怕着离去。

就这样，日子一天天过去了，也不知过了多久。有时候，杨老二觉得过了好久好久，久得仿佛已经这样过了一辈子，先前的事慢慢模糊了。有时候，又觉得没过多久，仿佛昨天才这样。但随着时间的流逝，杨老二慢慢平静了，逐渐习惯了这样的日子，习惯成了自然。现在，杨老二极爱待在院子里，常常一待就是一天。杨老二坐在老藤椅上，就像一段堆在墙角的枯木，再也不觉得无聊了，相反，他觉得这样才好。杨老二也不再去想死的事了，他想明白了，黄叶子也落，绿叶子也落，谁都有这么一天。谁都想有个好归宿，可这不是去想就能圆满的事情，还是顺其自然吧，顺其自然就好。关于死亡之事，杨老二也平静淡定了。

院子，杨老二早就无心打扫了，地下到处都是枝柴落叶以及杨东宝来来回回走动碾起的浮土。杨老二就这样一整天坐着，看着杨东宝在院子里转圈圈。有时，杨老二的目光会穿过杨东宝的身影，落在正前方的那堵后墙上，那是邻居新盖的砖瓦房。不知多少次，杨老二数起那砖块来，他也说不上为什么数，从来没数清过，往往是无意识地开始，无意识地结束。杨老二也喜欢看那鸽子，那是邻居镶嵌在屋顶上的一对陶瓷鸽，雪白雪白的，像要飞起来。后来有一天，真的飞来了一只鸽子，就站在那对假鸽的旁边。这时，杨老二真糊涂了，他竟分不清哪只是真的，哪只是假的。

不过，杨老二最爱看的还是不远处的那座土山。那山峁连绵起伏几十里，却低矮得不像山，每一个祭祀的日子，杨老二都要上山给家里的亡人上坟扫墓。合庄的坟茔都在那山峁上。山顶上有一座石堡，风吹雨淋，有好些年头了。杨老二坐在院子里看那石堡，早晨是黄色的，中午是青色的，晚上又变成了红色的。天上的云也很好看，杨老二实在想不通，一坨面团似的云彩，怎么会幻化出那么多的形状。似乎是地上有什么，天上就有什么。有一回，那云彩变成一棵树的样子，活像院子墙角的那棵沙枣树。那沙枣树也有些年头了。老伴去世后，这院里所有的东西都衰败了，唯有那棵沙枣树还活着，越活越旺，仿佛在暗示着什么。有一年的秋末，半夜下了一场雨，沙枣子几乎全落了，叶子也几乎全落了，唯有一根细瘦的枝条上挂着一个风干的沙枣，一连几天都没掉下来。后来，还是杨老二把它摘下来，攥在手里好久，之后，把它一直保存在上衣口袋里……

月亮变大了许多，莹润明亮起来，照得屋里影影绰绰的。

屋里仅有的几件家具也显出大概的轮廓。身下的炕面子完全被压碎了，杨老二的半截身子也快陷进炕洞里。杨老二觉得很对不起身下的这块炕面子，这还是彭四皮帮他换的。记得那天，彭四皮抹完泥后，敲得炕面子哪哪响。边敲边开玩笑："老家伙，老实点睡，还能睡个十年八年。不要动不动用你那杆老枪到处乱攮，攮坏了，没人给你换。"当时，杨老二羞臊得脸都红了，嘴上骂着彭四皮小心点，别把炕面子敲破了，心里却想着，自己的枪早就报废了。如今，炕面子还是被自己压烂了，而换炕面子的人也一去不复返了。去年，彭四皮不小心中了风，接着是偏瘫，半年后，说走就走了。那么活泼的人，从此再无踪迹。

杨老二很想换个姿势躺着，可他浑身上下没一丝力气，整个身体几乎全都麻木了，只有右胳膊还有感觉，那感觉是钻心的疼。杨老二想叫醒杨东宝，叫了几声，没有回应。杨东宝睡得死沉，鼾声大得几乎能把墙上的浮土震下来。月光照在杨东宝的脸上，那脸显得很生动。"我的东宝是个俊娃子呢。"

我的杨东宝以前的确是个俊娃子呢！杨老二想。二十多年前，整个扁担沟，谁不夸他的杨东宝是个聪明俊朗的娃儿。可是人啊，谁又能说清，好好的娃儿却被毁了，被一场考试毁了，只差一分，娃儿本来是能上中专学校的，只差区区的一分啊，娃儿却把脑子盘（想）坏了，医生说是精神上的毛病。

这人啊，不能太聪明精能了，杨老二后来常常想。太聪明精能的人，连老天都要忌妒。他的杨东宝不就是这样吗？娃儿没生病前，每回考试都是第一，家里的奖状贴满了墙，娃儿是全村人的骄傲。娃儿还爱干净，白衬衣的领子洗得干干净净。只为他三姐说了一句，他上完厕所没洗手就吃枣，恼得娃儿一个月都没跟他姐说话。没承想，娃儿会变成这个样子，痴痴傻傻，四十多岁的人了，一句像样的话都不会说了，脑瓜子不如四岁的娃娃灵光。娃儿也不爱干净了，哪儿脏往哪儿钻，浑身腌臜得没个人样。

可是啊，杨老二却比以前更爱他的娃儿了。杨老二现在满心疼爱杨东宝，连他自己也恍惑，自己也没有想到会这样疼爱杨东宝。先前，杨东宝好的时候，杨老二的心里是不大疼爱杨东宝的，杨东宝只是他的骄傲。爷俩之间话也少。人都说，人心往下长，杨老二最疼小儿子杨顺宝，整天搂在怀里亲个不停。杨东宝病了，起初，杨老二也疼惜，也着急，心疼得要命。后来，病得时间长了，时好时坏，怎么都治不好。慢慢地，杨老二的心也就淡了，也烦闷起来，甚至有时也像杨顺宝一样，带了嫌恶的心情，只为杨东宝发起疯来胡打胡闹的样子，以及为了治病逐渐掏空的家底。可是现在，杨老二有多疼爱杨东宝呢？这疼爱仿佛把他的心填满了，一见杨东宝，他的心就绵软得不行，珍宝似的，爱也爱不够，好像杨东宝是个小婴孩。

唉，这大概就是命，一个人一个命。比如一母同胞的兄弟，杨顺宝就是住高楼大厦的命，而杨东宝注定要变傻变痴。不过，杨老二也说不上到底哪般好。眼看着杨东宝一天比一天壮实，一天比一天快乐，杨老二越来越不明白，杨东宝过去不是这样的，过去他瘦削，整天紧锁着眉，苍白着脸，心事重重。现在，杨东宝好像啥心事都没了，整天吃了睡睡了吃，不想睡了，就在院子里转，边转边自言自语地说笑。东宝是一点忧愁都没有了。天无绝人之路，杨老二想，凡是生灵都有活下去的理由，傻子愣子也得活下去。至于活好活赖，是不能用庄户人的眼光衡量的。像杨东宝，杨老二就说不清楚到底是过去活得好，还是现在活得好。关于活着的问题，杨老二也不再去想了，年轻的时候，他总想着要咋样活一场，咋样风风光光地活一场。可是现在，他再也不去想了，大概活着本来就不是一件能够想象的事，活着本来就是一件再平常不过的事，就像天上的麻雀飞、地上的虫子爬一样，活着就是活着。

天上的那颗孤星不知藏到哪里去了。夜加重了它的颜色，黎明即将到来。杨老二瞪着眼，盯着黑漆漆的天幕，那格窗玻璃里透出来的世界，那样深沉，那样厚重，仿佛一个张着大嘴的黑洞，要趁此黑暗，把人间的活物悉数吞入腹中。而身下的洞，似乎想要与天上的洞展开竞争，一点一点把杨老二吞进去，杨老二几乎一半的身子都要从那块碎了的炕面子陷进去了。杨老二努力着，想从身下的窘境中摆脱出来。杨东宝翻了个身，一条腿像往常那样搭在了杨老二身上，这使杨老二的处境更加艰难。这憨娃子啊，蓦地，这条压着自己的长腿却使杨老二打了个激灵——杨东宝，他的东宝，他能把他的娃交代给谁呢？他是要回老家了，可他的东宝呢？这一激灵，使杨老二又渗出一头汗，于是，他死命地掐身上的这条腿，用那尚有知觉的右手。杨东宝被掐醒了，揉着眼睛坐起来，不知道该干什么。杨老二命令杨东宝下地去拿手机。爷俩好一阵折腾，终于，电话那头传来了杨顺宝的声音。

"顺宝，爹不行了，恐怕和你妈得的是一个病。你哥，就交代给你们了。"

杨老二不知道，他的口鼻已经全然歪斜，电话里的声音含含糊糊。杨顺宝的哭声传过来。撂下电话，杨老二松了一口气。他彻底放松了，从未有过的轻松。

杨老二放松地闭了眼，眼前又是漆黑一片，这黑多像十多年前的那个夜晚。

那一夜，扁担沟的水涌上了岸，呜咽似的翻滚。大风吹得路两旁的杨树抽风一样呼啸。农用车的轱辘碾压得河渠坝上的石子咯吱作响。昏黄的车灯照出一条通往县医院的路，那条路是那样漫长。老伴李桂香躺在车厢里，时而清醒，时而糊涂。老伴本就是个热闹人，那夜，老伴的话更多了。老伴一直说个不停，谁也听不清说的是什么。呼呼的大风中夹杂着老伴含糊的声音，杨老二想制止，可他知道，那是老伴最后想说的话。老伴去世了，因为脑溢血。多少回，杨老二的脑海里浮现出那天的情形：老伴捎着一捆金黄的稻穗，从地里回来。老伴显得很疲乏，脸色也不好，进门就往水缸处跑，喝了一大瓢水，还吃了一小牙西瓜，还没歇下，人就站不住了。杨顺宝背上他妈，疯了一样出门拦车。那吃进的西瓜没多久便全吐了出来，糊了杨顺宝一肩，红灿灿的，像吐了一摊血……唉，老伴走得好，虽然才六十出头，但没在病床上躺过一天，没受多少折磨。

现在，杨老二也等到了这一天，他要和老伴会合了。想到这里，杨老二有点激动。一时间，似乎又陷入了昏迷，仿佛做了一个长长的梦，梦中一片光辉灿烂，霞光铺地，绿树清溪。杨老二正不知身处何地时，似乎又到了一条浩瀚的大河边，不知为何，他掉进水里了。正着急时，仿佛又回到了自家的果园里，桃花、杏花全开了，粉红粉红的，一嘟噜一嘟噜挂在枝头，芳香扑鼻。老伴站在一棵苹果树下，笑吟吟地向他招手。老伴仿佛又回到了年轻的时候，俊得像刚嫁过来时，杨老二高兴地向老伴跑去。等到了跟前，老伴却不见了。果园深处传来父母的呼唤声："来！二娃子，来呀！"杨老二循声而去，自己又变成了一个小娃儿，只有三四岁的样子。而那孩童，长得又像顺宝的儿子，他唯一的小孙孙。杨老二是真糊涂了，他搞不清自己到底是谁了……

天大亮，黑夜消尽了最后一点颜色。虽然有些清冷，但到底是个晴天。杨家的小院不再寂静，人来人往，忙成一片。杨老二安静地躺在炕的一角，脸色金黄通透，白发雪亮。杨老二微闭着双眼，宛若一个熟睡的婴儿，嘴角藏着一丝浅淡的笑意。

那孩子，也就是杨老二的小孙孙，突然问道："爸爸，爷爷睡着了吗？"

"不，爷爷回老家了！"杨顺宝声音沙哑地答道，目光里满是哀伤。

原载于《朔方》2020 年第 2 期

维桑与梓

　　已经九十三天了。梓涵默默念叨。九十三天里，梓涵没有睡过一个好觉。

　　上到三楼的时候，梓涵的眼睛才适应了些。楼道刚被打扫过，像一节灌洗干净的盲肠。有风从过道的窗户刮进来，那扇玻璃窗便"咣当咣当"地响。每一声都像敲在梓涵的脑仁上，生生地疼。

　　还有一层就到家了，梓涵开始找钥匙。兜里没有，将双肩书包从背上卸下来，沉甸甸地搂在怀里，手在一本本书的缝隙里游走。没有摸到，夹层里也没有……钥匙到哪儿去了？难不成没带？边走边找，不觉间就到了四楼的家门口。梓涵只顾低着头摸钥匙，不承想一抬脚，踢到一个软乎乎的东西。梓涵吓了一跳，以为是一只狗趴在楼道里，仔细一看，原来是对门的男孩。男孩也怔怔地望着梓涵，大眼睛里写满了疑惑。

　　"你怎么趴在这里？吓我一跳。"梓涵一边说一边绕过男孩，一跃而上。"我妈妈不在家，我忘带钥匙了，所以只能先在楼道里写作业。"男孩嗫嚅道。因为是顺嘴问的，梓涵并不在乎男孩答什么，继续在书包里不停地搜寻。终于，梓涵泄气了，狠狠地，一脚踢在家门上。这一踢，震得脚尖发麻，也唤醒了梓涵的记忆。对了，想起来了，下午出门，因为生气跑得急，压根儿忘了放在玄关鞋柜上的钥匙。

　　"姐姐，你也忘带钥匙了吗？"男孩问道。梓涵这才想起，楼道里还有一个人——对门那个鼻涕老是擦不干净的小屁孩。梓涵转过身，恶狠狠地盯着男孩。男孩吓得缩了缩身子，将一直停留在梓涵身上的目光迅速收回，可一时又找不到合适的放置地点，只好紧张地盯着楼道的地面。看到男孩窘迫的样子，梓涵忍不住笑了。刚才找不到钥匙的急火攻心，因为这一笑，消散了好些。自己也觉得迁怒于这个无辜的小孩，似乎有些过分。

"你怎么在这？"梓涵问道，边问边打量男孩。说实话，虽然做邻居四五年了，梓涵还从来没有正眼看过这个小男孩。只记得，男孩刚住进对门的时候，还是一个走路都不稳、刚刚换掉开裆裤的小不点。没几年工夫，小不点已经背上书包上学校了。男孩倒是长得眉清目秀，只是小脸苍白，显得有些营养不良。衣袖裤管里露出来的胳膊和腿细麻秆似的，唯独那双眼睛，大而清澈，像一对亮晶晶的水晶球。此时，这双眼睛正好奇地看着自己。不知为何，看到这双眼睛，梓涵心里突然有一道热流划过。她并没意识到，相同的问题，她已问了第二遍。

男孩权衡着，要不要回答梓涵的问题。搞不好，她又要生气。在男孩的印象中，对门的这个姐姐老是板着脸，从来都不笑，有时候甚至怒气冲冲，走起路来飞一般快，从来都不和人打招呼。还没等男孩想好，对门的姐姐突然抄起他的一本练习册，往对面的楼梯上一扔，一屁股坐在了上面。"嗨，你叫什么名字？几岁了？"梓涵问道。

男孩犹豫了一下，便老老实实地回答："我叫李梓轩，我妈妈叫我虎子，我今年八岁了。""李梓轩吗？怎么你的名字里也有一个梓？是一个木一个辛的梓吗？"梓涵有点不相信似的问道。"嗯！"男孩肯定地点了一下头，并且补充道，他们班名字里有"梓"的就有七八个同学。"姐姐，你叫什么？"看到梓涵的态度没有之前那么凶了，男孩小声问了一句。"我？你是在问我吗？"梓涵的脸色瞬间变了，又是一副生气的表情，男孩吓得赶紧低下头。

"我叫梓涵，杨梓涵，记住了吗？小不点。"或许正是因为感觉到男孩害怕自己，梓涵心里有一丝内疚也有一丝得意，跟这个小屁孩聊聊天也没什么损失，而且还可以打发时间。听到梓涵的回答，男孩显得有些兴奋："姐姐，我们班有两个杨梓涵，一个男杨梓涵，一个女杨梓涵。""小鬼头，就你话多。"梓涵边说边伸手在男孩的头上敲了一记暴栗，吓得男孩使劲把头缩回了脖子里。梓涵顺手拉着男孩的衣服，让他不要趴在地上，过来坐在自己身边。

有关自己的名字，梓涵想起来就有些悻悻，更加埋怨她那当小学语文老师的父母，说什么《诗经》里有一句"维桑与梓，必恭敬止。靡瞻匪父，靡依匪母"，还说"桑梓"是家乡的代称，给梓涵取这个名字，一是为了排解自己的思乡之情，二是为了让梓涵记住父母的养育之恩。梓涵的父母或许不知道自己有多功利，给女儿取名字竟然全部都是为自己打算！他们更加想不到的是，"梓"和"涵"，本以为是两个比较生僻的字，可作为名字，却出现得越来越多，最近几年甚至烂大街了。越长大，梓涵对自己的名字越排斥。她不想让自己的名字被父母利用，也不想自己的名字遍地都是。设想二三十年之后，梓涵会不会和几十年前的翠花呀、秀琴呀一样，又土又俗？

男孩梓轩并没有坐在梓涵身边，但也不再双膝并拢跪地了。他捡起地上的书本放进书包里，老老实实坐在另一边的楼梯上。对于这个住了好几年对门、却才知道名字的杨梓涵姐姐，梓轩打心底里害怕，却又有一丝想要亲近的感觉，莫名觉得她有点像自己的爸爸。爸爸的脾气就让梓轩捉摸不透。

爸爸高兴的时候，对他和妈妈特别好，嘴上宝贝长宝贝短地叫着，有时候还从衣兜里摸出几张纸币给他。每次梓轩攥着这些钱，都会激动得心跳加速，感觉自己发大财了。之后，他总是把这些钱如数交给妈妈，并且郑重其事地告诉妈妈，有了这笔钱，妈妈就再也不用出去打工挣钱了，就可以整天陪着他了。妈妈听了梓轩的话，先是一阵大笑，笑着笑着，眼泪便滚滚而出，接着便把梓轩搂进怀里，紧紧抱着他，直到他喘不上气为止。上学后，梓轩终于知道了这些纸币的面额，都是一元两元的小钱，但梓轩依然很开心。他并不真喜欢钱，爸爸给不给他钱都无所谓，重要的是，爸爸今天在家，而且还对他和妈妈好。当然，更多的时候，爸爸在家都心情不好，总是没事找事和妈妈吵架，有时候甚至动手打梓轩和妈妈，打得最凶的一次，妈妈瘸腿走了一个月的路，而梓轩的两颗门牙当场就带血而飞。不过，那次正逢梓轩换牙期，没过多久，两颗门牙就又长出来了，虽然长得有点歪。随着收钱和挨打次数的增多，梓轩逐渐摸索出一些规律：爸爸情绪的好坏多数和喝酒有关，酒前暴跳如雷大打出手，酒后醒来就像换了一个人。问题的关键是，爸爸太爱喝酒了，几乎三天一小喝，五天一大喝。

梓涵见梓轩不想和自己一起坐，便张了张嘴，想骂一句，但终究没骂出口。她缓缓地将头靠在楼梯的扶手栏杆上。她太累了，想稍稍休息一下。几个月了，梓涵总是睡不好，要么失眠，要么做噩梦。昨天晚上，她几乎彻夜未眠。此刻，她感觉自己像穿着一身湿衣服，经历了一场长途跋涉，又冷又累。

突然，一阵激烈的狗叫声从楼道大开着的窗户传进来，显得格外刺耳。男孩梓轩支棱着耳朵听了听，便抱着书包飞奔下楼。梓涵被惊得心里发慌，只好也抱着书包跟了下来。

外面阳光炫目，仲夏四五点钟的太阳，雪浪一样将光芒从高空洒下，院子里一片晶莹透亮。这个点儿，上班的上班，上学的上学，平时乘凉的那几个老头老太太也不见了踪影，大概也是嫌阳光毒辣。

在甬道边那棵巨伞似的槐树下，一只白狗和一只黑狗疯狂地咬在一起，边咬边吠，仿佛积攒了几十年的仇恨。梓轩半蹲在两只狗跟前，着急地给两只狗说和，他一边劝白狗不要冲动，一边又对黑狗说消消气。可那两只狗对梓轩的劝说不但毫不理会，反而咬得更欢了。梓轩连连甩手，一副无可奈何的样子，突然像想起了什么，伸手在书包里掏摸了起来。与此同时，两只狗狗也停止了吠咬，摇着尾巴围着梓轩转起了圈圈。眼神里的期盼，让站在梓轩身后的梓涵都觉得，要是梓轩不从书包里掏出点吃的东西出来，就是犯错误，应该罚抄课文一百遍。

　　终于，除了一个装了点面包屑的空塑料袋，梓轩一无所获。不但两只狗狗失望了，梓涵也有点失望。她顿了顿，从裤子口袋里掏出五元钱，递给梓轩说："拿去，给它俩买几根肠。"

　　梓轩飞奔出小区的院子，只一溜烟的工夫就回来了。两只狗狗跟在他身后，摇头摆尾，极尽讨好。梓轩显得很兴奋，分了一半香肠给梓涵，邀请梓涵和他一起喂狗。梓涵没有拒绝。

　　奇怪的是，看着狗吃东西，梓涵心里感到很舒服。因为心里舒服了，身体也一点点放松舒展了，之前突突跳着疼的脑壳也好受了许多。梓轩告诉梓涵，这两只狗都是他的好朋友，他只要有吃的东西，就喂它们。有时候，他会节省一半的早点钱给它们买香肠吃。不过，这件事不能让他的妈妈知道，否则她会吼他的。小区里还有几只流浪狗，都是他的好朋友。

　　梓涵笑笑说："你的好朋友还真多。"说着笑着，心里越来越放松，今天一天的晦气似乎也消散了许多。梓涵发现，她似乎不怎么讨厌这个小男孩了。其实很长一段时间，她看谁都不顺眼，对什么都不感兴趣。她自己也觉得奇怪，但就是由不得自己。梓轩天生长着一副笑模样，说话的时候尤其笑意盈盈。梓涵发现，她甚至有点喜欢这个小男孩了。

　　"姐姐，你喜欢狗狗吗？"梓轩问到。"不喜欢。"梓涵想了想说。梓轩有点失望。"狗狗那么可爱，你怎么会不喜欢呢？我就喜欢狗狗，不过，我最喜欢我妈妈。"梓轩低着头，边抚弄两只狗边兀自呢喃。

　　"你胡说！你撒谎！"毫无预兆地，梓涵突然之间变得横眉怒目，"你说你喜欢你妈妈，你就是个骗子。喜欢一个人，是因为这个人对你好你才喜欢。而据我所知，你妈妈根本不爱你。不但不给你饭吃，还和你爸爸一样，动不动就打你。不要问是谁告诉我的，整个小区的人都知道，你在撒谎。你们家每天都有哭喊吵闹的声音，整个楼都被你们家的噪声吵得不得安宁。你知道吗，我最恨骗子。"梓涵一口气说完了这些，脸上的愤怒和狰狞仍然一览无余。梓轩被吓坏了，他感觉梓涵像被魔鬼附体了一样，突然之间就变得凶恶至极。起先他没有搞清楚梓涵在说谁，等最后一个字从梓涵嘴里迸出来时，梓轩才恍然大悟，梓涵是在骂他。

梓轩的小脸一下子变得青紫，眼泪像雾气一样漫上来，紧接着便是"哇"的一声。这一哭，仿佛闸门被打开，水流泥沙滚滚而下，水势逐渐汹涌，眼看就要决堤了。因为太用力，梓涵的脸比之前更加苍白。她站在梓轩旁边，喘着粗气，显得疲累至极。而两只狗紧张坏了，它们着急地围着梓轩转圈圈，边转边吠，好像在劝梓轩。几分钟后，梓涵的气息终于平顺了，脸色由愤怒转为得意，须臾，又换成了一种略带诡异的狡黠。

就在梓轩刚刚开始哭的时候，梓涵还哈哈大笑了几声，有一种揭穿了真相的快意。然而没过多久，她就觉得无聊至极。随着梓轩哭得越来越厉害，她的快意不但没有绵延，心情反而越来越沉重。她本来还想说：小不点，你就是个可怜虫，和我一样可怜，妈妈不疼爸爸不爱。你甚至比我还可怜，比我可怜多了，至少我不挨打。然而不知怎的，一股悲凉却涌上心头。说到底，她和对门的男孩都是可怜的孩子，为什么要互相比较呢。细想想，她其实比他还要可怜，至少他的妈妈没有离开他。

梓轩的哭泣终于从高潮处滑落，渐渐只剩下一个快要断绝的尾音。本来他就是个乐天的孩子，很少哭闹，即便平时挨了打，也只是默默地走开，找一个角落躲一会儿，不一会儿就又变得活蹦乱跳了。今天他之所以这么忘情地哭泣，一则是因为梓涵的话让他既惊恐又无所适从；二则是他哭了一会儿，觉得很没意思，这个姐姐怪兮兮的，就算他哭得再伤心，也改变不了她的想法。好吧，只要他自己知道妈妈是爱他的就好。梓轩边啜泣边想。

梓涵看到的只是表面现象，妈妈是爱他的。梓轩在心里又对自己说了一遍。妈妈不给他做饭，是因为妈妈太忙了。虽然梓轩也想每天一放学回家就吃到热乎乎的饭菜，而不是啃干饼子，或者吃他已经不爱吃的外卖。但是妈妈抽不出时间做饭，妈妈除了正常上班外，还要做微商赚钱养家。所以每天在家，妈妈都一刻不停地看着手机，根本顾不上跟他说一句话。的确妈妈有时也打他，但那并不代表妈妈不爱他，只是妈妈太累太烦了。每次打了他，妈妈总是流着泪把他搂在怀里，不停地向他道歉、向他保证。那个时候，梓轩感觉很幸福，被妈妈抱在怀里的感觉太好了。挨点打又算什么呢，只要能让妈妈多抱抱他、亲亲他，就算多挨几次打他也愿意。

上学后，梓轩有了一个愿望，这个愿望也是妈妈的愿望，就是好好学习，将来考一个好大学，毕业后找一份好工作。为此，梓轩十分努力，才上小学二年级，就已经考了好几次双百。

妈妈是爱我的！梓轩又在心里对自己坚定地说了一遍。在这之前，他从未质疑过妈妈对他的爱。但是被梓涵这么一说，他难过得要命，心底深处有了一种微妙的变化。

梓轩终于不再哭泣，用衣袖胡乱抹了几下脸。他打算再也不理梓涵了，这个姐姐一会儿高兴一会儿生气，和她在一起不到半个小时的时间，真是紧张得要命。梓轩不再犹豫，想赶快走开。他猛地一起身，不料把也抱着胳膊蹲在地上的梓涵撞倒在地。原来，梓轩蹲在地上抱头痛哭的时候，梓涵也在梓轩身旁慢慢蹲了下来。好几次，她都想把梓轩揽进怀里，但伸出的手最终还是缩了回来。

此刻，梓涵仰坐在地上，半闭着双眼，眼角有闪闪的泪花，脸上凄楚的神情令梓轩大吃一惊。"姐姐，你怎么了？"梓轩忍不住问道，似乎早已把刚才的不快抛到了九霄云外。梓涵只是闭着眼睛使劲摇头，强压着嗓子里的哽咽，痛苦的神情令梓轩吃惊又难受。

"对不起！"梓涵说道，"我不该故意说那样的话。你说得对，你的妈妈是爱你的。是我错了。"梓轩大睁着亮晶晶的双眼，以为自己听错了，随即快乐的红晕飞上了面颊。"我像你这么大的时候，也很爱我的妈妈，但是她不爱我，她和爸爸离婚了，她不要我了……"梓涵的声音哽咽低沉，大颗大颗的眼泪从眼睛里不间断地掉下来，落在地上，不一会儿，脚下便洇湿了一片。

回忆掺杂着泪水，潮水一样涌来。梓涵想起自己四五岁的时候扎着蝴蝶结，穿着最喜欢的小红皮鞋，左手被爸爸牵着，右手被妈妈牵着，一家人一起高高兴兴地去公园或者去郊游。那时，爸爸妈妈同在一所小学教书，每个周末休息的时候，都要带梓涵出去玩。那时候，天那么蓝，云那么白，梓涵每天都过得很开心。她小小的心里盛放着像蜜一样甜的安稳快乐。

后来的一天，梓涵一觉醒来，发现屋子里空无一人。她非常害怕，大声喊叫，可就是不见爸爸妈妈的踪影。她想出门找，发现门被反锁了。她一下子慌了，那种恐惧无助的感觉，在她长大后每每想起都头冒冷汗。她哑着嗓子哭了一整天。夜色渐深的时候，爸爸回来了。爸爸的表情那样空洞茫然，仿佛灵魂被人拿走了。过了许久，爸爸才缓缓将一直哭泣的梓涵搂进怀里。爸爸的动作是那样虚弱无力，就像一个得了绝症的病人。爸爸搂着梓涵，开始哭泣，起先压着声音低低地啜泣，没过一会儿，爸爸就放声大哭。梓涵从未见过爸爸哭泣，而且哭得那样伤心绝望。她吓得瑟瑟发抖，只好将自己还在体内汹涌的泪水硬生生地压了回去。

妈妈走了，在一个阳光灿烂的日子。妈妈带走了家里所有的积蓄，头也不回地离开了。

梓涵怎么都没想到，原本那个拥挤狭小的家，会因为走掉一个人而显得那样空荡。那种空，从一开始就悄无声息地潜入梓涵的心底深处去，以至于她每天都处在一种没着没落的慌张中。她哭着向爸爸要妈妈，爸爸除了抱着她暗自垂泪外，一点办法都没有。有时候，爸爸也带着她出去找妈妈，走遍了小城的大街小巷，可哪里又有妈妈的影子？妈妈就像从这个世界上消失了。黄昏时分，爸爸和梓涵终于一无所获地回家。梓涵看到长长的巷子里一大一小两个虚弱瘦长的影子跟着她和爸爸的脚，那影子显得那样孤单无助。

半年后的一天，谁也没有料到，妈妈又悄无声息地回来了。当时梓涵正像往常一样趴在窗台上向外张望，突然，她看到了一个熟悉的身影正步履蹒跚地往家的方向走来。梓涵激动坏了，她飞跑到楼下把妈妈迎了上来，爸爸似乎比梓涵还要高兴，不停地擦拭着涌出眼眶的泪水。然而，妈妈却很无精打采，对梓涵和爸爸的态度非常冷淡。只是在爸爸把她最喜欢吃的菜肴端上桌时，隔着热气腾腾的白气，梓涵才看到妈妈脸上露出了久违的笑容。

妈妈在家里一连躺了十几天，似乎才稍稍恢复了元气，爸爸每天赔着笑脸小心翼翼地伺候着，妈妈又丰腴了，刚回来时的消瘦憔悴逐渐消失了，妈妈又活过来了，只是这一次，妈妈像换了一个人。妈妈得了狂躁症一般，整天披散着头发披着睡衣在家里踱来踱去，歇斯底里地大骂那个大骗子，不但骗光了她的钱，还把她骗进了传销组织，害她这半年吃尽了苦头……骂完了同学，又开始骂爸爸，要不是爸爸懦弱无能挣不来钱，她也不会辞掉工作做什么发财梦。是的，她想发财，她做梦都想，她也想像她的同学那样穿名牌住豪宅，而不是过现在这种清汤寡水的生活。是爸爸毁了她，毁了他们的生活……妈妈的声音像刀片一样尖利。

一个月后，妈妈又离家出走了。不同的是，这次，妈妈再也没有回来，梓涵和爸爸也不再去找妈妈了。妈妈似乎彻底从梓涵和爸爸的生活里消失了。直到几年后，有熟人拿着一张邻省的报纸找到爸爸，说是上面报道了一场火灾。有一个女人因为报复她的男友，放火把一家夜总会给烧了。因为火势太大，串三连四，几乎把一条街烧了。报上说，那女的是夜总会的妈咪，男的是老板。梓涵不知道妈咪是什么意思，但她看出来，报上那个眼神惊恐的女人，分明是她的妈妈。

仿佛过了许久，梓涵才回过神来，睁开因为痛苦而紧闭的双眼，发现自己的头竟然靠在男孩梓轩的肩膀上，她被梓轩环抱在怀里。显然，梓轩太瘦小了，胳膊也太短，没有办法完全把梓涵搂紧，所以虽然很努力，但也仅仅是扶着梓涵的两个臂膀。梓涵心里的暖流一波一波涌上来。好久都没有人这样抱着她了，没有人关心她。其实最近两年，她似乎比小时候更渴望有一个人能好好抱抱她，就像现在，就像男孩梓轩这样。梓轩的怀抱虽然太小，但她感觉到，这个男孩是真心关心她。眼泪又一次涌了出来，不同的是，这一次却是因为感动，因为心头涌出的越来越多的暖意。梓涵真希望时间永远停留在这一刻，于是就又闭上了眼睛。四周安静极了，两只狗也趴伏在他俩的身边，不时地摇动一下犹如扫帚一样的尾巴……

一辆电摩从甬道中驶来，带起一股风，呼啸而过。终于，梓涵抬起头，目光变得清澈，两颊绯红。她感觉自己好像脱胎换骨一般，身体轻快多了。时间已是五点，上班的、上学的马上就要回来了。梓轩因为是低年级，四点二十就放学了，梓涵却是因为逃学。今天早晨，梓涵的前排李博宁丢废纸时，不小心把废纸扔到了紧靠垃圾桶、在最后一排独坐的梓涵身上。梓涵上去就是两个耳光，打得李博宁哇哇大哭。老师当场打电话叫家长，爸爸来了之后很生气，当着老师的面狠狠地踹了梓涵一脚。梓涵又伤心又愤怒，拔腿跑了，留下老师和爸爸面面相觑，好在爸爸不到一秒钟就反应了过来，追出门去，把梓涵扭送回了家。

梓涵和爸爸大吵了一架，饭都没吃就跑了，她在街上溜达了几个小时，实在没有地方去了，只好又去上学了。上初二后，梓涵几乎节节课都睡觉，刚开始，老师们很愤慨，后来经过一段时间的斗争，老师们纷纷败下阵来，只好睁一只眼闭一只眼。矫枉过正，谁都不想担责任。梓涵睡到第二节地理课的时候，没想到却被地理老师赶出了教室。梓涵一生气，索性收拾书包，自己给自己提前放学了……

此时，梓涵脑子里灵光一闪，突然有了一个主意，她要带梓轩去一个地方，一个有许多鸟儿的地方。梓轩起先不同意，他怕妈妈找不见他着急，但是又禁不住美丽鸟儿的诱惑，于是就跟着梓涵离开了小区。

太阳逐渐偏西，地表的温度稍微降下来一些，之前四处挥洒的金色光芒渐变为橘红色，大地像穿上了一件温馨的外衣。街上的行人、车辆渐渐多了起来。以往，走在这条路上，梓涵看周围人的面目一个比一个狰狞，看着看着，那些模样不一的人就都变成了一样的面目——长着獠牙的青面野兽。可是今天不一样。梓涵拉着梓轩的小手，有意识地紧了紧。梓轩的手心温暖干燥，不像自己的，总是潮乎乎、冷冰冰。

过了十字街口，梓轩的脚步缓慢下来。又走了一段，竟越来越慢。梓涵问怎么回事，梓轩羞红了脸，小声回答他饿了。梓涵一下子乐了，感觉自己也有点饿。这还真有点反常，好长一段时间，梓涵都感觉不到饿意，即使一天不吃饭都不觉得饿。

"我们去吃饭吧。"梓涵说。"可是我没有钱。"梓轩的声音越发低了。"你没有，我有啊。"梓涵从书包里掏出笔袋，打开笔袋的夹层，是一沓钞票。这都是梓涵的早点钱，但是她已经几个月没吃早点了。梓涵请梓轩和自己一人吃了一碗面，外加一碟小菜。吃饱了，他们继续前进。

半小时后，梓涵和梓轩终于到达目的地。那是城外的一片水域，是黄河拐弯的最宁静处，水面开阔，一览无余。此刻落日熔金，水面上泛起了点点金波。滨河外是一大片厚绒毯一样的绿草地。梓涵和梓轩一到草地上，便扔下书包飞跑起来，边跑边欢呼。尤其是梓轩，开心得像一条撒欢的小狗。梓涵坐了下来，看着梓轩飞奔，心里生起了一种从未有过的舒畅和惬意。

梓涵上初中后，爸爸无死角地死抓不再奏效，越是用力，梓涵的成绩下降得越厉害，终于一落千丈，成为班级倒数几名，爸爸彻底心灰意冷地放弃了梓涵。随着爸爸的放弃，梓涵也开始自我放弃，她不再用功学习，而是把大部分精力用在了和同学搞好关系上，有一段时间，梓涵格外需要获得别人的关注，她每天花尽心思讨好每一位同学，尽最大努力满足同学们提出的各种各样的要求。然而她发现，和爸爸对妈妈一样，她越是讨好，同学们越是鄙夷她、远离她。最终的结果是，所有人都不愿和她做朋友，还动不动欺负她。梓涵不知道自己做错了什么，渐渐地，她和人群疏远了，开始了独来独往的生活。但她的内心其实十分渴望与人交往，渴望有一个无话不说的好朋友。她害怕这种不被理睬的悲哀和孤零零的黑暗。于是，她换了另外一种方式。她要像《坏蛋是怎样炼成的》里面的谢文东一样，让同学们因为害怕而敬服她，继而靠近她。可不知是方法不对，还是她还没有炼成真正的坏蛋，同学们越来越怕她，也离她更加远了……

梓涵陷入了更大的精神泥淖，她觉得活着是那样孤独无望。她对什么都不感兴趣，晚上睡不着，白天没精神。有很多次，梓涵想死，可是又怕疼。她常常喜怒无常，觉得自己身体里潜伏着一个恶魔，但天性又使她想要克制，最后导致的结果是左支右绌。加上不止一次听到同学们悄声议论她是个精神病，时间久了，梓涵也觉得自己的精神出了问题……

梓轩在水边扔了一会儿石子，高兴地跑过来，边跑边问："姐姐，你不是说有许多鸟儿吗，我怎么没看到？""别着急，等一等，见证奇迹的时刻就要到了。"梓涵微笑着说，并从书包里掏出一个布袋，拎着布袋走到一处空旷的水泥平台上，手伸进去，从布袋里掏出一把东西往空中一撒，顿时一阵簌簌声从天而降。梓轩定睛一看，水泥平台上落了许多小米和豆子。梓涵一共撒了两把，接着朝着前面的树林学起了鸟叫。梓涵学得像极了，有一刹那，梓轩觉得梓涵就是一只美丽的大鸟。突然，梓轩看到，在一片火烧云的尽头，有一只五彩斑斓的鸟儿飞了过来，接着有更多的鸟儿从树林里飞出来，向自己和梓涵飞来，宛如许多神奇的小精灵扑面而来……

警察和家属找到梓涵和梓轩时，已是子夜时分。一轮皎洁的月亮挂在中天，将银子般的光芒洒向大地，尤其把最璀璨的亮光洒向草坪的中央。那里仰面躺着一大一小两个孩子，男孩紧靠着女孩，他们睡着了，睡得那样香甜。月光下，女孩的容貌那样动人，白净秀气的面庞上挂着一丝浅浅的笑。女孩四肢修长纤细，穿着一件黑色的帽衫，在靠近心脏的地方，梓涵爸爸看到，多了一幅用红色水彩画的画，一颗大点的心紧挨着一颗小点的心。梓涵爸爸不知道，梓涵此时正做着一个甜甜的梦；他也不知道，今天下午，梓涵跑回家，是打算收拾行李离家出走的。可她，却忘了带钥匙……

原载于《飞天》2020年第3期

跋

在每一张面孔的背后

我生在小城。

或许因为太过熟悉，我对小城的感情是复杂难言的，有一种刻骨的爱，也有一种说不上来的嫌恶。

穿梭于小城熙熙攘攘的人群中，我会把目光投向周围一张张面孔，默默观察他们。这些面孔有的喜悦，有的忧郁，有的生动，有的呆板。无论面部表情丰富还是淡漠，每一张面孔背后都是一个鲜活的人。这些人和我一样，都是扎根于这座小城的小人物，理发员、教书匠、小公务员、公司职员、快递小哥、背着书包的学生……有时候，我会在人群中盯住一张脸，看着看着，突然生出一种感觉——这个人许多年前我见过，事实上这张面孔我第一次见到。

我喜欢和他们交流，这种交流多数是目光的接触，算是神交，偶有言语，也是只言片语。我把他们写进我的小说。随着观察的深入，我发现，每一个人，哪怕是最卑微的人，其灵魂都不简单，庞大精彩而又复杂难言，书写出来，会是一部部史诗。每当通过笔与我的小城人物交流时，那一张张面孔因再次浮现于眼前而变得生动。神奇的是，当我聚精凝神写到忘我的境地时，这些人物就会跟随着我，与我寸步不离。我能闻到他们身上特有的气味，甚至能看到他们头发丝间的点点白屑。

他们离我如此之近，近得我几乎可以毫不费力地体察他们幽深潜藏的内部世界，尽管这内部并不一定都是光明而美好的。人性的各种负面，在小城人身上有时体现得更为集中，但这并不妨碍我对他们的爱与悲悯。人性不像硬币，只有单一的善恶两面。作为一种复杂幽深的体系，文学的力量就是求证人心的向度。我不愿意我笔下人物的精神世界趋向一个纬度，即便有这方面的趋势，也应该是经过一番阵痛，灵魂不断纠缠撕扯，最终达成与外部世界的和谐。

因此，在这十六篇短篇小说中，我塑造了一些灵魂纠缠不息的人物，通过他们的喜怒哀乐、言谈举止展示他们的内心世界。这些人物，无一不带小城底色。他们的爱与恨、迷惘与挣扎、昂扬与失落，在自我与外部不断地抗争中逐渐调和，最终找到生命的出口和活着的意义。好的小说，不光要写出生命的痛感，而且要在这痛感中予人以光亮。尽管并非我笔下的所有人物都能获得一个世俗意义上的通达结局，但是我期望在这一段经历中，他们能够有所成长，甚至获得一种生生不息的力量。

从 2018 年开始发表第一篇小说，到今天，我的小说创作一直没有停止。我热爱小说，以虔敬之心创作。之所以用《星星屋》命名，而非这部集子中的其他篇目，是因为这篇小说算是我的处女作。建一座"星星屋"，是农村少妇宝梅的理想，从普遍意义上来说，也是我给予笔下每一个生存在这片土地上的人物的理想。

未来我的写作或许会从混沌无序走向合理规划，从业余写作的自发状态一步一步到作家精耕细作的自觉状态，建构属于一个作家的文学精神谱系——一个作家无论掌握多么高超的文学技巧，最终能够将写作的品格及意义与他人区别开来的只有文学精神。这种文学精神告诫我：对世界要真诚，对笔下的人物要真诚，对每一个文字要真诚。

2023 年 12 月于吴忠黄河边